[y

Volker Strübing

Das Paradies am Rande der Stadt

[yedermann

Originalausgabe

1. Auflage 2005

Georg-Kerschensteiner-Str. 8
85521 Riemerling bei München
Tel. 089-60 19 02 93
Fax 089-60 19 02 94
antwort@yedermann.de

Umschlag: anthrophotogen
Herstellung: Fuldaer Verlagsagentur
Printed in Germany

ISBN 3-935269-30-7
EAN 9783935269308

Das Paradies am Rande der Stadt

Prolog

Und sie waren beide nackt, der Mensch und das Weib, und schämten sich nicht.

1. Buch Mose 2:25

Evas letzter Tag im Paradies war wunderschön. Nicht, dass es hier jemals Tage gegeben hätte, die nicht wunderschön gewesen wären. Doch dieser war ganz besonders wunderschön. Wie auch der Tag davor und der Tag davor und überhaupt jeder Tag, an den Eva sich erinnern konnte.

Mit ausgebreiteten Armen sprang Eva in die Höhe, ließ den Garten Eden unter sich zurück und schoss hinauf zu den herzallerliebsten Wattewölkchen am paradieshimmelblauen Paradieshimmel, um mit einem Schwarm schillernder Regenbogenflamingos um die Wette zu fliegen. Ihr Kleidchen flatterte im Wind auf die einzige Weise, die hier im Himmel möglich schien: fröhlich. Sie schoss ein paar Purzelbäume, jagte einem Schwanenschwarm hinterher und ließ sich schließlich mit einem Seufzer auf eine Wolke fallen.

Die Sonne schien auf ihren Bauch, und Eva war glücklich. Nicht, dass sie jemals nicht glücklich gewesen wäre, aber dies war doch ein ganz besonderes Glücksgefühl. Nur zu vergleichen mit den Wogen der Glückseligkeit, die sie sonst immer durchströmten.

Nach einer Weile richtete sie sich auf, ließ die Beine vom Rand der Wolke baumeln und blickte hinab auf das Paradies. Eine Strähne ihres blonden Haares fiel ihr ins Gesicht; sie schob sie mit den Händen hinter die Ohren. Direkt unter ihr glitzerte ein See, in dessen kühlem Wasser sie am Morgen mit den Delphinen geschwommen war. Am weißen Strand des Sees stand ein Einhorn und schaute zu ihr hinauf. Sie winkte ihm zu. Noch vor einer halben Stunde war sie auf seinem Rücken durch rauschende Wälder geritten, über duftende Blumenwiesen und mit großen Sprüngen hinweg über Bäche, in denen Milch und Honig flossen.

Ihr Blick fiel auf eine dunkle Gebirgsformation in der Ferne; schroff und kahl, abweisend und drohend ragten die Berge in den Himmel. Das Gebirge verhielt sich zum Paradies exakt wie eine behaarte Warze zum Gesicht eines hübschen Mädchens.[1]

Eva hatte das Gefühl, dass eine Wolke sich vor die Sonne in ihrem Herzen schob. Schnell wandte sie sich ab. „Angst“, hatte der liebe Gott dieses Gefühl einmal genannt und erklärt, es rühre daher, dass hinter jenen Bergen der Baum der Erkenntnis wachse.

„Baum der Erkenntnis?“

„Ja, liebe Eva. Dieser Baum ist das Einzige, was du fürchten musst, denn wenn du von seinen Früchten kostest, muss ich dich verstoßen!“

„Aber warum steht der Baum da? Bitte mach ihn weg. Ich will nicht an ihn denken müssen!“, hatte sie ihn angefleht, doch der liebe Gott hatte den Kopf geschüttelt: „Er muss dort wachsen für den Fall, dass du den Garten Eden jemals verlassen möchtest. Er ist dein Weg nach draußen.“

„Draußen, lieber Gott? Was meinst du damit?“

„Die Hölle.“

*

[1] Aus „D(üstere Gebirgsformation)/P(aradies)=W(arze)/H(übsches Mädchengesicht)“ folgt übrigens H=PxW/D. Wenn man sich vergegenwärtigt, wie hübsch hübsche Mädchengesichter sind, bekommt man eine Vorstellung davon, wie schön das Paradies sein muss, um nach der Multiplikation mit einer schwarzen Warze und Divison durch ein düsteres Gebirge noch etwas derart Erfreuliches übrig zu lassen.

Hinter ihr kicherte jemand. Sie drehte sich um und jauchzte vor Freude: Adam schwebte breit grinsend heran und winkte ihr mit seinen dünnen Ärmchen zu.

„Oh Herr, ich danke dir, dass du mir den besten aller Männer zur Seite gegeben hast", rief Eva. Nicht, dass es außer Adam noch andere Männer im Paradies gegeben hätte.

„Hallo Eva, meine Geliebte! Ist das nicht ein wunderschöner Tag?!"

„Komisch, das Gleiche habe ich auch gerade gedacht! Ein wunderwunderschöner Tag."

„Das muss an deinen Grübchen liegen, Eva!" Der Junge war inzwischen heran und ließ sich in ihre Arme sinken. Sie strich ihm mit der Hand durch das fettige Haar und küsste einen frisch erblühten Mitesser auf seiner Wange. „Was meinst du, wollen wir Gott fragen, ob er eine Runde *Mensch freue dich* mit uns spielt?"

„Tolle Idee! Genau das richtige Spiel an einem so fantastischen Tag wie diesem!"

Sie schlossen die Augen, falteten die Hände und murmelten ein kurzes Gebet. Kaum hatten sie „Amen" gesagt, ertönte ein Tusch aus tausend Posaunen, die Luft flimmerte kurz, und Gott stand zwischen ihnen.

„Hallo ihr zwei!", sagte er freundlich, zog seine Sandaletten aus, schürzte das Gewand und ließ sich im Schneidersitz nieder. Der weiße Bart bedeckte seinen Schoß. Er schmunzelte. „Na, ich sehe euch euren Wunsch doch schon an den Nasenspitzen an."

Gott zog ein dreieckiges Spielbrett unter seiner Toga hervor und legte es zwischen sie. Spielfelder liefen an den Rändern entlang, und in der Mitte war zur Verzierung ein großes Auge in einer Pyramide aufgemalt, das hin und wieder freundlich zwinkerte. Der liebe Gott verteilte die Spielfiguren – hellblaue für Adam, rosafarbene für Eva und für sich selbst Figuren, die in allen Regenbogenfarben schillerten. Dann reichte er Eva den Würfel, zwinkerte ihr zu und bat sie, zu beginnen. Mit einem Lächeln nahm sie ihn entgegen und ließ ihn über die Wolke rollen.

„Eine Drei!", jubelte sie, als der Würfel liegen blieb. „Ist das nicht herrlich?" Übermütig warf sie sich Adam an den Hals und küsste ihn, dann nahm sie eine ihrer Spielfiguren, setzte sie auf das rosa Startfeld und zog sie drei Felder weiter. „Du bist dran!", rief sie dem himmlischen Vater zu und schnippste den Würfel zu ihm hinüber.

Und Gott würfelte.

„Fünf!", kreischten Adam und Eva gleichzeitig und fielen sich in die Arme. Gott lächelte nachsichtig und setzte sein Figürchen.

Die Zeit verging wie im Fluge. Sie würfelten und zogen mit ihren Figuren Runde um Runde, jeder Wurf wurde begeistert gefeiert, und wann immer jemand eine Sechs würfelte, ließen die anderen ihn hochleben, ein Chor von Engeln sang „Hoch soll er leben!" und über ihnen erblühte ein prächtiges Feuerwerk. Und immer, wenn sich zwei verschiedenfarbige Figuren auf einem Spielfeld trafen, zogen ihre Besitzer die Kleidung aus, stürzten sich aufeinander und liebten sich, wie man sich wohl nur auf einer Wolke mitten im Paradies lieben kann.

Nach einigen Runden schließlich trafen sich eine regenbogenfarbene, eine rosane und eine blaue Figur auf einem Feld. „Dreier!", schrieen Gott, Eva und Adam. Sie sprangen auf, umarmten sich unter fröhlichen „Hosianna"- und „Gelobt sei Er bzw. Ich"-Rufen und was dann geschah, soll nicht durch die Detailschilderungen entwürdigt werden.

„Was für ein wunder-, wunderschöner Tag", seufzte Eva Stunden später, als die Sonne längst untergegangen war und der Mond ihre nackten, ineinander verknäulten Körper beschien.

„Ja und das beste: Morgen wird genauso ein wunderschöner Tag. Stimmt's Gott?!"

„Sicher. Schlaft jetzt. Gute Nacht."

„Gute Nacht, Gott!"

Gott gab ihnen noch einen Kuss auf die Stirn, dann verwandelte er sich in eine weiße Taube und flog davon.

„Gute Nacht, Eva!", sagte Adam.

„Gute Nacht, Adam!“, antwortete Eva und kuschelte sich an seinen dürren Körper.

*

Der nächste Morgen war wunderschön, und obwohl Eva nichts anderes erwartet hatte, erfüllte ein tiefes Gefühl der Dankbarkeit ihr Herz. Sie räkelte sich ausgiebig und dachte darüber nach, wie perfekt Gott alles eingerichtet hatte.

Ihren Traum hatte sie schon fast wieder vergessen, einen Traum voller ... Kühle ... aber nicht jener angenehmen, erfrischenden Kühle eines Bades im See, sondern ... Eva schüttelte sich. Dann ließ sie sich vom Rand der Wolke kullern und sank wie eine Feder zu Boden.

Nachdem sie ein Bad genossen und einige Früchte von den Büschen am Ufer gegessen hatte, faltete sie die Hände und bat Gott, sie zu Adam zu bringen. Die Aussicht, diesen herrlichen Morgen mit einem Liebesspiel zu krönen, ließ sie vor Vorfreude erschauern.

Als sie die Augen öffnete, sah sie statt Adam den himmlischen Vater persönlich vor sich. Er trug wie üblich sein weißes Gewand, Sandaletten an den Füßen und einen Heiligenschein über dem bärtigen Haupt. Doch irgendetwas stimmte nicht mit ihm. Seine Mundwinkel waren ein wenig nach unten gebogen, auf der Stirn stand eine steile Falte, und seine Augenbrauen schienen einen nach unten offenen Halbkreis bilden zu wollen.

Erneut lief ihr ein Schauer den Rücken hinunter. Kein Glücksschauer diesmal, kein angenehmes Gefühl, sondern ... Eva kannte kein Wort, um es zu beschreiben. Es erinnerte sie an die Angst, die sie in der Nähe des Baumes der Erkenntnis erlebt hatte. „Was ist los, lieber Gott? Du guckst so ... so ...“ Sie brach ab.

„Traurig“, sagte Gott. „Ich gucke traurig.“

„Traurig? Was bedeutet das?“

„Das wirst du bald erfahren, arme Eva. Adam hat uns verlassen."

Etwas geschah mit ihrem Herzen. „Verlassen?"

„Er ist weg."

„Und wann kommt er wieder?"

Gott atmete tief durch. „Niemals, fürchte ich."

Evas Augen füllten sich mit Freudentränen. Dabei freute sie sich gar nicht. Gab es noch andere Gründe, Tränen zu vergießen? Plötzlich schüttelte sie sich, krümmte sich zusammen und machte merkwürdige Geräusche und nichts davon konnte sie kontrollieren. Es kam über sie wie der Höhepunkt beim Liebesspiel, aber es ... es tat weh. Als würde ihr Adam zärtlich in den Nacken beißen – doch der Schmerz war in ihrem Brustkorb und viel stärker. Sie war nicht glücklich dabei, sondern ... das Gegenteil, wie immer man es nennen mochte.

„Das heißt es, traurig zu sein", sagte Gott und strich ihr mit der Hand über den Kopf.

„Bitte, bitte mach, dass das aufhört!", brachte Eva hervor, wobei sie mehrmals von einem Schniefen unterbrochen wurde, das ganz tief aus ihrem Bauch kam und sich nicht abstellen ließ. „Bitte bring mich zu Adam!"

„Adam ist in der Hölle, Eva. Er hat vom Baum der Erkenntnis gegessen."

Eva schrie auf: „Nein! Das würde er nie tun! Er liebt mich doch, warum sollte er mich verlassen?"

„Nicht nur meine Wege sind unergründlich", seufzte Gott.

„Aber ich kann nicht leben ohne ihn! Und er kann nicht leben ohne mich!"

„Hmm ... weißt du, vom Baume der Erkenntnis zu essen heißt, die Hölle kennenzulernen. Der Preis dafür ist der Verlust des Paradieses und jeder Erinnerung daran. Er hat dich vergessen, Eva. Nur in seinen Träumen kennt und liebt er dich noch. Träume sind eine Brücke. Erinnerst du dich an deinen schrecklichen Traum heute Nacht? Du hast von der Hölle geträumt."

„Kannst du ihn zurückholen?"

„Leider nicht. Als er den Apfel aß, entschied er damit auch, dass ich keine Macht mehr über ihn haben solle." Gott erhob sich, lief ein paar Schritte hin und her, dann blieb er, das Gesicht von Eva abgewandt, stehen. „Allerdings könntest *du* ihn zurückholen."

Eva blickte auf und wischte sich mit dem Arm die Tränen aus den Augen. „Ich? Wie denn?"

„Folge ihm. Folge ihm in die Hölle."

Das Glück im Nacken

„Wissen Sie, Jahrtausende lang haben die Menschen geglaubt, man müsse die gesellschaftlichen oder materiellen Bedingungen verbessern, wenn man die Menschheit glücklich machen will. Doch sehen Sie sich an, was dabei heraus gekommen ist: Entweder wurde zum Wohle der Gemeinschaft das Individuum unterdrückt, die Gesellschaft in ein Gefängnis verwandelt, oder das Individuum wurde über alles gestellt, die Menschen wurden einsam und rücksichtslos.

Und materieller Wohlstand, das große Versprechen, der große Traum des zwanzigsten Jahrhunderts, schuf statt Glück eine sinnlose Konsumspirale, die in den wirtschaftlichen, ökologischen und moralischen Abgrund führte.

Mir ging es nie um Gerechtigkeit, Freiheit, Gleichheit, Wohlstand, Fortschritt, Erleuchtung oder Ähnliches. Ich glaubte und glaube, das Einzige, was letztlich zählt, ist individuelles Glück.

Mit Eden habe ich der Menschheit den Weg zum Glück erbaut. Ob der Einzelne diesen Weg mitgehen will, bleibt ihm überlassen. Übrigens ein Punkt, der mich positiv von anderen Menschheitsbeglückern unterscheidet."

(E. R. Lösser am 14.08.2040)

OASE: *Riesiger Gebäudekomplex, der eine ganze Stadt aufnimmt. Befindet sich üblicherweise in Konzernbesitz und ist politisch und juristisch unabhängig. Stellen Sie sich einfach eine bewohnte Shopping Mall vor, die einen Sitz in der UNO hat.*

(zeitschock.de – Das Praktische Wörterbuch Für Aufgeweckte Kryonauten)

Die Schlammstadt, so hieß es, öffne einem das Herz für die schönen Dinge dieser Welt – für alles andere also. Sie zog sich von den Toren der Matahari-Oase bis hinauf an die südliche Stadtgrenze Berlins; ein Sumpf aus Depression, Krankheit, Schmutz und verzweifelter Lebenslust, eine wuchernde Einöde aus Wohncontainern, Schaumpolymer-Iglus, Baracken, krummen, schlecht befestigten Straßen, billigen Zombie-Bordellen und greller Neonreklame. Ein Ort, an dem die Träume wahr wurden, aus denen man schnellstens zu erwachen hoffte.

Jeremias Klossner, dreißig Jahre alt und von einer Statur, die vermuten ließ, dass seine Freunde ihn nicht nur des Nachnamens wegen Kloß nannten, schlurfte durch die Schicht aus Müll und Modder, die den Boden einer kleinen, unbeleuchteten Gasse bildete. Das Haar klebte in nassen Strähnen an seinem Kopf, und er freute sich, dass das Wetter (wie im November eigentlich immer) so wunderbar mit seiner Laune korrespondierte.

„Scheiß Nieselregen", beschwerte er sich dennoch. Er zog die Hände aus den Manteltaschen, schob den linken Ärmel nach oben und schaute auf den Bildschirm seines Dämons. Drei viertel sieben. Er würde eine halbe Stunde zu früh in der Besauferia sein. Kloß bemühte sich, aus dieser Tatsache Missvergnügen zu ziehen, scheiterte jedoch: Die Aussicht, vor dem Treffen noch in Ruhe ein Bier zu trinken, war einfach zu erfreulich.

Hinter einem verrosteten Schuppen am Ende der Gasse ragten die schwarzen Kuppeln der Oase auf. Wie Blasen auf einer siedenden Teerpfütze, dachte Kloß. Über der Hauptkuppel drehte sich ein rotweißer Kreis mit dem Schriftzug PTBN – das Logo der indonesischen PT Burung Nasar, Eigentümerin und Souverän des autarken Stadtstaates. Hinter der Oase konnte Kloß den ewigen Regenbogen eines Eden-Komplexes erkennen, der von der Schlammstadt mit einem steten Strom von Verzweifelten versorgt wurde.

Ein breiter Lieferwagen fuhr mit Schrittgeschwindigkeit aus einer Seitengasse einige Dutzend Meter vor ihm und stoppte genau auf der schmalen Kreuzung.

„Na toll“, brummte Kloß. Die Seitengasse war nicht wesentlich breiter als der Transporter. Ein kurzer Blick auf seinen Bauch überzeugte Kloß von der Vergeblichkeit aller Versuche, sich an dem Wagen vorbeizuzwängen. Er drehte sich um, um zur nächsten Kreuzung zurückzugehen, doch ein zweiter Lieferwagen schob sich langsam aus der Querstraße, an der er gerade vorbeigegangen war, und versperrte ihm auch diesen Weg.

Die Seitentür des Wagens glitt auf und drei schwarzgekleidete Männer sprangen heraus, in den Händen Sandmännchen-Gewehre mit ihren charakteristischen trichterförmigen Läufen.

Seelenfänger, schoss es Kloß durch den Kopf. Eindeutig der richtige Moment, um in Panik zu geraten. Er hob den linken Arm, um über seinen Dämon einen Notruf abzusetzen, doch er war nicht schnell genug. Einer der drei betätigte den Abzug seines Sandmännchens und Kloß kippte schnarchend in den Matsch.

*

BESCHWÖRER: *Als Sie sich einfrieren ließen, galten wahrscheinlich noch Flachbildschirme als schick. Mit der Einführung von* HOLOVISIONSPROJEKTOREN, *für die sich bald der Name* BESCHWÖRER *durchsetzte, erhielten Filme, Talkshows und Computerspiele endlich räumliche Tiefe – wenn sie auch von inhaltlicher weiterhin verschont blieben. Die dreidimensionalen, bewegten Bilder werden in den Raum projiziert und können von allen Seiten betrachtet werden. Sie verfügen jedoch über keine materielle Präsenz. Die von einem* BESCHWÖRER *erzeugte räumliche Darstellung eines Menschen wird* GEIST *genannt, ganze Szenen nennt man* SPUK.

(zeitschock.de – Das Praktische Wörterbuch Für Aufgeweckte Kryonauten)

*

Die Besauferia „Schöne Aussichten" verdankte ihren Namen weniger dem schwarzen Humor der Wirtin als vielmehr den Bildschirmen, die man in die Fensterrahmen eingesetzt hatte: Sie boten holographische Ausblicke auf unberührte Landschaften oder die Marktplätze schnuckeliger Kleinstädte aus der Zeit vor dem Großen Schlamassel.

An einer Spuk-Box gab es Streit: „Nee, kein Musik-Holo! Ich will die Klopperei!", keifte ein von Schmucknarben verunstalteter Postprolet, schob seinen Saufkumpan beiseite und drückte auf der Bedieneinheit herum. Summend sprang der altersschwache Beschwörer an und projizierte die Geister von aufeinander eindreschenden Männern in den Schankraum. Der enttäuschte Musik-Fan wankte durch sie hindurch, während sein Widersacher johlend die Fäuste durch die substanzlosen Geister wirbeln ließ. Unbeeindruckt von diesen Bemühungen nahm die vor vielen Jahren aufgenommene Schlägerei ihren immer gleichen Verlauf.

Die Tür des Lokals flog auf, und ein vielleicht 60-jähriger Mann betrat den Raum. Seine viel zu weiten Hosen waren mit gigantischen Seitentaschen besetzt und schleiften auf dem Boden. Ein Basecap saß falsch herum auf seinem Kopf, und auf seinem Kapuzenshirt prangte in verblichenen Buchstaben das Wort „Stuttgart".[2]

Er klappte eine orange getönte Sonnenbrille nach oben, ließ den Blick durch den Raum schweifen und steuerte dann auf einen Tisch neben einem der Bildschirmfenster zu.

„Hi Spinne!", grüßte er einen Mann in bunter Elastoformkleidung, der vor einem fast leeren Bierglas saß und angestrengt auf seinen Dämon starrte.

Der Mann blickte auf und schob sich das verfilzte Haar aus dem Gesicht. „Oh, hallo ... Kevin Pascal!", sagte er, wobei er den Namen übertrieben betonte.

[2] Eine grobe Geschmacklosigkeit, in etwa vergleichbar mit dem Tragen einer Pompeji-Tunika in den 80er Jahren des 1. Jahrhunderts.

„Boh, wie bist du denn drauf, Alter?", polterte der alte Mann und zog einen Stuhl zurück. „So dürfen mich nur meine besten Feinde nennen. Für dich immer noch ‚Kev', verstehste?"

Er setzte sich, griff nach dem Bierglas und stürzte den letzten Schluck herunter.

Spinne hob die Augenbrauen und klopfte auf seinen Dämon. „Am liebsten würde ich dir noch einen dritten Vornamen anhängen, Kev. Es ist gleich halb neun – ich wollte längst auf dem Rückweg nach Wanheim sein."

„Jaja, bleib mal cool. Wo ist denn Kloß?"

Spinne hob die Schultern. „Ach, was weiß ich. Wahrscheinlich auf irgendeinem Friedhof, die Toten vollnölen, dass sie gar nicht wüssten, wie gut es ihnen geht."

Der alte Mann lachte. „Korrekt, Mann, das würde passen." Er lehnte sich im Stuhl zurück, stellte die Beine breit auseinander und kratze sich im Schritt. „Kannste ihn nicht einfach anrufen oder wenigstens orten?"

„Nein. Er hat wohl seinen Dämon abgeschaltet. Das letzte Signal habe ich vor über einer Stunde aus dem Nordviertel bekommen."

„Nordviertel? Was wollte er denn da, Alter? Is doch voll nicht seine Gegend."

„Irgendein Bekannter hat ihm eine Nachricht geschickt und behauptet, er brauche dringend Kloßens Hilfe."

„Wobei? Hatte er gute Laune und kam damit nicht klar?"

„Nein. Pass auf. Ich habe also Kloß dort in der Nähe abgesetzt und eine halbe Stunde später ..."

„Moment, Alter!", unterbrach ihn Kevin, stand auf, breitete die Arme aus und strahlte die Kellnerin an, eine Frau in seinem Alter und von der Anmut eines Elefanten, der in einen Bottich mit Schminke gefallen war. „Hey Rosi, lange nicht gesehen! Was meinst du, gehen wir in die Küche oder treiben wir's gleich hier?"

Rosi trat heran, legte den Kopf schief und verzog das Gesicht. „Da zieh ich mir doch lieber deinen Kumpel durch den Schritt!"

Spinne verschluckte sich und Rosi hieb ihm auf den Rücken. „Ist ja gut mein Kleiner. Keine Sorge, war nur ein Witz. Halber Liter, Kev?"

„Na logo!", antwortete Kevin und starrte begeistert auf ihren davonwogenden Hintern, als sie zur Theke zurückging. „Klasse Braut. Was wolltest du sagen?" Er ließ sich wieder auf seinen Stuhl fallen.

Anzeige

Haben Sie nicht lange genug bewiesen, dass Sie das Leben ertragen können? Ist es nicht an der Zeit, das Leben zu genießen? Hinter dem Regenbogen erwartet Sie das Paradies. Kostenlos und unverbindlich. Und tausendmal schöner, als Sie es sich vorstellen können.
Eden. Umsonst ist nur das Glück.

„Ähm ... ach so: Jedenfalls hat Kloß mich eine halbe Stunde später angerufen und erzählt, dass sein alter Freund gar nichts von einem Hilferuf wusste."

„Wunder der Technik. Wahrscheinlich steckt irgend so 'n scheiß halb-intelligenter Kommunikationsassistent dahinter, der ein Seufzen fehlinterpretiert hat."

Spinne nickte. „Jedenfalls meinte Kloß, das sei ihm ganz lieb, und ein kleiner, deprimierender Spaziergang käme ihm jetzt gerade recht. Tja. Und dann haben wir uns für hier verabredet."

„Na, der wird schon noch kommen. Habt ihr das Gras mitgebracht?"

„Ja, ist im Jeep. Kriegst du nachher. Das Geld ..."

„... an euren Oberguru, schon klar."

„Wenn du damit Dante meinst, ja.", sagte Spinne pikiert. „Die Freunde Der Menschheit sind eine Gruppe gleichberechtigter Individuen."

„Jaja, Alter, weiß ich doch, weiß ich doch. Logo seid ihr gleichberechtigt. Zumindest solange ihr macht, was Dante will – aber", Kevin hob abwehrend die Hände, „das ist ja euer Ding."

Am Nebentisch kippte ein einbeiniger Greis von seinem Stuhl. „Scheiß Osten!“, fluchte er.

Spinne schüttelte den Kopf. „Der ist wohl auch immer hier, was?“ Er erhob sich, um dem Krüppel zu helfen.

„Ist quasi Inventar“, bestätigte Kevin. „War mal Schriftsteller. Völlig verpeilt. Erschieß mich, wenn ich auch mal so werde.“

Spinne nickte ernst, dann stand er auf und setzte das schimpfende Männchen auf seinen Stuhl zurück. Der Alte zeterte: „Kein Respekt mehr! Wir hatten ja wenigstens noch Respekt! Weiß aber nicht mehr wovor. Sowieso: Alles viel besser gewesen früher.“

„Und, wie geht's Theo?“, fragte Spinne, als er sich wieder gesetzt hatte.

„Bisschen blass um die Nase. Seit er für euch arbeitet, kommt er gar nicht mehr aus seinem Zimmer raus. Mach mir langsam sorgen, Alter. Ich meine, er ist 14, er sollte in Einkaufszentren rumhängen, sich für hässliche Turnschuhe interessieren und einfach ... einfach mal Scheiße sein. Stattdessen ist er den ganzen Tag im Netz, weil Dante von ihm verlangt, dass er das Computersystem von Eden hackt!“

„Nicht so laut!“, sagte Spinne und guckte sich verstohlen um.

„Ja, Mann, nun hab dich mal nicht so. Wer hierher kommt, hat soviel eigenen Scheiß an der Backe, dass ihm fremder voll am Arsch vorbei geht, verstehste?“

„Jaja. Aber trotzdem. Außerdem verlangt Dante gar nichts, sondern Theo hat uns angeboten, unseren Kampf zu unterstützen.“

Kevin verdrehte die Augen und zog eine Zigarette hinter seinem Ohr hervor. „Na logo, Alter! Er ist 'n Teenie, und Teenies sind größenwahnsinnig und abenteuerlustig. Und manchmal leiden sie nicht nur unter Mitessern sondern auch unter dem Wahn, die Welt verbessern zu müssen. Ist doch kein Grund, das schamlos auszunutzen – hey!“, rief er, als Spinne zu einer Erwiderung anhob. „Ich weiß, was du sagen willst. Aber hast du mal gehört, wie Dante auf ihn einredet?“

Rosi kam mit einem Tablett zurück und stellte ein Bierglas vor Kevin.

„Danke, Alter", er hob das Bier und prostete ihr zu.

„Und du, Kleiner, auch noch was?", fragte Rosi mit Blick auf Spinnes leeres Glas.

„Bleibt mir ja wohl kaum was anderes übrig. Nanu?" Er schaute auf seinen Dämon.

„Nanu was?"

„Äh ... ich überleg's mir noch mal mit dem Bier."

Rosi rauschte davon.

„Was gibt's denn?"

„Eine Textnachricht. Wer zum Teufel schickt mir eine *Textnachricht*?" Er tippte auf den Bildschirm. Seine Pupillen huschten ein paar Mal hin und her, dann wurden sie starr und er flüsterte „Scheiße".

„Hey, was geht ab? Is irgendwas mit Kloß?", rief Kevin und wedelte mit der rechten Hand, wobei er Ring- und Mittelfinger abklappte.

„Sie haben ihn."

„Wer hat ihn? Die Knusperhexe? Die Schlachter-Innung? Die Ballettschule? Lies doch einfach vor, was da steht!"

„Kloß von Seelenfängern entführt. Unterwegs Richtung Eden Ludwigsfelde in einem schwarzen Lieferwagen mit dem Kenncode slw-17-blablabla-und so weiter und so fort. Keine Absenderangabe."

„Krass, Alter. Kannste dir Kloß im Paradies vorstellen?"

Spinne schüttelte den Kopf. „Nein. Außerdem wäre es dann kein Paradies mehr."

*

DÄMON: *Von* DAEMON, *was vielleicht soviel bedeutet wie „Der Alptraum eines Mannes ohne Nase", möglicherweise aber auch irgendetwas mit „Digital" und „Assistent" und „Mobile Online Networking".*

Ein Dämon ist eine Mischung aus Computer, Personalausweis, Kreditkarte, bester Freundin und Mittelpunkt des Lebens. Oft ist es schwer zu entscheiden, ob der Träger seinen Dämon besitzt oder von ihm besessen ist.

(zeitschock.de – Das Praktische Wörterbuch Für Aufgeweckte Kryonauten)

*

Es gab nur wenige Dinge, die Kloß mehr hasste, als aufzuwachen. Aufzuwachen und als erstes ein Hitlerbärtchen zu sehen, gehörte zu diesen wenigen Dingen.

„Da ist ja unser Kleiner", sagte der Mund unter dem Hitlerbärtchen. Mund und Hitlerbärtchen gehörten zu einem weichen Gesicht, welches wiederum zu einem Kopf mit schütterem, über die Stirn gekämmtem Haar gehörte. Der Kopf wuchs aus einer braunen Uniform heraus, deren Jacke über und über mit glänzenden, teilweise rhythmisch blinkenden Orden behängt war. Eine Laufschrift auf einer silbernen Spange klärte Kloß über sein Gegenüber auf; es handelte sich offensichtlich um „Oberster Generalsuperfeldmarschall der Preußischen +++ battery low +++ Union Patriotischer Sozialisten und geliebter Führer der arisch +++ battery low +++ en Massen Arnulf Höppner".

Neben Höppner saß ein zweiter Mann. Er trug ebenfalls eine ordenbesetzte Uniform und hielt die Arme über einem Bauch verschränkt, der selbst Kloß Respekt abnötigte.

Ein Ruckeln verriet Kloß, dass er sich im Inneren eines fahrenden Autos befand. Er zerrte an den Gurten, die ihn in einem Schalensitz festhielten.

„Ganz ruhig, Freundchen!", knurrte der Dicke. Höppner hob die Augenbrauen und seufzte. „Mein Stellvertreter ist ein bisschen aggressiv. Hat heute noch keinen Volksfeind erwürgt. Du bist am besten ganz brav und kooperativ und forderst ihn nicht heraus." Er schaute auf den Dämon an seinem linken Handgelenk, dann wandte er sich wieder an Kloß: „Du bist Jeremias Klossner, Bewohner der Enklave Wanheim und Mitglied einer Gruppe, die sich Freunde Der Menschheit nennt. Ha! Als ob die Menschheit solche Freunde bräuchte!" Er knuffte seinen Stellvertreter augenzwinkernd mit dem Ellbogen und fuhr fort: „Euer trauriger Haufen ist schon ein paar Mal mit nationalen Gruppierungen aneinandergeraten, ist das richtig?"

Kloß schwieg.

„Antworte gefälligst, wenn der Führer dich was fragt!", bellte Böhm und versuchte sich in seinem Schalensitz zu erheben, fiel jedoch schnaufend zurück, als der Wagen durch ein Schlagloch holperte. „Seid ihr bereits mit nationalen Gruppierungen aneinander geraten?"

„Ja, aber das war nichts Ideologisches. Wir verabscheuen hirnlose Barbaren, ganz unabhängig von ihrer politischen Meinung."

„Schwein! Laus! Jude! Zecke! ... Schwein! Schwuchtel! ... äh ... Zecke ..." Böhms Repertoire war aufgebraucht und er wandte sich an Höppner. „Darf ich ihm die Dornenkrone aufsetzen?"

„Später, Böhm", lächelte Höppner. „Gehen wir im Moment davon aus, dass er die Verräter von den Freien Arischen Revolutions-Truppen meint. Klossner, ich weiß, dass ihr euch vor allem dem Kampf gegen Eden verschrieben habt. Es wird dich freuen, zu hören, dass du den Feind bald von innen studieren kannst. Wir sind unterwegs zum Komplex Ludwigsfelde. Ich nehme an, du weißt, was das bedeutet."

Kloß nickte zögerlich. Eden Ludwigsfelde war der älteste der mittlerweile fast eintausend Eden-Komplexe weltweit. Ein schwarzer Würfel mit einer Kantenlänge von fünfhundert Metern, überspannt von einem ewigen Regenbogen, dessen Durchmesser weit über einen Kilometer betrug. Im Inneren des Würfels warteten unzählige Schwebetanks auf Menschen, die die triste Realität gegen ein virtuelles Paradies eintauschen wollten. Wer sich für Eden entschied, wurde von allen äußeren Einflüssen abgekapselt, mit dem leistungsfähigsten Computersystem der Erde verbunden, und lebte fortan in einer Traumwelt ohne Trauer, Hass und Angst. Die „Regenbogenportale" der Edenwürfel waren die Türen zu ewiger Glückseligkeit – zumindest, wenn man den holographischen Anzeigen glaubte, mit denen Eden vorzugsweise auf Schnapsflaschen, Suizid-Kits und den Formularen von Wohlfahrtseinrichtungen für sich warb.

Niemand war jemals freiwillig aus einem der Würfel zurückgekehrt. Und nur sehr selten gab Eden jemanden auf Drängen der Angehörigen wieder her. Diese „Familienzusammenführungen gegen den ausdrücklichen Willen unseres Kunden", wie Eden es nannte, hatten viel zur Glaubwürdigkeit der Eigenwerbung beigetragen: Die Bilder von Menschen, die sich wütend und verzweifelt aus den Armen ihrer Familien rissen und zum Regenbogen zurückrannten, gingen um die Welt.

„Sie können sich vorstellen, dass wir sie lieber zur Hölle als ins Paradies schicken würden." Höppner schmunzelte. „Aber die Hölle zahlt nicht so gut."

„Hauptsache, es gibt eine Laus weniger am Volkskörper!", rief Böhm und ließ seine Faust in die linke Handfläche klatschen.

„Jaja, Böhm, ist ja gut. Seien Sie ein bisschen nett zu unserem Gast. Immerhin wird er so freundlich sein, mit seinem Kopfgeld die Preußische Union Patriotischer Sozialisten und damit die nationale Bewegung zu unterstützen."

Kloß lachte auf. „Die nationale Bewegung? Ihr seid Seelenfänger – nichts als ein paar geldgeile Banditen!"

Höppner zog die Augenbrauen hoch und pustete ein Stäubchen von seinen Fingernägeln. „Leider zwingt uns das jüdisch-bolschewistische Finanzkapital momentan noch seine Spielregeln auf. Auch die nationale Revolution muss sich irgendwie finanzieren."

Anzeige

Viva la Revolucion!
Molotov-Cocktails von Shell. Die bessere Wahl. Für eine bessere Welt. Was auch immer Sie darunter verstehen.

Der Seelenfang war zwei Jahre nach der Eröffnung der ersten Eden-Komplexe aufgekommen. Eden zwang niemanden zu seinem Glück, doch wenn jemand anders dies tat, stellte es sich dem nicht in den Weg. Im Gegenteil: Die „Vermittlungsgebühren" für zugeführte Neukunden waren sehr lukrativ. Bedingung für die Auszahlung der Prämie und die Aufnahme eines Angelieferten war, dass dieser in einem aufgezeichneten Spuk erklärte, sich vollkommen freiwillig zum „Gang durch den Regenbogen" entschlossen zu haben – eine Erklärung, die fast jeder bereitwillig abgab, sobald man ihm die Dornenkrone wieder vom Kopf nahm.

„Genug geplaudert. Es wird Zeit, dass du dir eine glaubwürdige Erklärung für deine freiwillige Himmelfahrt überlegst." Höppner zog einen bunten Stirnreif unter seinem Sitz hervor.

*

DORNENKRONE: *Irreführende Bezeichnung für ein bequem sitzendes, elastisches Stirnband, das oft mit freundlichen und farbenfrohen Motiven bedruckt ist. Es stimuliert direkt das Schmerzzentrum im Gehirn seines Trägers und löst damit unerträgliche Schmerzen aus, die völlig frei von gefährlichen Nebenwirkungen sind. Das sogenannte* HUMANE FOLTERN *gilt seinen Befürwortern als einer der größten zivilisatorischen Fortschritte seit der Einführung von Anti-Personen-Minen, die zwischen spielenden Kindern und Soldaten unterscheiden können – und bei Soldaten entsprechend höher springen, ehe sie explodieren.)*

(zeitschock.de – Das Praktische Wörterbuch Für Aufgeweckte Kryonauten)

Die kleinste Zelle der Gesellschaft

Geht nicht nach Eden! Gebt eure Menschlichkeit nicht auf! Kämpft mit uns für eine lebenswerte Welt, statt euch in den Träumen einer seelenlosen Maschine zu verlieren!

(aus einem Aufruf der Freunde Der Menschheit)

SOZIALE MARKTWIRTSCHAFT: *Stell dir vor, du hast dir mit einer Schularbeit besonders viel Mühe gegeben und eine Eins dafür bekommen. Dein Vati belohnt deine Leistung und kauft dir ein riesengroßes Eis. Elf Kugeln. Ach was, sagen wir achtzehn Kugeln! Ein Eis kann gar nicht groß genug sein, nicht wahr? Deine Augen leuchten, gleich wirst du deine Zunge über die oberste Kugel streichen lassen (vielleicht ist es Erdbeere oder Schoko) und in diesem Moment kommt ein böser Mann (vgl.* STAAT*) und reißt dir das Eis aus der Hand.*

„So nicht, mein Sportsfreund!", sagt er. „Hier wird geteilt!" Und dann geht er mit deinem Eis in die Slums vor der OASE *und lässt alle Schmuddelkinder einmal lecken. Wenn er es dir zurückbringt, ist es nur noch halb so groß und stinkt nach armen Leuten. Die Waffel ist dreckig von ihren Fingern und obenauf liegt ein Stück Lippenschorf.*

Unvorstellbar sagst du? Nun, frag deine Großeltern, die haben es noch selbst erlebt!

(teeniepedia.de – Das Jugendlexikon
Als Lehrmaterial in den Habitaten der PT Burung
Nasar zugelassen)

„Herzlich Willkommen zum McDonalds News-Spuk am Abend. Rom. Bei seinem ersten öffentlichen Auftritt seit mehr als zehn

Monaten bekräftigte Papst Ignatius II.2 sein Verdikt gegen Eden, dessen Angebot er als Teufelswerk und Blasphemie verurteilte. ‚Der Regenbogen, einst Zeichen der Verbundenheit Gottes mit uns Menschen, wurde von Satan entweiht und zu einem Wegweiser in die Hölle gemacht'. Der Papst, der wie schon bei seinen letzten Auftritten in einem Glasbottich mit Nährflüssigkeit schwamm, habe so frisch ausgesehen wie seit zehn Jahren nicht mehr, berichteten Augenzeugen." Der Geist des Nachrichtensprechers stand direkt neben dem Esstisch im Wohnzimmer einer Standard-Oasen-Wohnwabe. Gunda Hauser betrachtete ihn mit gerunzelter Stirn. Bis gestern hatte ein großer Reizwäschehersteller die Sendung gesponsert, und die rosa Spitzenunterwäsche hatte ihm eindeutig besser gestanden als das Ronald McDonald-Kostüm.

„New York. Turnusgemäß übergab heute Musa al-Raschid von Produk2 Mubazir unLtd. den Vorsitz im Weltsicherheitsrat an die Sony-Chrysler-Ngonga-Gruppe. Deren Vertreter betonte in seiner Antrittsrede ..."

„Muttivatti!" Else stürmte ins Zimmer, rannte geradewegs durch den Nachrichtensprecher hindurch und wedelte mit ihrem linken Arm in der Luft herum. Der leistungsschwache Beschwörer ihres Dämons projizierte einen kleinen goldenen Lorbeerkranz. „Guckt ma! Habbene Eins innor Konsumismus-Klausur bekomm gewordn! Issas nich karrascho?" Sie hatte ein durchscheinendes Top an und Shorts, auf deren Schritt das Vollfarbhologramm einer grotesk überzeichneten Vagina im Manga-Stil prangte.

„Prima Else, das ist wirklich toll", murmelte ihr Vater, Hartwig Hauser, ohne den Blick vom Nachrichtensprecher abzuwenden. Seine Hände umklammerten eine alte Marilpe.

Gunda stellte das Essen ab und nahm ihre Tochter in den Arm.

„Jaja, Glückwunsch", moserte der Nachrichtensprecher. „Wenn ich dann fortfahren dürfte: Atlanta: Coca-Cola, das im ganzen Sonnensystem beliebte Erfrischungsgetränk für alle Altersstufen und Spezies ist jetzt noch köstlicher und erfrischender. Das bestätigte ein Konzernsprecher am Vormittag. Nicken Sie dreimal deutlich in meine Richtung, um sofort eine Kiste mit zehn Flaschen zum Vorzugspreis von nur vierzig Neuen Preußischen Talern zu bestellen."

„Muttivatti – dachte, villeich als kütschük Annorkennung, dasser mir jetz endleh ..."

„Wusste ich doch, dass da noch was kommt, wenn du uns ‚Mutti und Vati' nennst!", seufzte Gunda und ließ ihre Tochter los. „Tut mir Leid, aber du hattest diesen Monat schon einen Besuch in der Kosmetikklinik."

Else sackte in sich zusammen. „Abba gucktma doh mah an, ey! Die annorn Djevoschs ausser Klasse lach ma aus und von die Jungs fasst ma och keina mehr an!"

Gunda strich ihr übers Haar. „Aber mein Liebling. Mir gefällst du so, wie du bist."

Ein Ausdruck der Abscheu verzerrte Elses hübsches (und bis auf die Hasenscharte perfektes) Barbiegesicht. „Jaja, wenn's nach euch jegang wär, hätteh ja nichma die Hasenscharte jekricht gehabt und wörde immanoh rumrenn wie die janzn standarderbgut-optimierten Ahme-Leute-Kinner! Vitun runkkuläjät!"

Hartwig Hauser schien das erste Mal Notiz von dem Gespräch zu nehmen. „Was?", fragte er matt und drehte den Kopf langsam zu seiner Tochter.

„Frach lieba nich!"

„Okay." Er nickte bedächtig und widmete seine Aufmerksamkeit wieder dem Nachrichtensprecher.

Gunda stemmte die Hände in die Hüften und verstellte ihm den Blick. „*Okay*? Ist das alles was du zu sagen hast? Bleibt die ganze Erziehung mal wieder an mir hängen? Oder kannst du vielleicht bitte mal unserer Tochter erklären, dass wir ihr nicht jede neue Mode finanzieren können."

Hartwig verzog das Gesicht und stöhnte leise. Dann sagte er: „Wir können dir nicht jede neue Mode finanzieren."

Else lachte. „Was will 'n der? Orangkalah!“, höhnte sie. „Mensch Mami, streichm den Job und kauf ihm 'n Strick, denn is Schluss mit Geldsorng!“

Ihr Vater krümmte sich in seinem Sessel zusammen. Else wusste, in welche Wunde sie Salz streuen musste. Hartwig Hausers Arbeitsstelle war im Rahmen einer gemeinsamen Initiative der Regierungen von Neupreußen und Mecklenburg sowie der wenigen größeren Arbeitgeber und Oasen geschaffen worden. Die Aktion war ein voller Erfolg gewesen – inzwischen gab es in der Region wieder mehr Stellen als Bewerber. Kritiker wiesen darauf hin, dass dies möglicherweise daran liegen könnte, dass die Jobs in der Regel nur wenig Aussicht auf berufliche Erfüllung boten und zudem von den Arbeitnehmern selbst finanziert werden mussten. Oder, wie in Hartwigs Fall, von ihren Ehefrauen. Gunda Hauser arbeitete als Motivationstrainerin für kosmetische Haustierchirurgen und bezahlte von einem Teil der Einkünfte Hartwigs Halbtagsstelle als Pförtner in einer vollautomatisierten Fabrik. Ein preiswerter, öder Job: Sobald das Signal „Schranke öffnen“ aufleuchtete, musste er einen mit „Schranke öffnen“ beschrifteten Knopf drücken. Einmal war Hartwig während der Arbeit eingenickt und hatte das Signal übersehen. Die Schranke war trotzdem aufgegangen.

Anzeige

Arbeit für Alle!
Großes Sortiment an Arbeitsplätzen in allen Bereichen!
Ganztagsjobs schon ab 6000 Taler pro Monat! Überstunden gegen geringen Aufpreis! Sonderaktion bis Monatsende:
12 Monate arbeiten, nur 11 bezahlen!
Rent-A-Job – gib deinem Leben einen Sinn!

„Es geht ja nicht nur ums Geld, Else. Als wir dich und deinen Bruder bei OptiGen festgelegt haben ...“

„Jaja, schweiß!“ Else verdrehte die Augen. „Für mich das Schönheitspaket und für Theo die Intelligenzoptimierung. Für mehr hatteter kein Geld gehabt worden!“

Ihre Mutter nickte. „Und jetzt willst du deinen Anteil wegwerfen? Hässlich werden wie Theo und dazu nur mit dem vorgeschriebenen Mindest-IQ ausgestattet?“ Sie nahm ihre Tochter wieder in den Arm. „Du wirst sehen, nächste Woche ist Schönheit wieder modern.“

„Gar neh.“ Else riss sich los, zog unwirsch einen Stuhl zurück, ließ sich darauf fallen und streckte ihrem Vater die Zunge raus.

„Nächste Woche reden wir noch mal drüber“, sagte Gunda und bemühte sich dabei um einen aufmunternden Tonfall. „Einverstanden?“ Sie öffnete die Tür des Versorgers, der die Wohnwabe der Hausers mit dem Rohrleitungssystem der Oase verband und nahm fünf Asietten heraus.

„Ein Essen kannste glei baunzen, Opa is neh da zum Ahmbrot.“

„Na wenigstens eine gute Nachricht. Wo steckt denn Theo?“

*

SUCCUBUS: *Umgangssprachlich für* SUPPLE HUMAN-COMPUTER-BUS (FLEXIBLE MENSCH-COMPUTER-SCHNITTSTELLE). *Cerebral-Implantat, durch welches Bilder und Töne ohne Umweg über die Sinnesorgane direkt ins menschliche Gehirn eingespeist werden können. Gleichzeitig wird das motorische Zentrum gelähmt, was es dem Träger erlaubt, sich in einer virtuellen Welt frei zu bewegen, während der Körper reglos bleibt. Sie kennen den Effekt: Im Traum können Sie über eine Wiese hüpfen, ohne auch nur mit dem kleinen Zeh zu wackeln.*

Tastsinn und Geruch können mit handelsüblichen SUCCUBI *nicht stimuliert werden; über diese Fähigkeit verfügen laut Konzernangaben nur die von Eden eingesetzten Modelle, die jedoch nicht frei verfügbar sind.*

Unser Tipp: Sparen Sie sich die Operation und kaufen Sie sich einen guten BESCHWÖRER. *Ein Erotikspuk wirkt fast so real wie eine Ein-*

spielung über die Großhirnrinde, und sicher werden Sie die Tatsache zu schätzen wissen, dass Sie Ihre Hand noch bewegen können ...

(zeitschock.de – Das Praktische Wörterbuch Für Aufgeweckte Kryonauten)

*

Theo steckte in Schwierigkeiten. Ein drei Meter großer Troll hatte ihn am Schienbein gepackt und wirbelte ihn im Kreis herum. Diese Art von Schwierigkeiten.

Der Troll ließ los und Theo sauste durch die Luft, knallte gegen eine Felswand und stürzte zu Boden, ohne etwas zu spüren.

„Gesundheit 54%", meldete sein Dämon. Theo rappelte sich auf. Das Monster grinste ihn an, Sabber lief aus seinen Mundwinkeln. Theo zog die Strahlenpistole aus seiner glänzenden Rüstung und zielte auf die Brust des Trolls. Dessen Grinsen wurde noch breiter. Außer einem Raketenwerfer oder einem Atomgewehr konnte ihm keine Waffe etwas anhaben. Theo senkte die Waffe, zog sie ein wenig nach links und drückte, nun ebenfalls lächelnd, ab.

Mit einem gewaltigen Knall explodierte das Uran-Fass, das ein gnädiger Programmierer an dieser Stelle des Spiels platziert hatte, und zerfetzte den Troll. Grünes Blut spritzte an die Wände der Höhle. Theo steckte die Pistole weg und drehte sich zur Seite.

„Oh Theo. Mein Retter", hauchte ein blondes Mädchen, dessen Arme über dem Kopf an die Felswand gekettet waren. Es trug ein dekorativ zerrissenes Kleid; auf dem Kopf saß ein goldenes Krönchen. Theo ging auf sie zu und lächelte. „Ist mir ein Vergnügen, dir aus diesen ..." – er wedelte abfällig mit der Hand in Richtung der Überreste des Trolls – „... diesen Unannehmlichkeiten herauszuhelfen, Prinzessin Sophie." Als er bei ihr angekommen war, hob er ihr Kinn mit dem Zeigefinger ein wenig an und schaute in ihre himmelblauen Augen.

„Oh Theo. Mein Retter", hauchte die Prinzessin neuerlich und ein Lächeln zauberte Grübchen in ihre Wangen.

„Anruf von Dante!" Eine andere Frauenstimme hallte durch die Höhle. Theo zuckte zusammen; Sophie hingegen schien sie überhaupt nicht gehört zu haben. „Oh Theo. Mein Retter", hauchte sie. Theo verzog das Gesicht und rief: „Spiel einfrieren!"

Sophie erstarrte und das Fauchen des Windes in der Höhle verklang. Er deaktivierte seinen Succubus, indem er gegen den Stöpsel in seinem Nacken tippte. Sophie, die Höhle und die blutigen Trollklumpen verschwanden. Theos Avatar – seine Spielfigur – verblasste, die glänzende Rüstung wich einem billigen T-Shirt. Die Pistole in seiner Faust löste sich in Luft auf. Theo war wieder ein Vierzehnjähriger wie viele andere. Vielleicht etwas schmächtiger als die meisten und mit einem Gesicht gestraft, das sich (vermutlich aus durchaus berechtigten Zweifeln an seiner Attraktivität) hinter immer neuen Pickeln zu verbergen suchte.

Er saß an seinem Schreibtisch, das Gesicht zur Wand, eine Hand noch immer nach Sophies Haar ausgestreckt, die andere zur Faust geballt, als hielte er noch immer eine Waffe darin. Er drehte sich auf seinem Sitz in Richtung des zugemüllten Zimmers.

„Anruf annehmen."

Dantes Geist erschien in der Mitte des Raumes. „Gruß Theo." Seine dunkle Stimme ließ die Tieftöner dröhnen. Ein enger, grobmaschiger Pullover spannte über seiner mächtigen Brust, und das Gesicht mit dem sorgfältig gepflegten Kinnbärtchen trug wie immer diesen Ausdruck, der zu sagen schien: „Jetzt tut es gleich ein bisschen weh."

„Hast du schön gespielt?", fragte er.

Theo wand sich auf seinem Sitz. „Nur ein halbes Stündchen ...“

„Ein halbes Stündchen Realitätsflucht!“, donnerte Dante. „Du weißt, wie ich darüber denke. Wie *wir* darüber denken.“

„Ja, aber ... das verstehst du nicht.“

„Das ist richtig. Ich verstehe nicht, wie man sich mit solchen Sachen abgeben kann, statt sich echten Herausforderungen zu stellen. Bist du weitergekommen mit dem ... Projekt?“

„Nicht richtig“, antwortete Theo leise und blickte zu Boden. Er war überhaupt nicht vorangekommen. Das Computersystem des Eden-Konzerns schien perfekt geschützt.

„Aha.“ Dante holte tief Luft. „Aber ich rufe wegen etwas anderem an: Kloß wurde entführt.“

„Was?!“ Theo setzte sich ruckartig auf.

„Seelenfänger. Sie bringen ihn nach Ludwigsfelde. Ich will, dass du versuchst, ihre Wagen über deren Bordcomputer lahmzulegen. Wir haben den Kenncode der Fahrzeuge, er wird dir gerade auf einer Sub-Leitung übermittelt. Schaffst du das?“

„Hängt davon ab, wie gut ihre Computer geschützt sind und wie viel Zeit ich habe."

„Maximal dreißig Minuten."

Theo schüttelte den Kopf und hob zu einer Erwiderung an, doch Dante ließ ihn nicht zu Wort kommen. „Lass dir etwas einfallen. Zeig mir, dass du nicht nur Spielchen spielen kannst. Spinne ist mit dem Jeep unterwegs, um sie vor Eden abzufangen. Marta und ich fahren hier los, sobald wir die Dicke Bertha einsatzbereit gemacht haben. Wenn ihr es schafft, die Seelenfänger hinzuhalten, können wir Kloß retten!"

Die Tür des Zimmers glitt auf und Theos Mutter steckte den Kopf herein.

„Theo kommst du zum ... – oh, Guten Abend, Dante", sagte sie in einem Ton, der keinen Zweifel daran ließ, dass eigentlich „Fahr zur Hölle" gemeint war.

„Gruß Frau Hauser."

„Möchten Sie mit uns essen?"

„Nein, danke. Wie Sie wissen, bin ich nicht körperlich anwesend. Was Sie sehen, ist nur mein Geist."

„Ansonsten hätte ich mich auch kaum zu dieser Geste der Höflichkeit durchringen können. Wozu wollen Sie meinen Sohn diesmal anstiften?"

Theo stand auf und ging zur Tür. „Bitte Mutti, fang jetzt nicht wieder damit an. Ich komme in ein paar Minuten. Mach dir keine Sorgen." Er schloss die Tür und drehte sich wieder zu Dante. „Ich werde sehen, was ich tun kann."

Er tippte gegen den kleinen Knubbel an seinem Hinterkopf. Das enge Zimmer verschwamm, Möbel und Wände wurden durchsichtig und gaben den Blick frei auf eine blumenübersäte Wiese. Das Gras bewegte sich sanft im Wind, doch Theo spürte noch immer den harten Fußboden unter sich. Schmetterlinge flatterten herum. Schäfchenwolken zauberten Schattenspiele auf einen Hügel im Hintergrund.

Direkt vor Theo schwebten halbtransparente Scheiben, die mit Fotos, wirren Symbolen oder endlosen Zahlenketten gefüllt waren. Eine von ihnen zeigte Sophie in einer blutverschmierten Höhle – die Stelle des Spiels, an der Theo es verlassen hatte. Er seufzte, schob den Schirm nach hinten und zog eine Scheibe in den Vordergrund, auf der eine Landkarte zu erkennen war. Theo legte die Hand darauf, Wiese und Himmel verblassten, und im nächsten Augenblick schwebte sein Avatar über der schematischen Darstellung des alten Berlins, der im Südosten gelegenen Matahari-Oase und einiger kleiner Enklaven im Umland. Lichtströme unterschiedlicher Stärke, Länge und Geschwindigkeit symbolisierten den Verkehr. Er beschränkte sich fast ausschließlich auf Zentralberlin, die Oase und die wenigen gesicherten Straßen. Theo verknüpfte den übermittelten Kenncode des Wagens mit der Karte, und ein Fahrzeug auf der Schnellstraße Warschau-Hannover wurde markiert. Theo blinzelte es an und befand sich im nächsten Moment neben einem 3D-Diagramm des Lieferwagens. Er atmete tief durch und stellte den Kontakt zum Bordcomputer her.

Novemberregenbogen

1954 führten die Kanadier James Olds und Peter Milner ein aufsehenerregendes Experiment durch: Sie implantierten mehreren Ratten Elektroden ins Gehirn, die ihren Hypothalamus mit einem schwachen Stromstoß reizten, wenn sie einen Taster in ihrem Käfig betätigten. Diese Stimulation war für ausnahmslos alle Versuchstiere ein derart positives Erlebnis, dass sie es unter Missachtung aller natürlichen Triebe wie Hunger oder Durst ohne Unterlass wiederholten, bis sie schließlich entkräftet starben. Olds und Milner hatten das Belohnungs- oder Glückszentrum des Gehirns entdeckt. […]

Fast 60 Jahre später kam dieses ziemlich primitive Verfahren in der Oberschicht der westlichen Welt in Mode und trug zu deren raschem Verfall bei. Mir war klar, dass dies zwar eine funktionierende, jedoch keineswegs erstrebenswerte Methode war, die Menschen zu Herren ihres eigenen Glücks zu machen. Dennoch: Obwohl Eden weitaus komplexer und den Bedürfnissen und wunderbaren Fähigkeiten des menschlichen Geistes angepasst ist, so beruht es letztendlich auf einer Entdeckung, die mehr als 80 Jahre alt ist.

(aus: E. R. Lösser, Das Rattenparadies)

Es hatte gereicht, ein wenig mit der Dornenkrone vor seiner Nase herumzufuchteln. „Hiermit erkläre ich, Jeremias Klossner …"

„Lauter!", schnauzte ihn Böhm an.

„Hiermit erkläre ich, Jeremias Klossner, dass ich mich aus freien Stücken dazu entschlossen habe, das kostenlose und unverbindliche Angebot der Firma Eden …"

Diesmal unterbrach ihn eine Frauenstimme: „Sie wählten Zufallswiedergabe aus der Bibliothek 20.Jahrhundert/80er Jahre/Fetenhits."

Höppner und Böhm schauten sich verwundert an. „Wir haben überhaupt nichts gew..." Der Rest von Höppners Satz ging in den ersten Takten von *Words don't come easy* unter.

Böhm wuchtete sich aus seinem Sitz und klopfte gegen die Wand hinter Kloß, die den Passagierraum von der Fahrerkabine trennte. Ein Fenster glitt auf und ein stiernackiger Glatzkopf drehte sich zu ihnen um.

„Ausschalten, Müller! Was soll das?", brüllte Böhm gegen den Lärm an.

„Keine Ahnung, Herr Generaluntersuperfeldmarschall! Ich habe ..." – *how can I find a way* – die Lautstärke hatte noch einmal zugelegt – *for me to say I love you* ... dann brach die Musik ab.

„Was haben Sie angestellt, Müller, raus mit der Sprache!"

„Ich ... ich ... äh ...", stammelte der Mann und Kloß begann leise zu singen: „Words, ding, dang, dong, don't come easy ..."

„Schnauze! Hauptoberrekrut Müller, betrachten Sie sich ab sofort als Exhauptoberrekrut! Melden Sie sich nachher zur Strafwache!" Böhm wollte das Fenster zuschieben, aber Höppner hielt ihn zurück. „Immer mit der Ruhe. Was war da eben los, Müller?"

„Ich weiß es nicht, echt jetze!" Müller kämpfte mit den Tränen. „Die Musikanlage ging plötzlich an, dabei hatten wir gar nüscht gemacht gehabt! Und denne isse nich mehr ausgegang, echt jetze, ich habs probiert!"

„Aber Sie haben sie doch eben ausgeschaltet, oder?"

„Nee, hab ich nich. Die is von ganz alleine ausgegang!"

Höppner schob die Trennscheibe zu, setzte sich und beugte sich zu Kloß. „Hast du vielleicht irgendeine Erklärung für das, was eben passiert ist?", fragte er mit zusammengekniffenen Augen.

„Vielleicht hat euer Auto einfach einen schlechten Musikgeschmack?"

„Sehr witzig. Ich hoffe für dich, dass es keine weiteren unangenehmen Überraschungen mehr gibt."

Kloß hob die Schultern: „Wenn du keine unangenehmen Überraschungen mehr erlebst, weißt du, dass du tot bist."

„Sehr schön. Ich schreib es mir ins Poesiealbum", versprach Höppner und im nächsten Moment, als wollten sie Kloß' Aussage unterstreichen, entleerten sich die in die Seitenwände eingelassenen Aschenbecher auf Höppners und Böhms Uniformhosen.

*

Ein paar Minuten nachdem er die Schlammstadt verlassen hatte, klinkte Spinne den Jeep aus dem Verkehrsleitsystem der Schnellstraße Warschau-Hannover aus und steuerte den Wagen auf eine Ausfahrt, an der Schilder für Geleitschutzdienste und Panzerlimousinen warben. „Achtung!", meldete sich der Bordcomputer. „Bei Verlassen der gesicherten Route erlöschen sämtliche Versicherungs- und Schadenersatzansprüche. Gute Weiterfahrt!"

„Danke!", sagte Spinne und fuhr auf die A10, eine alte, dem Verfall überlassene Autobahn. Die Lichter des Jeeps schalteten sich ein. Kahle Bäume säumten den Straßenrand. Äste und ganze Baumstämme waren auf die Straße gestürzt, doch sie war breit genug, um ihnen ausweichen zu können. Links und rechts der Autobahn lagen verfallene Lagerbaracken, Industriegebäude und Ackerbrachen. Etwa zehn Kilometer vor ihnen und im anhaltenden Regen kaum auszumachen, schimmerte vor dem dunkelgrauen Horizont der ewige Regenbogen von Eden Ludwigsfelde. Spinne schauderte.

„Sie werden gerufen", informierte ihn das Fahrzeug.

„Annehmen!", befahl Spinne. Ein Gesicht erschien – Dante mit gefurchter Stirn und tiefen Falten von den Mundwinkeln bis zu den Nasenflügeln. Das Gesicht war halbtransparent, kaum mehr als ein Gespenst vor dem Hintergrund der aus dem Dunkel gerissenen Straße.

„Schaffst du es?" Dante hatte wenig für lange Vorreden und Begrüßungsrituale übrig.

„Ah, hallo Dante, ich gebe mir Mühe. Bin von der Schnellstraße runter und auf die alte Autobahn rauf. Hier kann ich alles aus dem Wagen rausholen, während die Entführer bis kurz vor Eden vom Leitsystem der Schnellstraße gesteuert werden. Und das setzt eher auf Sicherheit als auf Geschwindigkeit." Spinne riss das Steuer herum, um einem Autowrack auszuweichen. „Hey! So macht Autofahren Spaß"

„Es wäre schön, wenn du bei all dem Spaß nicht den Ernst der Lage vergisst."

„Jaja, Dante, mach dir mal keine Sorgen."

„Marta und ich sind unterwegs. Setz dich mit Theo in Verbindung. Er versucht, die Fahrzeuge der Seelenfänger zu hacken. Ihr müsst sie irgendwie aufhalten. Wenn Kloß durch den Regenbogen gegangen ist, können wir nichts mehr für ihn tun." Dann war das Gesicht weg.

„Verbindung beendet", sagte das Auto.

„Dir auch viel Erfolg und alles Gute, Dante."

*

HOLONET: *Weiterentwicklung des Internets. Verbund aller Computer auf Erden. Wird durch* BESCHWÖRER *oder* SUCCUBI *dreidimensional dargestellt, um dem menschlichen Nutzer eine einfache, übersichtliche Navigation zu ermöglichen. Jedem Computer, jedem Programm und jedem Nutzer kann im* HOLONET *eine beliebige virtuelle Gestalt gegeben werden.*

Machen Sie es wie alle anderen: Gestalten Sie Ihren AVATAR *(die Figur, die Sie im* HOLONET *repräsentieren wird) nach Ihrem Selbstbild und nicht nach so unzuverlässigen und fälschungsanfälligen Quellen wie Fotos oder Spiegelbildern.*

(zeitschock.de – Das Praktische Wörterbuch Für Aufgeweckte Kryonauten)

*

Theo gab auf. Die zentralen Module des Bordcomputers waren gut vor Eindringlingen geschützt. Es war ihm lediglich gelungen, die Stereoanlage einzuschalten und die Aschenbecher auszuleeren. Wenn er doch nur mehr Zeit hätte ...

Er pfiff Waldi zurück, ein selbstgeschriebenes Schnüffel- und Diagnoseprogramm, dem er aus einer Laune heraus einen Dackel als Avatar gegeben hatte. Dann löste er sich von dem dreidimensionalen Diagramm des Lieferwagens, das daraufhin wieder zu einem unter Tausenden Lichtpunkten im Straßennetz zusammenschrumpfte. Vor ein paar Minuten hatte das Fahrzeug die Schnellstraße im Konvoi mit zwei anderen, baugleichen Lieferwagen verlassen und fuhr einen Edenwürfel nahe den Ruinen von Ludwigsfelde an.

„Hilf mir!“ Nicht mehr als ein Flüstern. Theo wirbelte herum. Dort, wo er eigentlich die schematische Darstellung der Straße und in der Ferne das Geflimmer des Holonet-Knotens der Oase hätte sehen müssen, stand Sophie. Sie trug noch immer das halb zerfetzte Kleid, doch sie war frei. „Ich brauche dich, bitte hilf mir!“

Theo starrte sie mit offenem Mund an. Wie war das möglich? Ein Kurzschluss verschiedener Programmebenen?

„Wie kommst du hierher?“

„Das kann ich jetzt nicht erklären. Die Zeit reicht nicht. Hilf mir, Theo. Vertraue mir. Dann kann auch ich dir helfen.“

Er schüttelte den Kopf und wich einen Schritt zurück. „Wer bist du? *Was* bist du?“

„Erkennst du mich nicht?“

„Du ... du bist Sophie. Ein Phantasieprodukt. Von mir geschaffen und programmiert. Du kannst nicht selbstständig handeln. Du bist ... nicht *wirklich*!“

Das Mädchen hielt den Kopf gesenkt und schaute mit großen Augen zu ihm auf. Flehend und verlegen, wie ein Kind, das um

Verzeihung bat, weil es auf dem Schulhof aus Versehen einen Klassenkameraden erschossen hatte. „Ich weiß, es ist schwer zu glauben. Aber es gibt mich wirklich. Bitte vertrau mir. Ich liebe dich."

Etwas geschah. Der Raum selbst schien zu flimmern, die Struktur zu verlieren, zu zerfließen. „Wir sehen uns bald wieder!", hörte er sie noch rufen, dann brach das Netz zusammen und riss ihn in die Finsternis.

*

Theo kam auf dem Boden seines Zimmers zu sich. Seine Mutter beugte sich über ihn. „... in Ordnung?"

„Was ist los?", fragte Theo.

„Das würde ich auch gerne wissen. Du hast geschrieen und es hat laut gepoltert, darum sind wir gekommen."

„Was ein Stupido!", flötete Else. „Den hättäta gleih nachm Brüten reklamieren sollen!"

„Geh raus, Else! Fang schon an zu essen. Und du, Theo, sagst mir jetzt sofort, was passiert ist. Da steckt doch bestimmt Dante dahinter."

Theo richtete sich auf und schüttelte benommen den Kopf. „Nein, nein. Ich ... äh, ich war in einer Lerndatenbank, die plötzlich ausgefallen ist. Du weißt doch, dass mein Succubus keinen ausreichenden Rückkopplungsschutz hat."

„Wir hätten dir das Ding nie einsetzen lassen sollen." Gunda erhob sich. „Wie auch immer: Ich möchte nicht, dass du dich weiter mit diesem Subjekt und seinen Kumpanen abgibst. Ich glaube, ich muss einmal ein ernstes Wort mit deinem Opa reden."

„Ach Mutti!"

„Nix: Ach Mutti! Durch Opa hast du diese Leute doch kennengelernt! Und jetzt komm mit essen."

„Gleich. Ich will mich bloß ein paar Minuten hinlegen. Mir ist noch ganz schwindlig."

Kaum hatte seine Mutter das Zimmer verlassen, sprang er auf, lief zum Schreibtisch und schaute auf die Uhr des Computers. Er hatte zehn Minuten verloren! „Verbindung zu Dante!"

„Gruß Theo!", sagte Dante und nickte ihm zu. Die Fäuste seines Geistes umklammerten ein riesiges Lenkrad, dessen Säule kurz vor ihm in der Luft endete. „Marta und ich sind unterwegs."

„Hallo Theo", rief eine Frauenstimme, dann kräuselte sich die Luft neben Dante und der Geist einer jungen Frau mit kurzen schwarzen Haaren erschien und hüpfte synchron zu Dante auf der Sitzbank des Wagens herum.

„Hallo Marta. Schlechte Nachrichten: Ich konnte sie nicht aufhalten." Er rief eine Karte auf. Die drei Punkte hatten das Regenbogensymbol fast erreicht. „Sie sind gleich da. Tut mir Leid", fügte er leise hinzu.

„Spinne wird es auch nicht rechtzeitig schaffen. Und wir sind frühestens fünf Minuten nach ihm dort. Es gibt nur eine Chance: Kloß muss die Seelenfänger irgendwie hinhalten, bis Spinne kommt ..."

„... und Spinne ..."

„... muss sie irgendwie hinhalten, bis wir kommen! Hast du irgendeine Idee, wie du ihm dabei helfen kannst?"

Theo überlegte einen Moment. Dann grinste er. „Ja, ich glaube, ich hab da eine Idee."

„Gut. Setz dich gleich mit ihm in Verbindung."

„Dante, eben ist noch was passiert ..." Er zögerte.

„Was denn?"

Sollte er von Sophie und der merkwürdigen Begegnung im Netz erzählen? Dante würde dies nur als Beweis dafür ansehen, dass Theo den Bezug zur Realität verlor.

„Ach, nicht so wichtig."

„Sag schon!", brummte Dante.

„Ach, ich hatte bloß Ärger mit meiner Mutter. Sie will nicht, dass ich mich mit euch abgebe."

„Verstehe. Du musst selber wissen, was dir wichtiger ist: die Anweisungen deiner Mutter oder die Zukunft der Menschheit!"

„Dante!", fauchte Marta. „Setz den Jungen nicht so unter Druck!"

„Ich klär das schon!", rief Theo. „Macht's gut! Ich muss mich erst mal wieder um die Seelenfänger kümmern." Er beendete die Verbindung.

Als er für einen Moment die Augen schloss, hörte er wieder Sophies Stimme: *Ich liebe dich.*

Der schwarze Würfel

Eden schafft keine Illusionen, sondern eine bessere Wirklichkeit. Es versetzt Sie in einen himmlischen Garten, dessen Blumen Sie wirklich riechen, dessen Gras Sie unter Ihren Füßen spüren und in dem Ihnen Ihre Lieblingsspeisen zufliegen.

Doch das ist längst nicht alles. Eden liefert Ihnen nicht nur die Welt, in der Sie endlich glücklich sein werden, es liefert Ihnen das Glück selbst. Durch Stimulation der entsprechenden Hirnzentren, kombiniert mit einer sorgfältigen Regulierung Ihres biochemischen Haushaltes, garantiert Ihnen Eden hundertprozentige Glückseligkeit bei allem, was Sie tun, höchste sexuelle Befriedigung wann immer Sie wollen und vollkommenes Wohlbefinden an jedem Tag, in jeder Sekunde, für den Rest Ihres Lebens.

Kommen Sie zum Regenbogen. Kommen Sie zu Eden. Kostenlos und unverbindlich, denn Sie können Eden jederzeit wieder verlassen ... doch wer will das schon?

(paradies-und-das.de – Noch Fragen zum Himmel?)

Es gab keinen Horizont mehr. Nur noch ein quadratisches schwarzes Loch vor grauem Hintergrund, von einem Regenbogen eingerahmt, der in seiner Widernatürlichkeit abstoßend wirkte. Ein Anblick, so romantisch wie ein Sonnenaufgang über einer Müllkippe, so verlockend wie das kokette Lächeln einer alten Säuferin, so tröstlich wie ein Vortrag über Kompostierung vor den Patienten eines Sterbehospizes.

Spinne näherte sich der Ostseite des Komplexes. Alle Edenwürfel waren gleich konstruiert: Die Seiten waren exakt nach den Himmelsrichtungen ausgerichtet. Jeweils in der Mitte befand sich ein Eingang für die mehr oder weniger freiwilligen Glückssucher. Breite Straßen führten auf diese an Kirchentore erinnernden Portale zu. Eine weitere Straße führte um den Komplex herum und verband die Eingänge und Zufahrtsstraßen miteinander.

„Scheinwerfer aus. Passive Bildverstärker auf die Frontscheibe!" Für einen winzigen Augenblick war es vollkommen dunkel bis auf den leuchtenden Regenbogen und den leichten Schimmer des bewölkten Nachthimmels am oberen Rand seines Sichtfeldes. Dann blendete ihn das grüne Bild des Nachtsichtgerätes. „Flüsterfahrt!", befahl er und der Bordcomputer dämpfte alle Geräusche durch gegenphasige Schallwellen.

Spinne kippte das Steuer nach links. Auf einer kleinen Karte am unteren Rand der Scheibe konnte er die von Theo übermittelte Position der drei Lieferwagen erkennen. Sie hatten vor wenigen Augenblicken vor dem südlichen Eingang des Würfels gehalten. Spinne hoffte, dass es Kloß gelang, die Entführer noch ein paar Augenblicke zu beschäftigen.

„Verbindung zu Theo!", sagte er und fast augenblicklich erschien das Gesicht des Teenagers in der Scheibe. „Und? Hast du was für mich?"

„Hi Spinne!" Der Junge grinste. „Viel konnte ich nicht machen, aber ich hab ein kleines Kulturprogramm vorbereitet. Sag Bescheid, wenn es losgehen soll!"

*

Der folgende Wörterbucheintrag wird Ihnen präsentiert von Eden

GLÜCK: *Sinn und höchstes Ziel der menschlichen Existenz. Seit 2039 kostenlos und in höchster Qualität für jeden verfügbar. Gleich hinter dem nächsten Regenbogen.*

(zeitschock.de – Das Praktische Wörterbuch Für Aufgeweckte Kryonauten)

*

„Sollen wir ihn jetzt reinbringen, mein Führer?“, fragte Oberhilfsfeldwebel Paschulke. In seiner Rechten hielt er eine Pistole, die Linke lag lässig auf der Schulter des Gefangenen.

„Nein“, antwortete Höppner. Sein Stellvertreter Böhm räusperte sich. „Und warum nicht, wenn ich fragen darf?“

„Dürfen Sie nicht!“ Höppner wandte sich von seinen Männern ab und ging ein paar Schritte auf das Regenbogenportal zu – einen weißen, hell erleuchteten und an eine Kapelle erinnernden Vorbau an dieser Seite des Würfels, der von einem zweiten, kleineren Regenbogen überspannt wurde.

Ungeduldig und wohl zum zehnten Mal seit sie angekommen waren hob Höppner den linken Arm und blickte auf seinen Dämon. Nichts. Keine Nachricht von Eden. Wenn er noch länger wartete, würde er Böhms Misstrauen nicht mehr so einfach abtun können. Es war üblich, die Entführten nach der Ankunft sofort durch das Tor zu schicken und danach schnellstens zur Basis zurückzukehren. Ein oder zwei Stunden später überwies Eden das Kopfgeld über eine Scheinfirma.

Doch dies war keine gewöhnliche Seelenjagd, auch wenn Böhm und die anderen das glauben sollten. Klossner war ihnen nicht zufällig in die Fänge geraten, sondern Eden hatte ausdrücklich um die Entführung dieses Mannes gebeten und Höppner den privaten Kenncode von dessen Dämon übermittelt. Damit war es für ihn leicht gewesen, Klossner anzupeilen und seine Leute scheinbar willkürlich in den entsprechenden Teil der Schlammstadt zu dirigieren. Für derart spezielle Dienstleistungen zahlte Eden eine hohe Extraprämie und Höppner gedachte nicht, diese der Nationalen Bewegung zur Verfügung zu stellen.

Doch etwas lief nicht ganz wie erwartet: Eden hatte Höppner aufgefordert, Klossner bis vor das Tor zu bringen und dann auf weitere Anweisungen zu warten. Höppner wartete bereits seit zehn Minuten.

„Verzeiht, mein Führer!“ Der fette Böhm trat an ihn heran. „Es geht ja nicht um mich. Ich glaube, die Männer werden langsam unruhig. Sie mögen diesen Ort nicht.“

Höppner fuhr herum. „Sie mögen diesen Ort nicht? Ist das hier ein Picknick-Ausflug? Glauben Sie, äh ...“ Er überlegte einen Augenblick. „... unsere tapferen Urahnen haben so lange im Kessel von Stalingrad ausgeharrt, weil sie den russischen Winter *mochten*? Ja? Glauben Sie das?“

„Nein, äh, natürlich nicht ... ich glaube ... weil sie vom Russen eingekesselt waren ...“

„Eben!“, bellte Höppner.

Sein Stellvertreter runzelte die Stirn. „Äh ... aber mein Führer, wir sind nicht vom Russen eingekesselt.“

Höppner griff nach Böhms Revers und zog den einige Zentimeter Größeren zu seinem Gesicht herab. „Wollen Sie damit andeuten“, zischte er, „dass der deutsche Soldat einen Kessel braucht, der ihn daran hindert, wie ein Angsthase davon zu laufen? Ist es das, was Sie sagen wollen? Die ruhmreiche deutsche Wehrmacht – eine Bande von Feiglingen?“

„Nein, nein, nein!“ Böhm stapfte mit dem Fuß auf. Sein Gesicht reflektierte jetzt vor allem die langwelligen Anteile des sichtbaren Spektrums elektromagnetischer Strahlen. „Ich wollte doch nur ...“

„Abhauen wollten Sie!“, brüllte Höppner. „Rennen Sie doch weg, Mann, auf Memmen wie Sie kann das deutsche Volk gern verzichten!“

Sein Stellvertreter presste die Lippen aufeinander und grub die Fingernägel in seine Handflächen.

Höppner atmete tief durch. „Noch jemand hier, der lieber zu Mutti will?“ Er schaute sich drohend um und winkte schließlich ab. „Nein, du doch nicht!“ Klossner hatte sich als einziger gemeldet.

Das wäre geklärt, dachte Höppner und blickte ein weiteres Mal auf seinen Dämon. Immer noch nichts. Er fasste einen

Entschluss. Noch fünf Minuten, dann würde er den Gefangenen reinschicken und hoffen, dass Eden trotzdem die vereinbarte Prämie zahlte. Die Stimmung unter den Männern wurde wegen ausbleibender Erfolge von Woche zu Woche schlechter, und er wollte die Situation nicht noch weiter anheizen. Heute Abend, so beschloss er, gäbe es Freibier, und sie würden den Eva-Braun-Zombie strippen lassen.

„Alle mal herhören!", rief er in seinen Dämon, doch in diesem Moment wurden die hervorragenden und beeindruckend leistungsstarken Audiosysteme der vier Lieferwagen aktiv, und Klezmer-Musik brach über Höppner und seine Männer herein wie das Donnern einer startenden Bomberstaffel über ein ahnungsloses Teekränzchen auf dem Deck eines Flugzeugträgers.

*

Gut gemacht Theo, dachte Spinne, als er um die Ecke bog und das Chaos sah. Etwa zehn Gestalten rannten mit an die Ohren gepressten Händen zu den Lieferwagen, einige andere standen zusammengekrümmt ein paar Meter vor dem Eingang der Kapelle im fahlen Licht. War das dort Kloß? Nein, so dick war nicht einmal der. Der Mann daneben, das konnte er sein. Spinne raste auf die Gruppe zu. Niemand schien ihn zu bemerken. Spinne grinste. Das würde sich gleich ändern.

„Auto? Auf mein Kommando Flüsterfahrt aus und Scheinwerfer auf Maximum – Jetzt!" Der Motor heulte auf und das Grün des Nachtsichtgerätes wich der Aussicht auf ein überbelichtetes Drama vor schwarzem Hintergrund. Die vier Männer rissen sich die Hände von den Ohren und drückten sie auf ihre Augen. Am Rande bekam Spinne mit, dass die anderen Männer anhielten oder wieder aus den Lieferwagen sprangen, die sie eben erst erreicht hatten. Schon hob der erste ein Gewehr und legte an.

Kurz bevor Spinne die Gruppe erreicht hatte, traf irgendetwas die Frontpartie. Er spürte einen Schlag; die Scheinwerfer auf der linken Seite fielen aus. Spinne zog bei voller Fahrt die Handbremse und schlug das Steuer scharf ein. Der Jeep schlitterte auf die vier auseinanderrennenden Männer zu. Im letzten Augenblick schaffte es der Fettsack, seinen Körper zur Seite zu wuchten, ein anderer Mann mit einer Pistole in der Hand sprang gerade noch rechtzeitig aus dem Weg und kullerte über den Asphalt. Dann stand der Wagen. Spinne stieß die Tür an der Beifahrerseite auf. „Komm schon!“, brüllte er hinaus. Es war unwahrscheinlich, dass Kloß ihn über die Musik hinweg gehört hatte. Doch er erkannte den Wagen und rannte los. Spinne behielt die Rundum-Monitore im Blick. Der Mann mit der Pistole hatte sich aufgerappelt, humpelte auf den Wagen zu und legte an.

„Mach hin, Kloß!“, schrie Spinne. Noch drei lange Schritte. Spinne legte den Rückwärtsgang ein ... nein, die Zeit reichte nicht, um zurückzusetzen und den Seelenfänger zum Ausweichen zu zwingen.

„Scheiße Kloß! Pass auf!“ Der Mann drückte ab – und schoss sich in den Fuß, weil ein anderer Mann mit Hitlerbärtchen ihm den Arm heruntergeschlagen hatte. Der Schrei des glücklosen Schützen hatte keine Chance gegen 130 Dezibel *Hava Nagila*.

Kloß sprang schnaufend in den Wagen. Er knallte die Tür hinter sich zu und die Musik war nur noch als dumpfes Poltern zu vernehmen. „Machst du denn hier?“, fragte er und schnallte sich an. Etwas blitzte und krachte, und sie wurden durchgeschüttelt.

Spinne trat das Gaspedal durch und steuerte den Jeep an der schwarzen, himmelhohen Wand von Eden entlang. „Hab gehört, dass du dich mit den Schmuddelkindern rumtreibst.“

Ein neuer Einschlag, irgendwo hinten am Wagen. Der Jeep machte einen Satz nach vorn. Spinne riss das Steuer herum. Sie rutschten um die südwestliche Ecke des Würfels und rasten nun auf das Westtor zu.

„So übel waren die gar nicht. Wollten nur, dass ich glücklich bin. Na ja, aber vielen Dank, dass du mich vor dem Paradies gerettet hast."

„Das wäre sowieso nichts für dich gewesen. Du hättest dich doch als erstes nach der Beschwerdeabteilung erkundigt."

Kloß nickte ernst. „Sag mal Spinne, betreibst du den Wagen eigentlich mit Kohlen?" Durch den dichten Rauch, der aus der Motorhaube quoll, war kaum noch etwas zu sehen.

„Totalversagen in 3 ... 2 ... 1 ...", sagte das Auto freundlich und schaltete sich ab. Es rollte noch ein paar Meter und blieb kurz vor der Kapelle und der Straße nach Westen stehen.

„Scheiße", analysierte Kloß die Lage. Sie hatten etwa fünfhundert Meter zwischen sich und die Seelenfänger gebracht.

„So bleibt's wenigstens spannend." Spinne versuchte Dante zu rufen, doch das Kommunikationssystem war tot. „Mach dir mal keine Sorgen. Dante und Marta sind unterwegs. Die hauen uns hier raus!"

„Sorgen machen? Ich weiß ja nicht mal, wie das geht – hey, wo willst du denn hin?"

Spinne hatte die Wagentür aufgestoßen und war hinausgesprungen. Er wies mit der Hand in die Richtung, aus der sie gekommen waren. „Dauert noch einen Moment, bis die hier sind. Ich guck mal, ob ich was machen kann", rief er Kloß zu und rannte zur Front des Jeeps.

Kloß sprang ebenfalls aus der Kabine. „Wie: Was *machen*? Kopfstehen? Gegen das Auto pinkeln? Mit wogenden Brüsten durch den Regen tanzen?"

„Den Wagen reparieren." Spinne tastete einen Moment herum, bis er den Hebel gefunden hatte, mit dem sich die Klappe öffnen ließ.

„Du hast doch sowieso keine Ahnung. Was soll das?", nörgelte Kloß.

„Lass mich doch in Ruhe! Ich meine, es ist ja nicht so, dass du eine bessere Idee hättest. Und wer weiß ... ach, lass es mich einfach probieren!"[3]

Spinne blickte in den Motorraum wie ein Schwein ins Uhrwerk. Wie ein blindes Schwein in diesem Falle, denn es war zu dunkel, um irgendetwas zu erkennen. Er hieb auf gut Glück mit der Faust in den Motorraum. „Au! Heiß!"

Einer der Nazi-Lieferwagen bog um die Ecke.

„Na, ich steig dann mal wieder ein und verrammel die Türen. Da hinten kommen so Leute, vielleicht können die dir ja helfen."

Spinne rannte ihm hinterher, kletterte in den Wagen, knallte die Tür hinter sich zu und verriegelte sie. „Warum, mein lieber Kloß, haben alle Spuk-Helden in gefährlichen Situationen schöne Frauen an ihrer Seite, während ich mich mit dir rumplagen muss?"

„Für mehr hat das Budget nicht gereicht." Kloß begann, die Ablage unter der Frontscheibe zu durchwühlen.

„Du suchst den Schocker?", fragte Spinne. „Tut mir Leid, den habe ich zuhause im Ladegerät vergessen."

„Quatsch! Schocker! Ich suche Feuer für eine letzte Zigarette. Bei meinem Glück ist das Paradies Nichtraucherzone."

[3] Es ist erwiesen, dass sich 87% aller Defekte an Geräten durch eine der folgenden Maßnahmen beheben lassen:
1. Ausschalten und wieder Anschalten.
2. Aufmachen und wieder Zumachen.
3. Kräftig schütteln bzw. dagegen schlagen.
Aus Gründen des Spannungsaufbaus wird im Folgenden vom unwahrscheinlichen Fall ausgegangen, dass alle drei Methoden versagen.
Apropos: Es geht das Gerücht, Frauen hätten keine Ahnung von Technik. Dieses Gerücht ist wahr. Allerdings trifft das auch auf Männer zu. Da Männer ihre Unfähigkeit jedoch niemals zugeben würden, greifen sie automatisch zu den oben angeführten Verfahren und sonnen sich hinterher in dem Wahne, sie hätten das Was-auch-immer mittels ihrer überlegenen technischen Intelligenz repariert.

Ein Baseballschläger krachte gegen die Beifahrertür. Zum Baseballschläger gehörte ein hals- und vermutlich auch herzloses Muskelpaket, das bereits zum zweiten Schlag ausholte.

„Was meinst du, wie lange werden sie brauchen, bis sie den Wagen geknackt haben und uns rauszerren?“, fragte Spinne.

„Das kann ich dir ganz genau sagen.“ Kloß schaute in den Rückspiegel. „Solange wie der Typ mit der Motorsäge bis zu uns braucht plus zehn Sekunden.“

Kampf unter dem Regenbogen

Edwin Ruben Lösser (1992, ∩ 2042)*

Maßgeblich beteiligt an der Entwicklung der Succubus-Technologie. Erfinder der Marilpen. Verschiedene Patente auf diesen Gebieten machen ihn mit 33 Jahren zum reichsten Menschen der Welt. Nach einem mehrjährigen Rückzug aus der Öffentlichkeit verkündet Lösser 2032, er wolle der Menschheit das Paradies auf Erden schenken. Er erwirbt ein zwölf Quadratkilometer großes Areal südlich von Berlin und schart die weltbesten Physiker, Informatiker, Ärzte, Philosophen und Psychologen um sich und gründet die Firma Eden, die sich binnen kürzester Zeit zum mächtigsten Konzern der Erde entwickelt. Laut Lösser wird die Geschäftspolitik von einer völlig neuartigen künstlichen Intelligenz gesteuert, deren Fähigkeiten die herkömmlicher Computer bei weitem übertreffen. Gerüchte sprechen von einer Kombination aus Quanten- und DNS-Computer.

Im Dezember 2039 erklärt Lösser, er habe sein Versprechen erfüllt: Das Paradies auf Erden sei nun Realität und stehe jedem kostenfrei zur Verfügung. Eden 1 wird eröffnet. Lössers Mitarbeiter sind die ersten, die „durch den Regenbogen gehen“.

Nach zwei Jahren, die er ohne großen Erfolg der Werbung für Eden widmet, erklärt Lösser enttäuscht: „Die Menschheit hat das größte Geschenk, das ihr je gemacht wurde, nicht angenommen. Mir bleibt nichts zu tun übrig, als einer Welt, die sich nicht helfen lassen will, den Rücken zuzukehren und selbst in einer besseren Welt glücklich zu werden.“ Am 04.01.2042 übergibt Lösser die Leitung des Konzerns vollständig an den Computer und wählt selbst den Weg durch den Regenbogen. Von diesem Zeitpunkt an steigt die Zahl der Menschen, die nach Eden gehen, kontinuierlich an. Heute schätzt man, dass die inzwischen etwa eintausend Edenwürfel fast achthundert Millionen Menschen beherbergen.

(zeitschock.de – Das Praktische Wörterbuch Für Aufgeweckte Kryonauten)

Nachdem er eigenhändig die Stereoanlage erschossen hatte, ließ sich Höppner in seinem Lieferwagen zum Wrack der Ausreißer fahren.

Böhm zog unterdessen dem jammernden Paschulke den Stiefel aus, und ein Schwall Blut floss auf den Boden der Kabine.

„Was für eine Sauerei!", sagte Höppner und schüttelte den Kopf. „‚Nicht schießen.' Was war an diesem Befehl nicht zu verstehen?", fragte Höppner ungerührt.

„Nichts ... mein ... *Führer*!" Böhm spie das Wort förmlich aus. „Nichts war zu verstehen bei diesem Lärm!"

Höppner starrte ihn finster an, doch sein Stellvertreter hielt dem Blick stand. Höppner war dankbar, als der Wagen hielt. Er riss die Seitentür auf und sprang hinaus. Am qualmenden Jeep der Flüchtlinge startete jemand eine Motorsäge. Höppner atmete durch. Eine schreckliche Minute hatte es so ausgesehen, als könnte Klossner die Flucht gelingen. Und jetzt hatten sie sogar noch einen zweiten Gefangenen. Die Verdoppelung der Prämie würde die Unruhe unter den Männern besänftigen und ihm Böhm vom Hals halten.

In diesem Moment wurden Fahrer und Beifahrertür des Lieferwagens aufgestoßen. Der Mann mit der Säge schrie auf, als sie sich in sein Bein fraß; auf der anderen Seite ging ein mit einem Schocker bewaffneter Kamerad von der Tür getroffen zu Boden. Die beiden Insassen sprangen aus der Fahrerkabine, entkamen den überraschten Soldaten und rannten auf die schwarze Wand zu.

Höppner fluchte. Er hasste es, wenn sich jemand dem Schicksal widersetzte. Zumindest, wenn er selbst dieses Schicksal war. Und während er tief durchatmete, fragte er sich, wie viele

Knochen er den beiden brechen konnte, ohne Eden einen Preisnachlass beim Kopfgeld gewähren zu müssen.

*

Die Nazis hatten sich aufgeteilt. Es gab keine Richtung mehr, in die Spinne und Kloß fliehen konnten.

„Sorry!", keuchte Spinne, zog im Laufen ein Messer aus der Tasche und ließ die Klinge aufspringen. Er wirbelte herum, drückte sich an die schwarze Wand, wobei er den verblüfften Kloß mit sich riss und ihm das Messer an die Kehle setzte.

„Was soll das?", quiekte Kloß.

„Klappe", zischte ihm Spinne zu. Dann brüllte er: „Ein Versuch, uns gefangen zu nehmen und ich schneide ihm die Kehle durch! Lasst die Sandmännchen brav unten!"

Inzwischen war die Meute heran und blieb unschlüssig in ein paar Metern Entfernung stehen.

Kloß' Stimme zitterte. „Spinne, lass den Scheiß!"

„Das ist unsere einzige Chance", flüsterte der. „Die wollen uns an Eden verkaufen, verstehst du? Aber wenn du tot bist, gibt's kein Kopfgeld für dich ... Drück die Daumen, dass sie sich nicht mit meinem zufrieden geben!"

*

„Jeijeijei! Dass ihr aber auch so eine schlechte Meinung von uns habt!" Höppner schüttelte tadelnd den Kopf und verschränkte die Hände auf dem Rücken. „Wie kommst du darauf", wollte er von Klossner wissen, „dass wir aus lauter Geldgier deinen Tod nicht in Kauf nehmen würden? Wir hatten für heute sowieso nur mit einmal Kopfgeld gerechnet." Höppner bluffte. Der Tod des anderen Mannes wäre ihm tatsächlich egal gewesen, aber auf diesen Klossner schien Eden Wert zu legen. Höppner war sich nicht sicher, wie der Konzern auf die Anlieferung nicht mehr funktionsfähiger Ware reagieren würde. „Vielleicht sollte ich euch kurz die Alternativen erklären. Erstens: Ihr beide tut wenigstens *einmal* etwas Sinnvolles, indem ihr die Preußische Union Patriotischer Sozialisten finanziell unterstützt, und verbringt anschließend den Rest eures unwerten Lebens im Paradies. Oder zweitens: Das eben Gesagte trifft nur auf dich zu" – er fixierte den Hippie, der Klossner das Messer an die Kehle hielt – „und dein Freund wird Organspender. Die Preise für frische Organe sind zwar im Keller, aber ein paar Taler werden wir schon bekommen."

„Die sind gar nicht frisch!", heulte Klossner. „Die Leber ist im Arsch, die Lunge schwarz, das Herz gebrochen!"

„Oh." Höppner zog die Augenbrauen hoch und brachte die akzeptable Karikatur eines mitfühlenden Gesichtes zustande. „Wie traurig. Dein Tod wird so sinnlos sein. Na ja, da kann man nichts machen. Es sei denn, du überredest deinen Kumpel, das Messer wegzustecken. Man könnte ja fast meinen, er hat Angst, das Paradies mit dir zu teilen!"

„Spinne, bitte ..."

„Sei ruhig!", sagte der Mann mit dem Messer. Und zu Höppner: „Du hast was übersehen, Mann!"

„Nicht ‚Mann'! Darf ich mich vorstellen: Generalobersuperfeldmarschall Höppner!"

„Drauf geschissen. Du hast was übersehen, Generaloberfeldarsch!"

„Nun ja, von solchen Ratten wie euch ist wohl kaum Respekt zu erwarten ... Aber mich würde doch interessieren, was ich übersehen haben soll."

„Wenn du nicht selbst drauf kommst, werd ich den Teufel tun, es dir zu sagen. Frag doch deine Söldner, vielleicht sind die ein bisschen heller als du!"

Höppners Auge zuckte. Hinter seinem Rücken erhob sich Gemurmel. Höppner riss sich zusammen und sagte mit fester Stimme: „Ich kann dir versichern, dass ich nichts übers ..."

Der Messermann fuhr ihm über den Mund. „Ich kann dir versichern", parodierte er Höppner mit Kopfstimme, um dann normal fortzufahren: „dass du sehr wohl etwas übersehen hast!"

Hinter ihnen gab es einen dumpfen Knall, dann zerfetzte das ohrenbetäubende Heulen einer Sirene die Stille. Höppner fuhr zusammen. Als er sich umwandte, sah er einen der Lieferwagen durch die Luft fliegen – gerammt von einem großen Fahrzeug mit Blaulicht, das von der Karambolage völlig unbeeindruckt auf sie zu raste. Die Scheinwerfer des Vehikels leuchteten auf und blendeten ihn, bevor er es identifizieren konnte. Seine Gedanken überschlugen sich. Blaulicht ... preußische Polizei? PTBN-Sicherheitsdienst? Hier draußen? Unmöglich! Er zog seine Pistole.

„Wer ist das?"

„Die Dicke Bertha."

„Was? Blödsinn!" Höppner kniff die Augen zusammen. „Das ist eine verdammte Feuerwehr!"

Zwei von seinen Männern eröffneten das Feuer. Funken spritzten von der Frontpartie des heranrasenden Ungetüms. Noch ein Krachen und Höppners Kommandofahrzeug segelte durch die Luft. Gebannt verfolgte er den Flug des zwei Tonnen schweren Lieferwagens. Erst als der Löschzug keine zwanzig Meter mehr entfernt war und bremste, kam Höppner wieder zur Besinnung. Mit einem Satz war er bei Klossner und setzte ihm die Pistole an den Kopf.

„So nicht Freundchen! Nicht mit mir. Nicht mit Generalobersuperfeldmarsch ..."

Wäre nicht er selbst das Opfer gewesen, hätte er möglicherweise die Ironie zu würdigen gewusst, dass er „... marsch ..." absolut synchron mit dem Fahrer des Feuerwehrautos sagte. Dessen ganzer Satz hatte indes gelautet: „Wasser marsch!"

Die unbarmherzige, eisige Riesenfaust schmetterte Höppner gegen die Wand.

*

„Na toll, jetzt guckt euch an, wie ich aussehe!“ Kloß breitete die Arme aus und schaute anklagend an seinem nassen Körper hinab. Marta verdrehte die Augen. „Du kannst nur meckern, meckern, meckern!“ Sie warf ihm eine Iso-Decke zu.

„Und überhaupt hättet ihr euch ruhig ein bisschen beeilen können. Der Hirni da“ – er wies auf Spinne, der sich bereits in eine Decke mummelte – „hätte mir jeden Augenblick die Gurgel durchgeschnitten.“

„Oh – na, da hätten wir den Moment ja noch warten können.“

Kloß grunzte und Spinne hieb ihm freundschaftlich auf die Schulter. „Hey Mann, du weißt doch, dass ich das nie gemacht hätte. Ich wollte uns nur Zeit verschaffen. Ohne diese Sache wären wir schon längst durch den Regenbogen.“

„Jaja ... alles nur zu meinem Besten. Und natürlich wissen alle anderen besser als ich, was zu meinem Besten ist. Wieso ist nicht schon längst mal jemand auf die Idee gekommen, mir zu meinem Besten ein Messer an die Kehle zu setzen?“ Er merkte, dass ihm niemand zuhörte und verstummte.

„Lasst uns hier verschwinden!“, sagte Dante und steckte seinen Schocker in die Tasche des Regenmantels. „Ich glaube zwar nicht, dass die zurückkommen, aber ich will es nicht darauf ankommen lassen.“

Er schaute den sich entfernenden Rücklichtern des letzten Lieferwagens der Seelenfänger hinterher, sah dann zu Spinnes Jeep und schüttelte den Kopf. „Den werden wir wohl abschleppen müssen.“

„Was war das?“, fragte Marta.

„Was war was?“

„Na das!“

Jetzt hörten sie es auch. Ein Schluchzen, das von Husten abgelöst wurde. Sie sahen zur Kapelle hinüber. Im Eingang saß eine junge Frau. Ihre blonden Haare umrahmten ein kindlich wirkendes Gesicht. Sie trug ein durchscheinendes Kleid und krümmte sich zusammen, als der Husten stärker wurde.

„Zeichen und Wunder“, murmelte Dante.

Ankunft in der Hölle

„Die Angst vor Eden ist unbegründet. Die künstliche Intelligenz, die es steuert, ist nicht in der Lage, die Menschheit zu versklaven, wie manche behaupten. Eden hat drei Grundsätze, nach denen es sein Handeln ausrichtet:

1. *Mache die Menschen glücklich.*
2. *Respektiere ihre Entscheidungsfreiheit.*
3. *Wende niemals Gewalt an.*

Eden wird alles tun, um seine wichtigste Aufgabe zu erfüllen, ohne die beiden einschränkenden Regeln zu verletzen. Glauben Sie mir, wenn Eden Punkt zwei und drei missachten könnte, wären wir alle längst glückliche Bürger des Paradieses."

(E. R. Lösser am 14.08.2040 im Interview)

„Manchmal denke ich, es war ein Fehler, Edens Möglichkeiten einzuschränken."

(E. R. Lösser in seinem letzten Interview am 22.11.2041)

Es war viel schlimmer als in ihren Träumen. Die Luft ... sie duftete nicht gut – da war etwas in ihr, das machte, dass sie sie wieder ausstoßen musste, kaum, dass sie eingeatmet hatte. Daraufhin musste sie noch tiefer Luft holen, und alles in ihr zog sich zusammen und bäumte sich auf, wehrte sich verzweifelt, und erneut schoss der Atem aus ihr heraus.

Es war kühl, sehr kühl, so kühl, dass es weh tat. Der weiße Boden unter ihr schien zu leuchten. Er war glatt und ganz anders als Gras oder Sand oder Schäfchenwolken. Nicht weich.

Sie schlug die Arme um ihre Schultern und schloss die Augen. Vor ihr lag nur Finsternis, durchbrochen einzig von zwei blau blinkenden Sternen und einigen kleinen Sonnen, deren kaltes Licht ihr wehtat.

Eva presste den Kopf auf die Brust und versuchte, ruhiger zu atmen.

Ein Arm legte sich um sie. Adams Arm. Wessen Arm hätte es sonst sein sollen? Sie hatte ihn gefunden. Jetzt nur schnell zurück, raus aus der Hölle. Ihr Mut hatte sich ausgezahlt. Sie blickte auf und quiekte: Das war nicht Adam. Trotz der Ähnlichkeiten. Zwei Augen, eine Nase, ein Mund, Arme, Beine, ein Körper. Aber alles ganz anders. Die Nase war zu breit, die Augenbrauen waren zu buschig, sein Haar war gelb und verdrillert, sein Körper kräftiger als Adams.

Sie wich zurück, ihr Herz schlug, wie daheim im Garten Eden, wenn ihr Geliebter sie ausgezogen und ihren Körper mit Küssen bedeckt hatte, doch diesmal war es unangenehm. Angst. Noch schlimmere Angst als jene, die sie in respektvoller Entfernung zum Baume der Erkenntnis erlebt hatte.

Der Mann redete auf sie ein: „Ich bin Spinne. Keine Sorge, die Nazis sind weg. Ich tue dir nichts!“

Sie verstand nicht alles, was er sagte, doch sie begriff, dass es gut gemeint war. Noch einmal stieß ihr Körper lautstark die Luft aus, ein schreckliches Gefühl, dann gelang es ihr, langsamer und vorsichtiger zu atmen.

Im Dunkel außerhalb der eckigen Höhle standen weitere Wesen. Sie konnte sie nicht genau erkennen. Eine der Gestalten trat auf sie zu. Eva sah, dass sie ihr selbst mehr ähnelte als Adam. Unter ihrer schwarzen, glänzenden Kleidung zeichneten sich zwei Brüste ab. Ihr Gesicht war kantig, doch ihre Bewegungen waren weich und anmutig. Eine Frau.

Die Frau hockte sich vor Eva nieder und hielt ihr die Hand hin.

„Ich bin Marta“, sagte sie. „Und wer bist du?“ Die Stimme war tiefer als Evas, das Haar schwarz und sehr kurz.

Eva nahm die Hand. „Ich bin Eva.“

Marta wies ins Innere der Höhle. „Kommst du von dort?“

Eva drehte sich um und sah eine Tür. Sie konnte sich nicht erinnern, je eine Tür gesehen zu haben, sie konnte sich nicht einmal erinnern, dieses Wort überhaupt zu kennen, doch plötzlich war sie sich ganz sicher, dass das dort eine Tür war. Hatte sie davon schon einmal geträumt?

„Ich weiß nicht. Ich habe die verbotene Frucht gegessen und plötzlich war ich hier.“

Die Frau und der Mann sahen sich an.

„Bringt sie zur Feuerwehr, wir nehmen sie mit!“, grollte eine Stimme in der Dunkelheit. Als ihr Besitzer ins Licht trat, schrie Eva auf und rutschte rückwärts auf den Eingang Edens zu. Vor ihr stand ein riesiger Mann, dessen Schultern ihr doppelt so breit wie ihre eigenen schienen. Sein Gesicht wurde durch die Kapuze eines schwarzen Umhanges beschattet. Als er sie zurückschlug, sah sie, dass steile Falten auf seiner Stirn standen und ein spitzer, schwarzer Bart aus seinem Kinn spross.

Das schreckliche Wesen hob beschwichtigend die Hände und wich zurück. „Schon gut, schon gut ... ist nur eine Regenjacke. Ich tu dir ja nichts. Spinne, ich glaube, ihr nehmt sie besser in eurem Wagen mit. Komm Marta!“

Er verschwand und die Frau namens Marta ging mit ihm. Eva atmete auf. Der Mann Spinne reichte ihr die Hand und half ihr auf.

„Hab keine Angst. Wir wollen dir helfen.“

„Bringt mich zu Adam. Bitte!“

„Adam?“

„Ich bin hier, um ihn zu suchen und zurückzuholen. Bitte, bringt mich zu ihm!“

„Äh ... zurückholen? Na, wie auch immer – erst mal müssen wir hier weg. Und dann kümmern wir uns um deinen Adam. Mach dir keine Sorgen!“

Er führte sie ein paar Stufen hinab ins Dunkel und wies auf einen weiteren Mann, der die ganze Zeit abseits gestanden hatte, neben einem großen Kasten, dessen Wände teilweise durchsichtig waren und der auf vier dicken runden Scheiben stand. Auto, dachte Eva.

„Das da ist Kloß. Wunder dich bloß nicht über den Namen. Kommt von Trauerkloß."

Der Mann, der Kloß hieß, war sehr dick, hielt die Arme verschränkt und schaute auf eine Art, die im Paradies gänzlich unbekannt war: Als würde ihm irgendetwas ... nicht gefallen.

„Hi", sagte er und murmelte irgendwas von Anhaltern und Taxi, und obwohl Eva mit den Wörtern nichts anfangen konnte, entging ihr das Missvergnügen nicht, das aus ihnen sprach.

Spinne knuffte ihn in die Seite. „Reiß dich zusammen Kloß!"

Er nahm Eva an der Hand, öffnete eine Tür am vorderen Teil des Autos und half ihr, hineinzuklettern. Steuerknüppel, dachte sie, als sie das Ding sah, das auf der linken Seite aus dem Boden ragte. Windschutzscheibe. Fahrersitz. Sie saß nicht zum ersten Mal in einem Auto. Spinne klemmte sich hinter das Steuer. Rechts neben ihr sagte jemand: „Ähm". Kloß schaute sie an und machte etwas Ulkiges mit seiner Stirn. Er runzelt sie, dachte Eva und wunderte sich, wo dieses Wort auf einmal herkam.

„Tut mir Leid. War nicht so gemeint. Willkommen an Bord."

*

Von außen wirkte Wanheim wie ein Gefängnis. Die Enklave war von einem tiefen Graben und einer drei Meter hohen Mauer umschlossen. Die vier Wachtürme überragten selbst die Dorfkirche.

Bis in die zwanziger Jahre hinein hatte Wanheim den Namen Groß-Schulzendorf getragen, dann hatten Vertriebene, Flüchtlinge und Aussteiger das verlassene Dorf neu besiedelt und umbenannt. Die ersten Befestigungen waren fast genauso alt. Nach dem Zusammenbruch der staatlichen Ordnung im ehemaligen Deutschland machten Banditen und Milizen die Gegenden außerhalb der großen Städte und Konzernniederlassungen unsicher.

„Wir sind's! Macht das Tor auf!“, rief Dante den Wachhabenden über den Bordcomputer des Löschzuges. Sie standen vor dem Nordtor von Wanheim.

„Ah! Schön, dass ihr zurück seid!“ Dante erkannte die Stimme von Kasan, einem Indonesier, der vor zwei Jahren aus der Matahari-Oase geflohen war, als ihm dort wegen ein paar Gramm Haschisch der Prozess gemacht werden sollte. Inzwischen leitete er die Marihuanaplantagen von Wanheim. Der Marihuanaschmuggel war eine der wichtigsten Einnahmequellen der Gemeinschaft. Wanheim profitierte davon, dass Haschisch und Marihuana noch immer in fast allen Städten verboten waren – obwohl es in jedem Supermarkt legal alle Arten chemischer Substanzen gab, mit denen man sich berauschen, anballern, verpeilen, beruhigen, aufputschen, stimulieren, süchtig machen und vor allem seelisch, körperlich und finanziell ruinieren konnte.

„Seid ihr okay?

„Alle gesund und munter!“

„Falls es jemanden interessiert: Ich habe schlechte Laune und der Wasserwerfer hat meine Frisur ruiniert.“

„Hallo Kloß, schön, dass es dir auch gut geht. Kommt rein!“

Die Panzersperren auf der Straße wurden eingezogen. Die beiden schweren Stahlflügel des Tores glitten zur Seite. Der Löschzug fuhr an, das Abschleppseil straffte sich, der Jeep rollte hinterher.

Hatte man das Tor passiert, vergaß man schnell Wanheims martialisches Äußeres. Bäume und efeuüberwucherte Holzgestelle verdeckten die Mauern. Wenn man die Wachtürme ignorierte, fühlte man sich fast in ein Dorf aus einer mythischen „guten, alten Zeit“ zurückversetzt. Die Häuser stammten größtenteils aus dem vorigen Jahrhundert und waren liebevoll (und zum Teil mit mehr Liebe als Sachverstand) restauriert worden.

Die meisten waren bunt gestrichen oder von Wein und Efeu überwuchert. In den erleuchteten Fenstern hingen Windspiele und Traumfänger, und in vielen Gärten standen Plastiken aus Holz, Metall oder Schaumpolymer. Auf dem Dorfplatz vor der Kirche saßen Leute an einem Kamin mit freistehendem Schlot unter einer zwischen alten Eichen aufgespannten Regenplane. Einige winkten den Heimkehrern zu. Fröhliche Lichterketten illuminierten ein Kriegerdenkmal.

Die Dicke Bertha hielt vor einem Haus, über dessen Tür in bunten Buchstaben „Freunde Der Menschheit" stand. Neben dem Schriftzug prangte ein Regenbogen, der von einem Blitz zerrissen wurde. Marta sprang aus dem Löschzug und lief zum Jeep. Mit Spinnes Hilfe stieg Eva aus und blickte sich ängstlich um. Sie zitterte. Marta nahm sie in den Arm und führte sie ins Haus. Einer der Nachbarn kam neugierig näher. Es war Jonas Eschenrath, ein ehemaliger Söldner und Seelenfänger, der erst vor einem Jahr in Wanheim aufgetaucht war und um Schutz und Obdach gebeten hatte.

„Hab gehört, ihr hattet Ärger?", fragte er Spinne. Der winkte ab: „Nichts, womit wir nicht fertig geworden wären. Nur so zwei Dutzend Nazis, die uns an Eden verscherbeln wollten. Na, du kennst so was ja von früher." Er zwinkerte Eschenrath zu. „Die haben mächtig nasse Hosen bekommen, sag ich dir!"

„Ich auch, Mann! Ich auch", rief Kloß dazwischen, als er an ihnen vorbei ins Haus ging. „Und zwar schon bevor der Wasserwerfer losging!"

Spinne lachte. „Hat nicht die besten Nerven, der Arme. Klar, mir war auch 'n bisschen mulmig. Aber zuzusehen, wie diese Trottel Hals über Kopf geflohen sind, das hat mich für alles entschädigt! So ein bisschen Action ab und zu macht einfach Spaß!"

Dante trat zu den beiden. „Ich weiß nicht, wo dabei der Spaß sein soll. Vergiss nicht, dass wir uns jetzt Todfeinde gemacht haben. Hallo Jonas."

„Hallo Dante. Wer war denn die Frau, die ihr mitgebracht habt?"

Dante winkte ab. „Ach, das werde ich morgen alles dem Rat erklä…", versuchte er Eschenrath abzuwimmeln, doch Spinne sprudelte schon begeistert los: „Stell dir vor: Die kommt aus Eden! Der erste Mensch, der je zurückgekehrt ist! Und läuft ausgerechnet uns in die Arme, ist das nicht phantastisch? Total plemplem, die Gute. Ich glaub ja, die haben ihr Gedächtnis gelöscht oder so. Ist völlig hilflos. Wie aus einer anderen Welt, kann sich an nichts erinnern …"

Mit einem Blick schnitt Dante ihm das Wort ab.[4] „Wäre nett", wandte er sich darauf an Eschenrath, „wenn du uns erstmal zur Ruhe kommen lässt. Wir werden die Gemeinschaft rechtzeitig über alles informieren."

„Alles klar, ruht euch aus!" Eschenrath tippte sich an die Stirn und entfernte sich. Dante schaute ihm nach. „Ich traue diesem Mann nicht. Bevor wir nicht genau wissen, was hier läuft, möchte ich nicht, dass du noch irgendjemandem irgendetwas erzählst, ist das klar? Und jetzt hör zu: Du holst dir von dieser Eva eine DNS-Probe und sequenzierst sie. Das Ergebnis schickst du Theo. Er soll rausfinden, wer diese Frau ist."

„Jawoll, mein Führer!", schmetterte Spinne und entfernte sich im Stechschritt.

*

Der Raum diente als Küche, Versammlungs- und Kaminzimmer. Zwei Kreisbogen-Elastoform-Sitzgarnituren standen um einen runden Tisch in der Mitte des Zimmers. Von der Decke hing ein Kristalllüster, der aus einer nahegelegenen Schlossruine stammte. In der Entsorger-Kamin-Kombination, vor der drei große und jetzt leere Ohrensessel standen, verbrannten mit anheimelndem Knacken Essensreste, Plasteabfälle und eine defekte Marilpe.[5]

[4] Wenn Blicke töten könnten, dann würde schon ein neutraler Blick Dantes zu schweren Verletzungen führen.

[5] Hätten Sie's gewusst? Marilpen wurden bereits Anfang des Jahrhunderts von Volker Strübing in seinem Roman „Das Paradies am Rande der Stadt" vorausgesagt!

Auf dem Herd am gegenüberliegenden Ende des Raumes begann das Teewasser zu blubbern.

„Mann, bin ich froh, dass es euch gut geht!“ Die Erleichterung stand Theo ins Gesicht geschrieben. „Die Identifizierung dürfte kein Problem werden. Morgen früh wissen wir, wer diese Eva ist. Wo steckt sie überhaupt?“

„Marta kümmert sich um sie“, antwortete Spinne, und lief durch den Geist des Jungen hindurch zur Küchenzeile. Er klappte die Kapuze seines Bademantels vom Kopf, nahm den Kessel und goss Wasser in zwei Teegläser. „Muss alles ziemlich schrecklich für sie sein. Die Ärmste hält das hier für die Hölle und Dante für so eine Art Fürst der Finsternis.“

„Schlaues Mädchen“, bemerkte Kloß, zündete sich eine Zigarette an und packte die Füße auf den Tisch. Er trug ein Handtuch um den Kopf und eines um die Hüften. Neben ihm saß Dante, noch immer in seiner Regenjacke. Spinne kam mit den dampfenden Gläsern zurück und setzte sich den beiden gegenüber.

„Noch was, Theo“, sagte Dante. „Das Mädchen sucht nach einem gewissen Adam, der angeblich ebenfalls Eden verlassen haben soll. Überprüfe, ob es einen zweiten Eden-Flüchtling gibt.“

Theo runzelte die Stirn. „Adam ... das ist ja komisch.“

„Wieso komisch? Folgerichtig. Paradies – Adam – Eva. Vielleicht tauft Eden seine Schützlinge bei der Ankunft um.“

„Ja, nur ... ach, ist ja auch egal. Ich mach mich an die Arbeit. Morgen früh wissen wir mehr.“

„Gut. Finde bitte auch heraus, von wem die Nachrichten stammen, die Kloß ins Nordviertel gelockt und uns von der Entführung berichtet haben. Gute Nacht.“

„Okay. Gute Nacht.“ Theo wirkte enttäuscht.

„Hey! Und vielen Dank!“, rief Kloß und jetzt lächelte der Junge. „Ach. Das war doch nichts.“

„Äh. Ja natürlich. Gut gemacht“, sagte Dante.

Spinne zwinkerte Theo zu: „Ich glaube, das war das größte Lob, das ich je aus seinem Mund gehört habe. Bis morgen!“

Theo winkte und sein Geist löste sich auf.

Spinne beugte sich vor, um an seinem Tee zu pusten, stutzte und setzte sich wieder auf. Er schaute Kloß ins Gesicht. „Halt mich von mir aus für pervers. Aber der Anblick deiner Geschlechtsorgane löst alles andere als ein wohliges Kribbeln in meinem Bauch aus.“

Grummelnd nahm der Angesprochene seine Füße vom Tisch und zupfte das Handtuch zurecht. „Entschuldigung. Gleich morgen lasse ich sie wegmachen.“

„Was haltet ihr von dem Ganzen? Kloß?“, fragte Dante.

„Da ist irgendetwas faul. Sie hatten von mir die Freiwilligkeitserklärung. Sie hätten mich nur durch die Tür der Kapelle schieben müssen. Stattdessen haben wir bestimmt fünfzehn Minuten vor Eden rumgestanden. Spinne hätte es sonst niemals rechtzeitig geschafft.“

„Haben sie das irgendwie erklärt?“

„Sie haben sich gestritten. Eigentlich wollten alle so schnell wie möglich weg, aber der Obermotz hat ohne Begründung angeordnet zu warten. Gut möglich, dass er jetzt bloß noch Ex-Obermotz ist – die werden ziemlich sauer auf ihn sein.“

„Wäre natürlich tragisch, wenn wir eine hoffnungsvolle Führerkarriere unterbrochen hätten“, rief Spinne fröhlich. „Aber ansonsten kann uns das doch egal sein. Ich meine, alles ist gut gegangen, was kümmert uns der Rest? Ach, da fällt mir ein“ – er zwinkerte Kloß zu – „hast du dir schon überlegt, wie du die Reparatur des Jeeps bei mir abarbeiten willst?“

„Nein. Da du auf meine sexuellen Dienste keinen Wert zu legen scheinst ...“

„Wenn ihr zwei euren Flirt auf später verschieben könntet, würde ich gerne zum Thema zurückkommen. Ich stimme Kloß soweit zu, dass das alles ziemlich merkwürdig ist. Die Botschaften, die hilfreiche Verzögerung vor dem Würfel und natürlich Eva. Vor allem Eva. Der erste Mensch, der Eden freiwillig verlässt. Genau zum richtigen Zeitpunkt, um von uns aufgesammelt zu werden."

„Und das ausgerechnet jetzt, wo Theo einen Angriff auf Eden über das Holonet vorbereitet", ergänzte Kloß.

„Zufall?", schlug Spinne vor.

„Wenn Religion Opium für das Volk ist, dann ist der Glaube an den Zufall Chloroform. Genauso einschläfernd aber nicht halb so tröstlich."

„Toll Kloß. Hast du schon mal überlegt, einen Abreißkalender mit deinen Sprüchen rauszubringen?"

Kloß ging nicht darauf ein. „Vielleicht hat man Eva auf uns angesetzt. Sie wurde geschickt, um uns zu infiltrieren und aufzuhalten. Sie ist ein trojanisches Pferd."

„Eva?" Spinne lachte. „Wie soll uns dieses Mädchen denn aufhalten?"

Kloß nahm einen Schluck von seinem Tee. „Keine Ahnung. Aber es würde alles passen: Eden schickt mir eine gefälschte Nachricht, lässt mich entführen und sendet dann selbst die anonyme Botschaft, die euch von der Entführung berichtet. Es befiehlt dem Nazibonzen zu warten, bis ihr mich retten könnt und dann schickt es Eva vor die Tür, wohl wissend, dass wir sie mitnehmen würden"

„Na, Eden scheint ja ein ziemlicher Umstandskasper zu sein", sagte Spinne. „Also für mich klingt das ziemlich wirr und paranoid."

„Paranoia heißt, zu glauben, dass alle einem an den Kragen wollen. Lebenserfahrung heißt, es zu wissen."

Spinne winkte ab. „Noch mehr Kalendersprüche. Wenn Eden uns als Problem betrachten und loswerden wollte, hätte es dazu ganz andere Möglichkeiten und würde sicher kein kleines Mädchen schicken."

Kloß widersprach. „Es gibt keine Hinweise darauf, dass der Eden-Konzern jemals, aus welchem Grund auch immer, Gewalt angewendet hätte. Es scheint zu stimmen, dass seine Computer dazu aufgrund ihrer Programmierung nicht in der Lage sind. Ansonsten hätte Eden doch schon längst eine Diktatur der Glückseligkeit errichtet!"

„Jaja, Eden und seine drei Direktiven", erwiderte Spinne und hielt sich die Hand vor den Mund, als müsse er gähnen. „Ich finde, Eden ist ziemlich gut darin, seine Direktiven zu umgehen. Denk nur mal an die Seelenfänger, die es dazu benutzt, das Freiwilligkeitsgebot zu umgehen. Ich bin sicher, wenn Eden will, findet es auch eine Möglichkeit, mit Gewalt gegen seine Feinde vorzugehen. Ganz davon abgesehen, hindert keine Direktive es daran, uns wirtschaftlich in die Knie zu zwingen. Dass uns bisher nichts passiert ist, kann nur eins bedeuten: Eden betrachtet uns nicht als Gefahr. Das ist vielleicht nicht schmeichelhaft – aber auf alle Fälle beruhigend."

Dante erhob sich und trat vor den Kamin. „Es gibt noch eine weitere Möglichkeit: Eva ist hier, um uns zu helfen." Die beiden anderen schauten ihn verständnislos an. „Jemand, der unsere Ziele teilt, hat sie uns zugespielt. Ein unbekannter Verbündeter, der einen Zugang zu Eden und die Möglichkeit hatte, Eva nach draußen zu schicken. Vielleicht besitzt das Mädchen den Schlüssel, nach dem Theo sucht."

Sophie

Frage: *Dauerhaftes Glück? Unmöglich!*
Antwort: *Es macht uns traurig, wenn wir so etwas hören. Diese Behauptung stammt von Leuten, die das Unglück für den Naturzustand des Menschen halten. Haben Sie jemals jemanden verkünden hören, es sei unmöglich, dauerhaft* unglücklich *zu sein? Sehen Sie! Das Leiden wird verherrlicht; ihm wird eine Kraft zugeschrieben, die man dem Glück abspricht. Hören Sie nicht darauf! Dauerhaftes Glück ist möglich und Sie können es erleben! Machen Sie sich selbst dieses Geschenk!*
Frage: *Warum ist Eden kostenlos? Wo ist der Haken?*
Antwort: *Einen Haken gibt es nur in Ihrer Vorstellung, denn diese ist geprägt durch eine Realität, in der jeder Sie betrügen will. Werbung und Industrie versprechen Glück gegen Geld und liefern braune Limonade, schlechte Pornospuks oder Pillen, mit denen Sie einen kurzen Höhenflug erleben, der nur dazu dient, Sie zum Kauf weiterer Pillen zu animieren.*

Eden ist anders. Eden hat keine sich selbst betreffende Motivation, sondern nur ein Ziel: Menschen glücklich zu machen. Um die dafür notwendige Infrastruktur aufzubauen, muss auch Eden Geld verdienen. Und deshalb verdient Eden Geld. Viel Geld. Nicht an *seinen Kunden, sondern* für *seine Kunden. Nur ein Bruchteil seiner intellektuellen und rechnerischen Kapazität ist nötig, um es zum erfolgreichsten Investor der Welt zu machen. Als Verwalter des Lösser-Erbes und Patentinhaber für Marilpen und Succubi verfügt Eden über zusätzliche, nie versiegende Einnahmequellen.*

Dies alles versetzt Eden in die Lage, seine Dienstleistung kostenlos anzubieten.

(paradies-und-das.de)

Nach einer halben Stunde hörte Eva endlich auf zu weinen. Martas Hand lag auf ihren Haaren.

Eva schniefte ein letztes Mal. Sie lag, die Knie an die Brust gezogen auf Martas Liege. „Du bist nett“, sagte sie und drehte ihr Gesicht nach oben. „Warum bist du in der Hölle?“

„Das hier ist nicht die Hölle.“

„Nicht?“ Eva riss die Augen weit auf. „Aber dann bin ich hier falsch! Ich muss in die Hölle!“

„Nein, nein, Eva, ganz ruhig. Du bist richtig hier. Du bist ... bei Freunden. Trink einen Schluck.“ Sie reichte ihr ein Glas Früchtetee, in den sie ein leichtes Beruhigungsmittel gemischt hatte. „Erzähl mir von deinem Adam.“

„Er ist wundervoll. Der schönste Mann im ganzen Paradies. Und der einzige.“ Sie stutzte. „Ziemliches Glück eigentlich, dass der einzige auch der schönste ist. Stell dir vor, es wäre der hässlichste gewesen. Na ja, vielleicht gehört Glück einfach zum Himmelreich.“

„Erinnerst du dich an irgendetwas aus der Zeit, bevor du nach Eden gegangen bist?“

Eva sah sie verständnislos an. „Was meinst du?“

„Erinnerst du dich an deinen Namen?“

„Eva?“

„Und weiter?“

„Was weiter?“

„Hm. Deine Eltern – kannst du dich an deine Eltern erinnern?“

„Eltern ... hm, kommt mir irgendwie bekannt vor. Mami ... Papi ...“, murmelte sie und unterbrach sich. Sie setzte sich auf und kniff die Augen zusammen. „Was ist das da?“, fragte sie und zeigte auf eine von Martas Formetall-Skulpturen, die an der gegenüberliegenden Wand des Zimmers stand.

„Das ist ...“, Marta zögerte. „... eine lange Geschichte.“

„Er sieht traurig aus.“ Die Skulptur war etwa einen Meter groß und zeigte einen stehenden Mann. Er barg sein Gesicht in der einen Hand, während er aus der anderen eine Rose hinter sich fallen ließ.

Marta schloss die Augen. „Er ist traurig. Er ... *war* traurig."

„Jetzt ist er nicht mehr traurig?"

Marta schüttelte langsam den Kopf. „Nein. Jetzt ist er nicht mehr traurig." Sie schaute einen Moment auf den Boden und biss sich auf die Unterlippe. Dann lächelte sie Eva ins Gesicht und fasste sie an den Schultern. „Was ist mit Mami und Papi?"

„Oh. Keine Ahnung. Vielleicht habe ich mal von so was geträumt. Weißt du, manchmal träume ich komische Sachen. In den Träumen ist alles so kalt und grau und öde." Sie breitete die Arme aus. „Wie hier!"

Marta schluckte und schaute sich in ihrem Zimmer um. Sie hatte viel Zeit und Mühe darauf verwendet, den niedrigen Raum an der Nordseite des alten Bauernhauses behaglich zu machen, und sie fand, dass es ihr gelungen war. An den Kanten des Raumes liefen Lichtbänder entlang, die sanft in verschiedenen Farben pulsierten. Auf dem Boden lag ein echter Teppich, auf einem selbstgeschmiedeten Gestell in einer Ecke des Zimmers thronte eine fußballgroße und besonders schöne Marilpe. Ein Beschwörer reproduzierte van Goghs Sonnenblumen in Übergröße an eine Wand, und auf ihrem Schreibtisch stand ein Strauß mit plastinierten Echt-Rosen. Die Skulptur mochte traurig wirken, aber, so hatte Marta gehofft, niemals kalt.

Eva legte ihr eine Hand auf die Schulter. „Oh, aber für Hölle ist es echt okay!"

Marta musste lachen. „Danke Eva! Ist schon gut."

„Ich bin müde."

„Dann schlaf", flüsterte Marta und strich ihr über das glatte, schwarze Haar. „Träum was Schönes und morgen suchen wir deinen Adam!"

Eva kuschelte sich in die Decke. Marta erhob sich und dimmte das Licht, bevor sie auf den Flur hinausging und die Tür hinter sich zuzog. Aus der Küche hörte sie die Stimmen ihrer Freunde, die über die Ereignisse des Tages diskutierten. Sie schlich sich an ihnen vorbei zur Haustür und trat nach draußen. Der Nieselregen hatte wieder eingesetzt. Die Dorfstraße war verlassen. In einigen der umliegenden Häuser brannte noch Licht und von den Wachtürmen stachen die Lichtkegel der Suchscheinwerfer in die Dunkelheit. Marta schlang die Arme um ihre Schultern und ging in Richtung des Nordtores. Nach ein paar Schritten drehte sie sich um. Von hier aus konnte sie in der Ferne den Regenbogen schimmern sehen.

Jetzt ist er nicht mehr traurig. Eden hat ihm seine Traurigkeit genommen. Und seine Erinnerungen, sein Leben, seine eigenen Träume. Seine Liebe zu mir.

Vor einem dreiviertel Jahr war ihr Freund Armin durch den Regenbogen gegangen. Er hatte einen Abschiedsbrief hinterlassen: „Liebste Marta, ich habe mich oft gefragt, warum die Liebe nicht ausreicht, um den Rest zu ertragen. Ich habe keine Antwort gefunden. Aber ich weiß eines ganz sicher: ohne dich hätte ich schon längst Schluss gemacht. Ich danke dir dafür, dass ich durch dich erleben durfte, wie schön es hätte sein können, auf der Welt zu sein. Jetzt ist es Zeit für mich, nach Eden zu gehen. Du siehst, ich bin nicht nur zu feige zu leben, sondern auch zu sterben. Alles Gute, Marta, vergiss mich nicht, doch verliebe dich neu und werde glücklich. In Liebe und Verzweiflung, dein Armin."

Ob er manchmal von ihr träumte? Und wenn, waren diese Träume dann auch kalt, grau, öde?

*

ZOMBIE: *Intelligenz- und emotionsminimierter Klon eines Toten. Das Klonen lebender Menschen ist weltweit verboten. Nicht, dass sich alle daran halten würden ...*

(zeitschock.de – Das Praktische Wörterbuch Für Aufgeweckte Kryonauten)

Er hieß natürlich nicht wirklich Dante. Er hatte diesen Namen gewählt, weil er sich als Wanderer durch die Unterwelt betrachtete.[6] Die Welt hatte jede Menschlichkeit verloren, so sah er es, und sie gab sich wenig Mühe, ihn vom Gegenteil zu überzeugen. Der Wert eines Menschen wurde an seinem Nutzen gemessen, daran, wie viel Geld aus ihm herauszuholen war. Egal, ob man ihn als Konsumenten betrachtete oder als Organspender.

Dante lebte für den Kampf. Er hatte immer gekämpft, seit er als Waise in den Schaumpolymerghettos auf den Trümmern des Potsdamer Platzes aufgewachsen war. Kindheit und Jugend hatten ihn hart gemacht, aber nichts und niemand, nicht einmal der Psychiater, zu dem ihn ein wohlmeinender Freund seiner verstorbenen Eltern geschickt hatte, konnte ihm diesen absurden Traum von einer Welt ausreden, in der die Menschen einander und die Natur respektierten. Eine bessere Welt, in der es keine Gewalt mehr gab, keine durch genetische Optimierung fixierte Klassengesellschaft, keinen Konsumzwang, keine Zombies ...

„Was soll denn an so einer Welt besser sein?", hatte ihn vor Jahren ein Bekannter von Kevin gefragt, der ihm in den „Schönen Aussichten" ein Gespräch aufgedrängt hatte. Der Mann trug stolz eine OptiGen-Plakette im Ohr, Zeichen dafür, dass seine Eltern genug Geld gehabt hatten, sein Erbgut vor der Empfängnis überprüfen und in bestimmten Punkten verbessern zu lassen. Neben ihm saß eine dralle, leichtbekleidete Zombiefrau, der er nachlässig den Oberschenkel streichelte. Es war ein schnellgebrüteter Helga-Schünemann-Klon, der Renner unter den Sexzombies jener Saison, denn die berühmte Porno-Darstellerin war erst kurz zuvor bei einem Unfall ums Leben gekommen.[7]

[6] ... und insgeheim auch als Führer der Verirrten durch die Unterwelt. Dass er sich nicht Vergil nannte, lag zum Teil an seiner Bescheidenheit, vor allem aber an der festen Überzeugung, „Dante" klinge irgendwie apokalyptischer und nicht so sehr nach rosa Mädchenunterwäsche.

[7] Ihr Produzent gab an, mit eigenen Augen gesehen zu haben, wie sie von einem Meteoriten erschlagen wurde, als sie gerade in ihrem Garten einem Kugelblitz nachjagte. Tragische Unfälle wie dieser waren unter Stars auf dem Höhepunkt ihres Ruhmes recht weit verbreitet. Kurze Zeit später tauchten dann die Zombies der Opfer massenhaft im Handel auf und bescherten ihren eben noch „zutiefst betroffenen" Managern traumhafte Gewinne.

„Ich find Zombies toll und dank meiner bei OptiGen bestellten Ausstattung“ – er griff sich unnötigerweise in den ausgebeulten Schritt und zwinkerte anzüglich – „kann ich auch umfassend von ihnen Gebrauch machen. Nicht wahr, mein Schatz?“ Er drehte das ausdruckslose Gesicht des weiblichen Zombies zu sich und drückte ihr einen Kuss auf den Mund.

Dante schaute angewidert zu. „Sie tun mir Leid.“

„Keine Ursache. Mir geht's gut. Und meiner Puppe hier ist sowieso alles egal. Versuch mal eine richtige Frau zu finden, die so leicht zu handhaben ist.“

„Das ist unmenschlich.“

„Wieso? Alle Zombies werden ab Brüter ohne Gefühlszentrum und eigenen Willen geliefert und haben gerade mal die Intelligenz eines Vierjährigen. Die haben's besser als die meisten Menschen, sind nie traurig, kennen keine Angst ...“

„Das meine ich nicht!“, tat Dante den Einwand ab. „Es ist unmenschlich, sich mit so einem ... Ding abzugeben, statt mit anderen Menschen.“

„Das *Ding* ist warm und weich und sexy wie sonst nichts. Macht alles mit. Welche Frau würde es sich schon gefallen lassen, dass man ihr ...“

Angeekelt hob Dante die Hände: „Ersparen Sie mir die Details! Schon mal was von Zuneigung gehört? Von gegenseitigem Respekt? Von *Liebe*?“

„Klar. Aber ich glaube nicht an diesen Esoterik-Quatsch.“

Es passierte Dante häufig, dass man ihn für einen Spinner hielt.

Mit fünfzehn hatte er sich den Spaß-Partisanen angeschlossen, mit siebzehn den Kommunisten der Bewegung Zweiter Versuch, mit achtzehn der Revolutionskirche und mit neunzehn war er kurz hintereinander Anarchist, Balkanisierungsgegner und Elitärdemokrat gewesen. Bis zu seinem 30. Lebensjahr engagierte er sich unter anderem als Tierschützer, in der Heilsarmee, bei den Zehlendorfer Separatisten und der Bewegung für spirituelle

Erneuerung, er sympathisierte mit den Anti-Konsumisten, trat dem Geplatzten Kragen/Aktionsfront Ehemaliger Pazifisten bei, begeisterte sich eine zeitlang für die Kirche Des Wahren Namens Gottes, die er verließ, als ihm bewusst wurde, dass es Leute gab, die die Lehre dieser Religion wörtlich nahmen, und gründete schließlich die Freunde Der Menschheit. Diese Gruppe brachte es nie über eine Hand voll Mitglieder und hatte sich dem verschwommenen Ziel einer moralischen Erneuerung verschrieben. Eine klare Richtung erhielt die Bewegung erst, als Eden entstand – für Dante die größte Gefahr, die der Menschheit je gedroht hatte: Ein Computer, dessen erklärtes Ziel es war, alle Menschen der Erde zu hirnlosen Träumern zu machen.

Die Freunde Der Menschheit bekämpften Eden ebenso enthusiastisch wie wirkungslos. Sprengstoffanschläge auf verschiedene Eden-Komplexe hatten außer einigen schnell behobenen Fassadenschäden keine Wirkung gezeigt. Für stärkere Bomben fehlte ihnen nicht nur Wissen und Material; Dante war auch nicht bereit, das Leben der in Eden Eingeschlossenen zu gefährden. Alle Versuche, in die Komplexe einzubrechen und einige Menschen zu befreien, waren gescheitert. Seit einem Jahr hatten sie sich auf Mahnwachen, Aufklärungsarbeit und den Kampf gegen Seelenfänger beschränkt. Eden machte sich nicht einmal die Mühe, sie dabei zu behindern.

Und diese Arroganz wird es eines Tages zu Fall bringen, dachte Dante. Er lag nackt auf seiner Pritsche, die Arme hinter dem Kopf verschränkt. Er spürte, dass etwas Entscheidendes bevor stand. Eva war nicht aus Zufall bei ihnen gelandet. Eva war ein Wink des Schicksals, der Schlüssel zu Eden. Wenn Dante etwas glauben wollte, dann glaubte er es auch.

Er erhob sich, schlüpfte in seine Latschen und ging durch sein spartanisch eingerichtetes Zimmer zum Schreibtisch. Er setzte sich hin und tippte auf seinen Dämon, der sofort mit einem grünen Schimmern seine Bereitschaft anzeigte. „Stimmnotiz", sagte Dante. „Entwurf für einen neuen Anti-Eden-Aufruf: Wer durch den Regenbogen geht, verrät die Menschheit! Geht nicht nach Eden! Helft nicht mit bei der Abschaffung unserer Gattung! Kämpft mit uns für eine Welt, in der der Mensch im Mittelpunkt steht! Unterzeichnet: Die Freunde Der Menschheit."

*

Theo übergab Evas DNS-Sequenz an den Datengräber und schickte ihn los. Über Nacht würde das Programm alle Informationen finden, die über Eva in Firmen- und Behördendatenbanken gespeichert waren und sie zu einem übersichtlichen Dossier zusammenfassen. Anschließend fütterte er Waldi mit der anonymen Botschaft, die zu Kloß' Rettung geführt hatte, und befahl ihm, den Absender ausfindig zu machen.

Theos Blick fiel auf die eingefrorene Spielszene. Sophie ... noch ein Rätsel. Er tippte einen anderen Schirm an, der einen schwarzen Würfel unter einem Regenbogen zeigte: die Holonet-Präsenz von Eden. Seit Monaten versuchte Theo, in den schwarzen Würfel einzudringen. Immer neue Programme hatte er konstruiert und auf das Problem angesetzt. Dabei war es einigen sogar gelungen, die Oberfläche zu durchstoßen und in tiefere Programmschichten vorzudringen, doch hatten sie nichts vorgefunden, woran sie andocken konnten, nichts, was sich ausspionieren oder sabotieren ließ. Es war wie verhext: Der ein- und ausgehende Datenverkehr war zwar zu einem großen Teil kodiert und kaum zu entschlüsseln, entsprach technisch aber dem Netzstandard. Im Inneren jedoch schien die Datenverarbeitung auf einer höheren Stufe abzulaufen: Beim Versuch, sich mit einem normalen Computer in diese interne Kommunikation einzuklinken, kam sich Theo vor wie ein Indianer, der sich mittels Rauchzeichen ins Holonet einwählen wollte.

Es war Theos eigene Idee gewesen, Eden über das Netz anzugreifen. Die Herausforderung hatte ihn gereizt. Schnell war es ihm mit einigen spektakulären Datenbank-Hacks gelungen, die Freunde Der Menschheit von seinen Fähigkeiten zu überzeugen.

Wie würde Dante reagieren, wenn Theo sein Versagen eingestand? Er konnte es sich nur zu gut vorstellen: Dante würde wortlos nicken und sich abwenden, nicht einmal wirklich enttäuscht, weil er sowieso nie Vertrauen in Theo gehabt hatte.

Sophies Stimme schreckte ihn auf: „Du darfst nicht aufgeben!“ Sie schwebte einige Handbreit vor ihm. Ihr blondes Haar umwaberte ihren Kopf; die Bewegung erinnerte an eine Unterwasseraufnahme. „Wenn du mich genauso liebst, wie ich dich, dann musst du Eden zerstören.“

Auf einen Schlag hatte Theo seinen gesamten Wortschatz vergessen: „Äh ... grmmm ... nanu?“, fragte er.

„Ich werde dir helfen, mich zu retten. Sei bereit!“ Sie begann zu verblassen.

„Warte!“

„Wir sehen uns bald wieder, Geliebter. Gib nicht auf.“

Und dann war sie verschwunden. Theo schaltete den Succubus ab und fand sich in seinem Zimmer wieder, inmitten eines Chaos aus Computern, Beschwörern, kleinen Speicherkristallen, sezierten Marilpen und leeren Schnell- und Schnellst-Fraß-Packungen. Sein Herz schlug, als wolle es platzen. Vor Aufregung, vor Angst. Vor ... Liebe?

Was geschah hier? Wer spielte mit ihm? Sophie existierte nicht als lebende Person. Vor einem Jahr war er im Netz auf einen alten Film gestoßen – eine der letzten großen 2D Produktionen – dessen Titel ihn neugierig gemacht hatte: „Die Rückkehr der dreihirnigen Weltraummutanten II“. Theo liebte den unfreiwilligen Humor veralteter Zukunftsvisionen. Doch dieser Film verwirrte ihn. Statt Monstern und albernen Hyperlichtgeschwindigkeitsraumschiffen, deren Bordcomputer noch auf Siliziumbasis arbeiteten, wurde das Leben einer jungen Frau geschildert, die nicht mit ihrer Umwelt zurechtkam. Das heißt, eigentlich kam die Umwelt nicht mit ihr zurecht. Ihr unschuldiges Wesen und ihre naiven Fragen stellten das Selbstverständnis ihrer Bekannten auf eine harte Probe.[8] Als Theo nach einer halben Stunde der Verdacht kam, dass der Film unter einem falschen Titel abgespeichert worden war, war es zu spät: Er hatte sich mit der ganzen Leidenschaft eines Pubertierenden in die Hauptfigur Sophie verliebt. In ihre großen, fragenden Augen, ihr offenes Lachen, ihre weltfremde Art. Sie hatte etwas an sich, dass Theo nur schwer in Worte fassen konnte.[9]

Manchmal träumte er davon, einen Zombie-On-Demand der Schauspielerin zu bestellen, doch diese Träume waren nicht besonders erfreulich: Er gruselte sich vor diesen geist- und seelenlosen Klonen fast ebenso, wie er sie bemitleidete. Ein Zombie hatte keine fragenden Augen, sondern leere, und statt zu lachen zog er höchstens auf Befehl die Mundwinkel nach oben.

Theo schrieb ein Programm, dass aus den Szenen des Films ein 3D-Modell von Sophie erzeugte. Es war voll beweglich und mit der ganzen Palette von Gesten und Gesichtsausdrücken ausgestattet, die die Schauspielerin im Film verwendet hatte. Ein semi-intelligentes Programm – Theos Meisterstück – steuerte die simulierte Sophie im Holonet. Theo baute die Software-Sophie in alle Arten von interaktiven Spuks ein, vor allem in Spiele und virtuelle Reisen. Er hatte an ihrer Seite schon die Welt vor Außerirdischen gerettet, sie waren zusammen durch das Sonnensystem geflogen und in den Marianengraben getaucht. Die Illusion war fast perfekt – nur spüren konnte er sie nicht. Alle Berührungen blieben empfindungslos. Zudem waren Sophies Äußerungen normalerweise alles andere als überraschend, denn schließlich hatte er das Sprachmodul selbst programmiert.

[8] In einer Szene des Films zum Beispiel trifft sie sich mit einem Verehrer, einem Banker, der ihr von seiner Arbeit und den hervorragenden Karriereaussichten erzählt.
„Sie machen also Geld, in dem Sie Geld kaufen und verkaufen und hin- und herschieben?“, fragt sie. Er muss lachen. „So könnte man es zusammenfassen!“ Das Mädchen staunt: „Kann man denn davon leben?“

[9] Ein billiger Trick des Autors, um von der Tatsache abzulenken, dass es in Wirklichkeit ihm schwer fiel, es in Worte zu fassen.

Umso größer war die Überraschung, als sie plötzlich Dinge sagte, von denen er wusste, dass sie sie gar nicht gesagt haben konnte.

Wenn du mich genauso liebst, wie ich dich, dann musst du Eden zerstören ... Ich werde dir helfen ... Wie wollte sie ihm helfen? Wer war sie überhaupt? War das noch immer sein Programm, das sich auf unerklärliche Art weiterentwickelt hatte? Oder hatte jemand die Software manipuliert? Wer wäre dazu in der Lage? Und was hatte er oder sie oder es mit Eden zu tun? Und wie sollte Eva ihm helfen ... ein Klopfen riss ihn aus seinen Gedanken. „Wer ist da?"

„Ich bin's, Alter. Kann ich rein kommen?"

„Klar Opi."

Die Tür glitt auf und Kevin schlurfte herein. „Krasse Aktion! Klezmer! Die Idee hätte von mir sein können! Gib mir fünf!" Theo rollte die Augen, als sie abklatschten. Sein Opa war so altmodisch. Kevin schob einen Haufen Zeugs und Krimskrams von der Kante des Tisches weg und setzte sich. „Was dagegen, wenn ich einen buffe?"

„Äh, nein."

Theo stand auf und schaltete die Lüftung auf Maximum. Sein Großvater zog einen Joint aus der Tasche seiner Jogginghose und zündete ihn an. „Ah! Konkreter Scheiß, den Spinne und Kloß mir vertickt haben, ballert wie 'ne Pumpgun, Alter, wirst du fett wie Niveacreme ... äh, entschuldige. Weißte, in meinem Alter kann man von so was nich mehr lassen. Muss man auch nich, aber ich wollte dich nicht ..."

„Schon gut, Opi. Mach dir keine Sorgen, ich will das Zeug gar nicht."

„Hast ja auch deinen eigenen Weg, der Wirklichkeit Tschüss zu sagen."

Theo, der sich wieder auf das Bett hatte fallen lassen, richtete sich auf. „Ich weiß nicht, ob du das verstehen kannst ... vielleicht ist ja das Holonet für mich die Wirklichkeit."

„Nee Alter, Wirklichkeit is nich das, womit man am besten klar kommt. Sondern oft das genaue Gegenteil. Sorry, so isses nun mal."

„Ich weiß nicht." Theo richtete seinen Blick auf die Wand hinter seinem Großvater. „Ist die Wirklichkeit nicht dort, wo das Herz es einem sagt?"

Opa Kevin drehte sich um. Über Theos Schreibtisch hing ein antikes Filmplakat von Sophie. „Ah, dein Schwarm. Hey Theo, du bist 14. Eines Tages wirst du checken, dass sie nur eine Träumerei ist. Und dass es echte Mädchen gibt."

„Solche wie Else?", fragte Theo und verzog das Gesicht. Kevin lachte. „Nee, nee. Hier in der Oase wird's sicher schwer, was anderes als blöde Tussen zu finden. Aber eines Tages kommste hier raus, Alter, das verspreche ich dir."

„Wann? Warum nicht jetzt?"

„Hey, bleib mal ruhig. Es gibt Sachen, die du wissen musst, die du sehen musst, aber ... Ach, hab einfach 'n bisschen Geduld."

Theo sackte in sich zusammen. Kevin warf seinen Joint in ein halbvolles Glas mit Mineralwasser, wo er zischend erlosch. „Wir quatschen morgen weiter. Ich hab noch 'n Date mit dem Typ, der das Gras weiterverteilt."

„Sei bloß vorsichtig, Opi. Wenn sie dich erwischen ... ohne dich würde ich's hier gar nicht mehr aushalten."

Opa Kevin winkte ab. „Weißt doch, dass du dir keine Sorgen machen musst, Alter. Kenne alle Tricks und Verstecke. Ich deale seit 30 Jahren und mich haben sie noch nie kassiert. Sei lieber selber vorsichtig – irgendwann ham sie dich am Sack und verurteilen dich als Hacker."

„Ach wo. Die können mir nichts nachweisen."

„Kann ja sein, Mann." Kevin stand auf. „Aber ich glaube auch nicht, dass die das müssen."

Ein fieser Plan

DEMOKRATIE: *Sicher hast du schon einmal einen Schulausflug mitgemacht. Die Lehrerin hat ein Ziel ausgesucht und zuerst dachtest du: „Nö, das ist doch 'n doofes Ziel, da will ich gar nicht hin." Und hinterher warst du total begeistert, oder? Eure Lehrerin weiß eben besser, was gut für dich und deine Mitschüler ist.*[10] *Nun stell dir einmal vor, die Lehrerin ließe euch entscheiden, wo es hingehen soll. Mal ehrlich: Ihr würdet euch nie einig werden, stimmt's? Die einen wollen ins Schwimmbad, die nächsten in den Zoo, wieder andere zu einer Hinrichtung oder ins Computermuseum. Ihr würdet euch anschreien und an den Haaren ziehen und am Ende hätten alle schlechte Laune. Ob das* DEMOKRATIE *ist, fragst du? Nein.* DEMOKRATIE *ist viel schlimmer. Stelle dir jetzt vor – auch wenn es eklig ist – ihr müsstet euch gemeinsam mit ganz vielen Kindern aus der Schlammstadt auf ein Ausflugsziel einigen – mit hundert stinkenden, hässlichen, blöden, stumpfsinnigen Drecksgören, die nichts anderes wollen, als im Matsch hocken und ohne ästhetischen Anspruch vor sich hin kopulieren. Euch bliebe nichts übrig, als mitzumachen, denn sie wären in der Mehrheit. Das war* DEMOKRATIE. *Hat zum Glück nur ein paar Jahrzehnte funktioniert.*

(teeniepedia.de – Das Jugendlexikon)

Laserblitze, Funken und gleißende Spannungsbögen rissen die Szenerie für Sekundenbruchteile aus der Finsternis. Gewaltige Maschinen stöhnten, kreischten, stampften, schluckten Dinge und spuckten Dinge auf Förderbänder. Einen Beobachter hätten diese Dinge wahrscheinlich an Marienstatuen erinnert und an

[10] Diese Aussage gilt ausschließlich für zertifizierte Lehrerinnenmodelle der Baureihen Brunhild und Elsbeth.

diese kleinen Engelchen, die sich bevorzugt im oberen Drittel von Rokoko-Gemälden tummelten. Doch es gab keinen Beobachter. Kein Mensch ahnte, was hier vor sich ging.

Die Förderbänder transportierten die Dinge in unermessliche Lagerhallen, wo sie bis zum jüngsten Tag in völliger Dunkelheit herumstehen würden.

Der jüngste Tag war nicht mehr weit.

Die Dinge warteten.

Und hundert Meter über ihnen leuchtete ein Regenbogen, der so gar nicht zu diesem grauen Novembervormittag passen wollte.

*

Der preußische Bischof Jasper rülpste zufrieden und wischte sich mit einem seidenen Tischtuch die Reste des Frühstücks aus dem teigigen Gesicht. Jasper war ein freundlich wirkender Mann Mitte fünfzig, dem man ansah, dass er die schönen Dinge des Lebens zu schätzen wusste.[11] Ein Zombie huschte heran und räumte Teller und Besteck ab, während ein zweiter ein Tablett mit einem Espresso und einer Zigarre brachte.

„Du auch?", wandte sich der Bischof an den schlanken, hochgewachsenen Mann am anderen Ende der langen Eichenholztafel. Er trug eine Soutane und eine sorgfältig geschnittene Tonsur; sein Gesicht war etwas zu spitz, um sympathisch zu wirken.

„Wie Euer Eminenz wissen, habe ich allen weltlichen Genüssen entsagt. Der Kirche und dem Ruhme Gottes zu dienen, ist mir Vergnügen genug."

„Nun mein lieber Enricus, meiner Ansicht nach hätte Gott uns den Tabak und den Kaffee nicht gegeben, wenn er gewollt hätte, dass wir asketisch leben. Und die Chorknaben auch nicht." Der Bischof schlug sich auf den Schenkel.

[11] Vorausgesetzt, man hielt nicht Jogging, gesunde Ernähung und einen Bart, der frei ist von Essensresten, für die schönen Dinge des Lebens.

Enricus neigte demütig den Kopf. „Wie Euer Eminenz meinen. Soll ich vielleicht später wiederkommen, damit Ihr Gottes Gaben ganz in Ruhe würdigen könnt?“

„Nanana, mein Lieber!“, sagte Jasper mit gespielter Entrüstung und lächelte seinen Diakon an. „Sieh es doch mal so: Du hast deinen Sarkasmus und ich habe eben *meine* kleinen Laster. Und nun fang schon an. Aber – mach's kurz! Und die guten Neuigkeiten bitte zuerst.“

„Sehr wohl. Die gute Neuigkeit ist, dass die schlechten nicht wesentlich schlimmer sind als befürchtet. Wir konnten auch in dieser Woche den dritten Platz in der Religions-Top-Ten für den Großraum Preußen-Nordsachsen halten und sogar den Abstand zu den Moslems auf Platz zwei etwas verringern. Dazu trug vor allem der florierende Online-Ablasshandel bei. Die neue Werbekampagne wird sehr gut angenommen. Allerdings konnte auch der Marktführer sowohl den Umsatz als auch die Zahl der Neukunden, und damit seinen Vorsprung uns gegenüber, ausbauen.“

„Ich werde das nie verstehen. Was haben die Neureformierten, was wir nicht haben?“

„Bürgernähe, soziale Einrichtungen, kostenlose Arbeitsplätze und Schulen, familienfreundliche Öffnungszeiten ...“

„Jaja“, knurrte Jasper. „Das war eine rhetorische Frage.“

Enricus fuhr fort: „Leider haben die viertplatzierten Wettbewerber uns gegenüber weiter aufgeholt. Wenn die Entwicklung sich fortsetzt, werden sie uns in einigen Monaten hinter sich lassen.“

„Der Teufel soll sie holen, diese ... Witzfiguren!“

Anzeige

Die Tochter missbraucht?
Kann sein, dass *sie* dir nie verzeiht. *Jesus* tut es. Ab 1,99*.
Ablass-Service der Preußischen Katholischen Kirche

*Gebühren sind abhängig von Qualität und Quantität Ihrer Sünden.

Diese Witzfiguren, das waren die Anhänger der Kirche Des Wahren Namens Gottes, deren zwingender Logik und tröstlicher Botschaft die herkömmlichen Religionen wenig entgegenzusetzen hatten. Jasper hasste sie umso mehr, als er sich für ihren Erfolg mitverantwortlich fühlte: Er selbst hatte den Reichskanzler vor einigen Jahren gedrängt, die Religionspflicht in Neupreußen einzuführen. Jasper hatte dabei auf viele neue Kunden für seine eigene Kirche gehofft, doch stattdessen hatten die Leute Abertausende von Ich-Religionen gegründet oder waren der Kirche Des Wahren Namens beigetreten.

„Es gibt noch eine schlechte Nachricht: Wir mussten leichte Rückgänge beim Merchandising hinnehmen. Der Verkauf von Actionfiguren ging um fast drei Prozent zurück, der von Corpus-Christi-Plätzchen um ..."

„Mach's kurz habe ich gesagt! Für Zahlen haben wir Computer."

„Euer Eminenz mögen mir verzeihen."

„Was sagt die Marketingabteilung?"

„Sie schlagen eine Ausdünnung des Angebots vor. Außerdem eine Fokussierung auf unsere Kernkompetenzen bei gleichzeitiger Verstärkung der netzunabhängigen Aktivitäten."

„Aha. Und auf Deutsch?"

„Vor allem sollten wir einige der verpachteten Kirchen wieder ihrer ursprünglichen Bestimmung gemäß nutzen."

Jasper runzelte die Stirn. „Aber die Mieteinnahmen ..."

„Ohne Zweifel würden wir über einen Zeitraum von einigen Monaten Verluste in diesem Bereich machen. Langfristig würde es sich jedoch auszahlen. Wir könnten neue Kunden gewinnen und bestehende durch die stärkere Betonung der persönlichen, mitmenschlichen Ebene enger an uns binden. Die Rechner sagen eine Wachstumsrate von mindestens sechs Prozent im nächsten Jahr voraus."

Jasper zündete seine Zigarre an und blies bedächtig den Rauch in die Luft „Hmm ... werde drüber nachdenken. Noch irgendwas?"

„Ja. Es geht um Eden."

Der Bischof horchte auf. Wenn er irgendetwas noch mehr hasste als die Kirche Des Wahren Namens Gottes, dann war das Eden. Obwohl gar keine Religion, war Eden doch einer der schlimmsten Konkurrenten der katholischen Kirche, denn es bediente sich nicht nur der selben Symbole und Mythen, sondern versprach auch dieselbe Belohnung – allerdings sofort, gebührenfrei und ohne, dass man dafür auf irgendwelche Sünden verzichten müsste. Vor fünf Jahren hatte Jasper versucht, Eden vor einem preußischen Gericht zu verklagen. Ein grober Fehler. Niemand strengte ungestraft einen Prozess gegen den finanzstärksten Konzern der Erde an. Obwohl das Gericht fast ausschließlich aus alten Freunden des Bischofs bestanden hatte, wurde der Prozess zur Katastrophe für die Kirche. Die Gerichtskosten hatten die Diözese an den Rand des Ruins getrieben und nur eine Finanzspritze des Vatikans sowie einige überaus unchristliche Geschäfte hatten sie retten können.

„Was ist mit Eden?"

„Ein Informant, Jonas Eschenrath, ein Exgardist, den wir vor zwei Jahren exkommunizieren mussten, hat uns mitgeteilt, dass gestern Abend eine Frau den Eden-Komplex Ludwigsfelde verlassen hat."

„Und sie ist nicht sofort umgekehrt?"

„Exakt. Wenn die Information stimmt, hätten wir es hier mit dem ersten Eden-Flüchtling zu tun. Sie befindet sich zur Zeit in Wanheim, einer selbstverwalteten Siedlung, vierzig Kilometer südlich von Berlin. Das Mädchen ist in einem beklagenswerten Zustand. Hat das Gedächtnis verloren. Ist sehr schwach, völlig verwirrt und verängstigt."

Jasper stand auf, trat ans Fenster und blickte auf Berlin hinab. Die katholische Kirche hatte die beiden oberen Etagen eines dreißigstöckigen Altbaus aus den 1960ern gemietet. Jaspers Arbeitszimmer, ein ehemaliges Kasino, bot einen prächtigen Blick auf den verglasten Alexanderpark. An klaren Tagen konnte er von hier aus sogar die Stellungen der Zehlendorfer Separatisten erkennen, aber die kopulierenden Pärchen im Park boten normalerweise mehr Zerstreuung. Wäre da nur nicht der zu einem Minarett umgebaute Fernsehturm direkt vor seiner Nase und der protzige protestantische Dom einen Kilometer dahinter. „Wenn wir diese Frau der Öffentlichkeit präsentieren und sagen könnten: ‚Seht her, das macht Eden aus euch: Wracks! Wimmernde Idioten!'"

„... dann würde sich das sicher positiv auf unsere Marktsituation auswirken. Eine intensive Befragung und Untersuchung der Person würde die zweifellos teuflischen Machenschaften Edens aufdecken. Vielleicht können wir Verwandte auftreiben und ein tränenreiches Wiedersehen in einer wiedereröffneten Kirche inszenieren. Und wenn sie wirklich so verwirrt ist, wie unser Informant andeutete, sollte es kein Problem sein, sie zum Katholizismus zu bekehren ..."

„Ha! Enricus! Was willst du damit sagen? Dass wir nur für Verwirrte attraktiv sind?"

„Keineswegs, Euer Eminenz. Obwohl ein Blick in unsere Kundendatenbank dies durchaus nahe legt. Ich wollte jedoch lediglich zum Ausdruck bringen, dass eine Entscheidungsunfähigkeit ihrerseits sie anfälliger macht für Manipulationen unsererseits."

„Nur dass wir sie leider nicht haben und befürchten müssen, dass jemand anders sie nach seinem Gutdünken verwendet."

„Das ist richtig."

„Was sind das für Leute dort?"

„In Wanheim leben verschiedene Gruppen und Einzelgänger. Insgesamt etwa einhundert Personen. Aussteiger, Verstoßene, Flüchtlinge, verrückte Künstler, Umweltnostalgiker, Neu-Urchristen ..."

„Oh jemine! Ohne Hierarchien und vernünftiges Marketingkonzept, dafür jede Menge Eiapopeia-Nächstenliebe? Solche Spinner?"

„Genau solche. Die Siedlung lebt hauptsächlich vom Marihuana-Anbau und -Schmuggel. Die Frau hat bei einer Gruppe namens Freunde Der Menschheit Unterschlupf gefunden."

„Was ist das denn für ein blöder Name? Was wollen die?"

„Eden zerstören. Oder wenigstens stören."

„Dann können wir die ganze Sache ihnen überlassen?"

„Ich glaube nicht, dass sie das Potential haben, diese Gelegenheit auszunutzen. Bis jetzt haben sie sich auf kleine, unnütze Aktionen beschränkt – ein paar harmlose Sprengstoffanschläge, Anti-Eden-Botschaften verbreiten und Ähnliches. Außerdem wäre es natürlich viel besser, wenn wir die Frau dazu verwenden könnten, uns selbst als Alternative zu Eden darzustellen."

„Verstehe. Hm, die werden die Frau wohl kaum freiwillig rausrücken. Besteht die Chance sie zu kaufen?"

„Ich fürchte, wir haben es mit echten Idealisten zu tun."

„Na toll. Irgendwelche Vorschläge?"

„Wir holen sie da raus."

„Und wie? Eine Siedlung im Umland dürfte wohl befestigt und bewacht sein, oder? Sollen wir einen Ninja schicken?"

„Zu unsicher. Ich würde die drastische Variante präferieren."

„Ein offener Angriff?"

„Eine Belagerung. Wenn sie sich nicht kooperativ zeigen ..." Enricus zuckte mit den Achseln.

„Nun, es wäre ihre Entscheidung, ob Wanheim brennt. Um die Verteidigungsanlagen brauchen wir uns keine Sorgen machen. Ein paar Wasserwerfer, Fernschocker, nichts Letales. Das sind alles Pazifisten."

„Aber unsere Garde kämpft in Zehlendorf. Hering wäre sicher ungehalten, wenn ich sie jetzt abziehen würde."

„Hering, Euer Eminenz?"

„Der Kanzler. Norbert von Bismarck. Wie der Hering." Der Bischof ließ die Handflächen auf den Tisch klatschen und lachte.

„Es erfüllt mich mit Traurigkeit, Euren vorzüglichen Humor an mich verschwendet zu sehen. Sagt Ihnen die Preußische Union Patriotischer Sozialisten etwas?"

„Nein. Nazis?"

„Ja. Letztendlich bloß Banditen. Finanzieren sich durch kleine Überfälle, Seelenfang und Ähnliches. Vollkommen bedeutungs- und harmlos. Es sei denn, man begibt sich ohne Eskorte in ihr Revier. Wir haben sie ein paar Mal für kleine schmutzige Aufträge im Umland gemietet. Und: Sie haben eine Rechnung mit den Freunden Der Menschheit offen. Gestern sind sie vor Eden mit ihnen aneinandergeraten und unterlegen. Sie wären sicher dankbar für die Gelegenheit, sich zu revanchieren."

„Ah, warte, ich glaube, ich erinnere mich! Generaloberarsch Hübner oder so! Aber die Jungs sind niemals stark genug, ein befestigtes Dorf abzuriegeln. Haben wir noch andere Handlanger da draußen?"

„Die Freien Arischen Revolutions-Truppen, ein ähnlicher Haufen, auch zu schwach."

„Hm. Und wenn sie zusammenarbeiten?"

Enricus schüttelte den Kopf. „Die melden sich eher zur Bar Mizwa an, als zu kooperieren. Faseln von der Einheit des Volkes und reiben sich in Grabenkämpfen auf. Mein Vorschlag lautet: Wir stellen der Preußischen Union über eins unserer Tarnkonten die finanziellen Mittel zur Verfügung, um für zwei Tage Einheiten des Sicherheitsdienstes der Oase zu mieten."

Jasper lief an der Fensterfront auf und ab, dann blieb er stehen und zog die Stirn kraus. „Das ginge natürlich ... trotzdem: Mir gefällt das ganze nicht. Eigentlich, mein Lieber, bin ich gegen Gewalt." Er kicherte leise „Ich glaube, ich hab auch mal etwas in dieser Richtung in der Bibel gelesen. Nun, wie auch immer: Der Nutzen dieser Frau ist jedenfalls zu ungewiss, als dass ich eine derartige Aktion veranlassen möchte. Gibt's noch eine Alternative?"

„Nun ja. Wie es scheint, hat die Gruppe ein Mitglied außerhalb von Wanheim. Ein 14-jähriger Stöpselkopf, der bei seinen Eltern in der Oase wohnt. Wir könnten ihn beispielsweise wegen ... Rentenbetrugs anzeigen und verhaften lassen."

„Mit 14? So ein Blöd... oh, wie dumm von mir ..."

Enricus nickte und der Bischof schenkte ihm ein breites Grinsen. „Umso verwerflicher, nicht wahr? Schlimm, schlimm, diese Jugend von heute! Nun, ich denke, wir werden nachher eine kurze Unterredung haben mit meinem alten Freund, dem Sicherheitschef der Oase. Er schuldet mir noch einen Gefallen, weil ich so wacker der Versuchung widerstanden habe, seine Beichten zu veröffentlichen.

Und morgen können wir den Freunden Der Menschheit ein interessantes Tauschobjekt für diese Frau anbieten!"

Die Liebe in den Zeiten der Datenverarbeitung

Ihr weigert euch an Gott zu glauben und sagt: Es kann gar keinen Gott geben. Ihr haltet euch für klug und fragt: Wenn Gott allmächtig ist, kann er dann einen Stein schaffen, der so schwer ist, dass er ihn selbst nicht zu heben vermag? Wenn ja, dann ist er nicht allmächtig, weil er den Stein nicht heben kann, wenn nicht, so ist er nicht allmächtig, weil er diesen Stein nicht erschaffen kann.

So redet ihr modernen Pharisäer, und dann verschränkt ihr die Arme und grinst überheblich. Doch ich sage euch: Gott existiert und wenn ich euch seinen wahren Namen verrate, werdet ihr vom Unglauben abfallen und Gott preisen, denn Gottes wahrer Name ist: KEIN SCHWEIN.

Und so ist Gott allmächtig, denn KEIN SCHWEIN *ist allmächtig und weil* KEIN SCHWEIN *einen Stein aus Nichts erschaffen kann, der so schwer ist, dass* KEIN SCHWEIN *ihn nicht zu heben vermag, kann Gott dies tun, denn Gott ist* KEIN SCHWEIN. *Und wenn ihr das nicht glaubt, wird* KEIN SCHWEIN *euch strafen! Wenn ihr aber glaubt, dann wird* KEIN SCHWEIN *euch eure Sünden vergeben und das ewige Leben schenken.*

Woher ich das so genau weiß? Nun, eines Nachts hatte ich eine Erscheinung: Ich wachte auf und sah, dass direkt vor meinem Bett KEIN SCHWEIN *stand. Erst wollte ich es selbst nicht glauben, ich rieb mir verwundert die Augen, doch es blieb dabei:* KEIN SCHWEIN *stand vor meinem Bett und sprach zu mir: Micha, du bist auserwählt, meinen wahren Namen zu verkünden. Und mein wahrer Name ist* KEIN SCHWEIN. *Nun gehe hin und verbreite diese Nachricht unter den Menschen und richte ihnen auch aus, dass Gott sie liebt, denn* KEIN SCHWEIN *liebt sie!*

(aus einer Predigt von Micha Habak, Gründer der Kirche Des Wahren Namens Gottes)

„Morgen!", sagte Spinne gutgelaunt und setzte sich zu Kloß an den Küchentisch.

„Jaja, morgen, morgen. Morgen ist okay, aber heute verschone mich bitte mit deiner guten Laune. Wenigstens, bis ich den Kaffee ausgetrunken habe."

„Kein Problem. Wo sind Dante und Marta?"

„Keine Ahnung, wo Dante steckt. Bestimmt Joggen oder Meditieren oder was weiß ich. Marta wischt Evas Kacke weg."

„Was???"

„Hat sich einfach in die Ecke gehockt und gekackt. Als hätte sie noch nie von Toiletten gehört. Und dann hat sie rumgeflennt, weil das Zeug gestunken hat und sich nicht von alleine in Luft auflöste. Dachte wohl, sie sei krank und müsse sterben."

„Hab gar nichts davon mitbekommen."

„Wär schön, wenn ich das auch von mir sagen könnte. In meiner persönlichen Hitliste der Möglichkeiten, einen Tag schlecht zu beginnen, haben es hysterische Frauen, die im Nachbarzimmer ‚Igittigitt, igittigitt, oh Vater, warum hast du mich verlassen' schreien, auf Anhieb von null auf Platz eins geschafft."[12]

„Schon beeindruckend, wie es dir immer wieder gelingt, selbst aus den Problemen anderer Leute maximales Missvergnügen zu ziehen. Mensch Kloß, für einen Moment hätte ich fast gedacht ‚Arme Eva, das alles muss schrecklich für sie sein'. Aber jetzt gilt mein ganzes Mitleid dir!"

„Kannste behalten. Bemitleiden kann ich mich alleine."

„Natürlich. Ohne Zweifel ein Gebiet, auf dem du es zu großer Meisterschaft gebracht hast."

„Zehn Prozent Begabung und neunzig Prozent hartes Training. Kannst du auch schaffen. Ich gebe gegen eine faire Gebühr Unterricht."

Marta und Dante betraten gleichzeitig die Küche.

„Morgen."

[12] Damit hatte Eva die bisherigen Favoriten „Nachmittags aufwachen und feststellen, dass der Tag fast vorbei ist" beziehungsweise „Morgens aufwachen und feststellen, dass der ganze Tag noch vor einem liegt" auf die Plätze 2 und 3 verwiesen.

„Morgen."
„Morgen."
„Wusstet ihr, dass es ursprünglich hieß: ‚Guten Morgen'? Aber dann ist den Leuten irgendwann aufgefallen, dass man sich genauso gut einen eckigen Kreis hätte wünschen können."
„Jaja. Oder einen gutgelaunten Kloß", sagte Spinne und drehte sich zu Marta. „Wie geht's Eva?"
„Sie sitzt auf ihrem Bett und weint. Scheint sich aber langsam zu beruhigen. Armes Mädchen. Vorhin, als ich ihr das Klo zeigte, erinnerte sie sich plötzlich wieder an dessen Funktion und hat sich furchtbar geschämt."
„Sie bestätigt unsere schlimmsten Befürchtungen darüber, was Eden mit den Menschen macht", sagte Dante. „Sie muss in einer Traumwelt gelebt haben, die nicht das Geringste mit dem normalen menschlichen Leben zu tun hat."
„Klingt verlockend", murmelte Kloß.
Der Küchencomputer meldete sich: „Eingehender Anruf von Theo!"
„Annehmen!"
Theos Geist erschien neben der Anrichte.
„Hallo, Morgen alle zusammen. Ich hab rausgefunden, wer eure Eva wirklich ist. Allerdings gibt es keine Hinweise auf weitere Eden-Aussteiger."
„Okay, erzähl uns von Eva."
„Ihr ganzer Name lautet Eva Maria Beilstein. Zwanzig Jahre alt. Tochter von Emil Beilstein, einem hohen neupreußischen Beamten."
„Beilstein?" Dante rieb sich das Kinn. „Irgendwoher kenne ich den Namen."
Theo nickte. „Es gab da vor drei Jahren einen Skandal um gefälschte Greencards für den Kongo. Hat einigen Staub aufgewirbelt ... Eva Maria jedenfalls verschwand vor etwa anderthalb Jahren spurlos. Man vermutete zuerst Geiselnehmer, die sie gegen ein Lösegeld oder politische Gefangene austauschen

wollten, aber es gingen keine entsprechenden Forderungen ein. Also wurden Seelenfänger verdächtigt, die nicht wussten, wer ihnen da in die Finger geraten war. Na, ich schätze, wir können davon ausgehen, dass dieser Verdacht stimmte. Und jetzt kommt das Beste: Ihre Eltern haben eine Belohnung in Höhe von 2.000.000 neupreußischen Talern ausgesetzt für den, der sie zurückbringt!"

„Hey Super!" Spinne haute sich die Faust in die Handfläche. „Wir haben 'ne Glückssträhne!"

Dante runzelte die ohnehin schon gerunzelte Stirn noch stärker. „Ich halte es für moralisch fragwürdig, Geld anzunehmen für eine selbstverständliche Hilfeleistung einem menschlichen Wesen gegenüber."

„Sieh's so: Wir leisten humanitäre Hilfe und schröpfen gleichzeitig einen von Bismarcks Blutsaugern."

Dante versuchte die Stirn noch mehr zu runzeln, stieß jedoch an seine Grenzen und entspannte sich. „Hm, ich muss zugeben, diese Sichtweise hat etwas für sich."

„Ich habe einen Spuk von Eva gefunden. Ist nur ein paar Tage vor ihrem Verschwinden aufgezeichnet worden. Seht mal!" Neben Theo erschien eine junge Frau. Eine gewisse Ähnlichkeit war durchaus vorhanden aber … „Das ist nicht unsere Eva!", rief Marta.

Das Mädchen, das Theo ihnen zeigte, hatte ebenfalls blonde Haare, auch die Figur und die Größe stimmten überein, doch ihre Nase war breiter, die Lippen waren schmaler und die Wangenknochen waren stärker ausgeprägt.

„Was? Das kann nicht sein. Das ist ohne Zweifel die Frau, von der die DNS-Sequenz stammt, die ihr mir geschickt habt."

Spinne schüttelte den Kopf. „Nee, Marta hat Recht. Vielleicht hast du versehentlich die falsche …"

„Nein, unmöglich. Vielleicht habt ihr mir die falsche Sequenz geschickt?"

Marta schüttelte den Kopf.

„Könnte es sein, dass sie nach ihrer Entführung kosmetisch verändert worden ist?“, fragte Dante.

„Aber zu welchem Zweck? Warum sollte Eden den Leuten eine Schönheitsoperation verpassen, bevor es sie verkabelt und in irgendwelchen Bottichen vor sich hin vegetieren lässt?“, fragte Spinne. „Ich könnte vielleicht noch verstehen, wenn es Kloß ein Grinsen ins Gesicht operiert, damit er nicht die ganze Stimmung kaputt macht, aber ansonsten ...“

Kloß steckte ihm die Zunge raus und Dante klopfte mit der Hand auf den Tisch. „Nun, ich bin sicher, wir werden das herausfinden. Marta, kannst du Eva – Eva Maria – herholen? Mal sehen, wie sie reagiert, wenn sie dieses Mädchen hier sieht.“

„Ich hab auch Spuks von ihren Eltern, vielleicht sollten wir ihr die auch vorführen“, rief Theo dazwischen.

„Gute Idee, probieren wir's aus!“

Marta zuckte die Schultern. „Ich kann mal gucken, ob sie sich beruhigt hat und wir ihr das zumuten können. Aber du solltest auf alle Fälle solange rausgehen, Dante. Sie hat immer noch schreckliche Angst vor dir.“

„Schon klar!“ Er verließ die Küche; Marta folgte ihm.

„Habt ihr sie schon untersucht?“, wandte sich Theo an Spinne.

„Nur eine kurze Überprüfung der Lebensfunktionen.“

„Hmm, Eva Maria Beilstein hatte zum Zeitpunkt ihres Verschwindens keinen Succubus. Nach allem, was wir wissen, ist etwas in dieser Art aber nötig, um sie an Eden anzuschließen.“

„Eva hat einen Succubus!“, rief Spinne.

„Na, dann steht auf alle Fälle schon mal fest, dass an Eva Maria rumoperiert wurde – vorausgesetzt, sie ist mit eurer Eva identisch. Wie sieht das Ding denn aus?“

„Von außen ganz normal: ein kleiner Stöpsel an der Schädelbasis. Genau wie bei dir. Komisch eigentlich. Ich dachte, Eden verwendet irgendeine weiterentwickelte Technik.“

Anzeige
Scheißbuch, oder? Sie können das viel besser. Entdecken Sie Ihre kreative Seite mit Prosamat 4.0. Literatur im Handumdrehen – ganz ohne Talent und Vorkenntnisse!

„Wie der Stöpsel aussieht, spielt überhaupt keine Rolle. Das Internet, der Vorläufer des Holonets lief anfangs über einfache Kupferleitungen, die eigentlich nur für Sprachübermittlungen gedacht waren. Die Buchse in der Wand blieb dieselbe, doch plötzlich war sie der Zugang zu einem weltweiten Netzwerk – die richtige Hard- und Software vorausgesetzt. Wär toll, wenn ihr die Frau gründlich untersuchen würdet, bevor ihr sie ihren Eltern zurückgebt. Mich würde brennend interessieren, wie dieser Succubus mit ihrem Hirn verbunden ist."

Sie hörten Stimmen auf dem Gang. Marta redete beruhigend auf Eva ein. Dann standen die beiden in der Tür. Theo klappte die Kinnlade runter. Sophie ...

„Adam!", hauchte Eva, als sie ihn sah. Dann rannte sie mit ausgebreiteten Armen los, flog durch Theos substanzlosen Geist und knallte gegen den Küchenschrank. Eva begann zu schreien.

*

Marta legte einen Arm um sie und redete beruhigend auf sie ein.

Eva strampelte sich los und kauerte sich schluchzend in eine Ecke des Zimmers. Als sie endlich wagte, die Augen wieder zu öffnen, stand Adam noch immer dort und betrachtete sie fassungslos. Marta trat ein paar Schritte zurück und lief direkt durch ihn hindurch. Erneut schrie Eva auf und drehte sich mit dem Gesicht zur Wand. Was war das für eine Teufelei? Was hatte die Hölle noch für Schrecken parat?

„Verdammt, schaltet den Beschwörer aus!", rief jemand. Dann: „Eva, er ist weg, hab keine Angst!" Doch Eva schrie, schrie, schrie. „Ein Beruhigungspflaster!" Etwas Klebriges wurde an ihren Hals gedrückt, sie wollte es wegreißen, doch noch bevor ihre Hand es erreichte, war ihr mit einem Male alles egal. Sie wollte nur noch schlafen. Sie schlief ein.

*

„Noch mal“, sagte Dante und schüttelte verständnislos den Kopf. „Ich glaube, ich bin nicht ganz mitgekommen.“

„Also pass auf:”, rief Spinne und fuchtelte aufgeregt mit den Armen in der Luft herum. „Wir haben uns also mit Theo unterhalten, und Marta geht los, um Eva zu holen und ich frag Theo dies und das und er erklärt mir ...“

Kloß verdrehte die Augen und unterbrach ihn: „Oh Mann, warum fängst du nicht beim Urknall an! Es ist doch ganz einfach: Theo wird von Eva, die eigentlich Eva Maria heißt und von ihm für Sophie gehalten wird, für Adam gehalten.“ Er verschränkte die Arme vor der Brust und guckte Dante selbstzufrieden an.

„Ach sooo ...“, sagte der. Und nach kurzem Nachdenken: „Und wer zum Teufel ist Sophie und woher kennen sich Eva und Theo?“

„Fragen wir ihn doch selbst. Wir haben die Verbindung unterbrochen, als Eva ihren hysterischen Anfall kriegte. Jetzt können wir ihn ja wieder rufen – Theo?!“

Es dauerte eine Weile, bis die Verbindung zustande kam. „Hallo. Entschuldigt. Ich bin ein bisschen verwirrt.“ Er kratzte sich am Kopf und vermied es, die anderen anzusehen.

„Wir auch Theo. Wie du dir vielleicht vorstellen kannst. Kennst du diese Eva?“

„Nein – ja – nein!“

„Na, dann wär ja alles klar“, meinte Kloß.

„Sei doch mal still“, raunzte Dante und wandte sich wieder an Theo. „Vielleicht erzählst du alles der Reihe nach. Fangen wir damit an, wer Sophie ist, und woher du sie kennst.“

Und Theo begann zu erzählen. Stockend und verschämt zuerst, doch schließlich sprudelte es aus ihm heraus. Er erzählte von dem alten Film, von Sophie, die ihn so beeindruckt hatte, dass er eine virtuelle Kopie erstellt und in Spuks eingebaut hatte („Keine Pornos! Hör auf zu grinsen, Spinne!"), er erzählte, wie sie sich gestern selbstständig gemacht hatte und ihm zweimal im Holonet erschienen war. Als er fertig war, sackte er in sich zusammen.

Dante zog eine Augenbraue hoch. „Ich verstehe", sagte er und fügte hinzu: „gar nichts. Also: Du sagst, Eva sieht aus wie eine längst vergessene Schauspielerin. Richtig? Okay. Das heißt: Eine junge Frau geht (wahrscheinlich nicht freiwillig) nach Eden, kommt wieder heraus und hat sich zufällig in deine Traumfrau verwandelt, ihr altes Leben vergessen und sich in dich verliebt. Obwohl du selbst nie in Eden warst. Wir werden durch eine Entführung dazu gebracht, sie vor Eden abzuholen und nebenbei hat sie einen Auftritt als Gespenst im Holonet, dass dir seine Hilfe beim Kampf gegen Eden anbietet – Puh!"

„Hmm, ich glaube, ich kann das alles erklären", sagte Kloß ruhig.

Spinne hob eine Augenbraue. „Na, jetzt bin ich ja mal gespannt"

„Alles ganz simpel: Eva wurde auf Theo angesetzt. Jemand – ach, nennen wir es doch beim Namen: Eden weiß sowohl von Theos Hack-Versuchen, als auch von seiner Leidenschaft für Sophie. Es wählt aus seinem reichhaltigen Vorrat an Frauen eine aus, die Sophie halbwegs ähnelt und operiert sie zu ihrem Ebenbild um. Dann wird sie uns in die Hände gespielt, um über uns an Theo heranzukommen. Wie ich schon gestern Abend vermutet habe: Eva ist ein trojanisches Pferd. Geschickt von Eden, um uns auszuschalten!"

„Und wieso hat dann diese Holonet-Sophie behauptet, sie wolle ihm helfen?"

„Eine Falle. Sage jemandem, dass du hinter ihm stehst und jage ihm dann ein Messer in den Rücken. Theo – hätte Eden herausfinden können, woran du arbeitest?"

Theo zuckte mit den Schultern. „Ich hab mich bemüht, alle Spuren zu verwischen. Aber völlig sicher vor Entdeckung ist man im Holonet nie, da helfen auch die besten Phantom-Programme nichts. Außerdem habe ich keine Ahnung, was Eden an speziellen Tricks auf Lager hat."

Kloß zündete sich eine Zigarette an. „Noch Fragen?"

„Allerdings", sagte Dante. „Zum Beispiel, woher Eva Theo kannte, wenn sie ihm doch nie begegnet sein kann."

„Das liegt doch auf der Hand. Als sie an Eden angeschlossen war und in einem simulierten Paradies lebte, gab es in diesem eben auch einen simulierten Theo. Ein dreidimensionales Modell, das vom wirklichen Theo nicht zu unterscheiden war und von Eden selbst gesteuert wurde. So ähnlich wie die virtuelle Sophie, die Theo für sich erschaffen hat."

„Du meinst Eva und Theo haben sich in nicht wirklich existierende Kunstfiguren verliebt" – „Also verliebt würde ich nun nicht sagen ...", druckste Theo leise im Hintergrund – „und jetzt treffen plötzlich die realen Vorbilder dieser Phantasiewesen aufeinander?"

„Na ja: Ein reales Vorbild einer virtuellen Person und eine menschgewordene Kopie der Simulation einer fast sechzig Jahre alten Kunstfigur."

Dante schüttelte den Kopf. „Früher waren Liebesgeschichten einfacher gestrickt."

„Es gibt noch eine Möglichkeit: Vielleicht ist Eva gar nicht in Theo verliebt, sondern Eden hat ihr nur ein Bild von ihm gezeigt und gesagt: So jetzt gehe da raus, tu so, als seiest du in diesen Typen verknallt und wärest total arg- und ahnungslos."

„Du meinst, sie spielt nur?", fragte Spinne skeptisch. „Verdammt überzeugende Vorstellung, wenn du mich fragst. Vor allem die Nummer mit dem Klo."

Kloß zuckte mit den Schultern.

„Noch was", sagte Dante. „Warum nennt sie Theo Adam?"

„Vielleicht wird allen Frauen im Paradies immer ein Adam zur Seite gestellt."

„Es gibt noch eine Erklärung", mischte Theo sich wieder in das Gespräch. „Ich habe euch nie meinen vollen Namen verraten."

Dante schaute ihn überrascht an. „So? Wie lautet der denn?"

Theo wandt sich unbehaglich, bevor er voller Abscheu mit der Sprache herausrückte: „Theo Adam Giaccomo Hauser."

Kloß und Spinne brüllten vor Lachen. Als Dante sie missbilligend anblickte, versuchten sie mit mäßigem Erfolg, ernste Mienen aufzusetzen und ein Kichern zu unterdrücken. Theo verzog das Gesicht. „Na, ich sehe schon, ihr versteht, warum ich das lieber für mich beh..."

Mitten im Wort brach die Verbindung ab. Theos Geist verschwand aus der Küche und statt seiner erschien eine junge Frau in der Uniform der Telekommunikationsgesellschaft. „Der Anschluss des Teilnehmers Theo Hauser wird aufgrund laufender polizeilicher Ermittlungen gesperrt. Wir erlauben uns, Sie an dieser Stelle schon einmal auf unsere besonderen Tarife für Angehörige inhaftierter Straftäter hinzuweisen. Verwandte und Freunde von lebenslänglich Inhaftierten profitieren von unserem extra-günstigen ..."

„Oh, oh", sagte Kloß.

Auf der Flucht

KONSUM: *Die tollste Sache der Welt! Dass* KONSUM *Spaß macht, hast du natürlich schon gemerkt. Aber wusstest du auch, dass du nicht nur dir selbst eine Freude machst, wenn du etwas kaufst, sondern der gesamten Menschheit einen großen Dienst erweist? Ehrlich!* KONSUM *ist der Motor des Fortschritts. Ohne den unbedingten Willen zum* KONSUM *säßen wir noch immer wie die Urmenschen in kalten und dunklen Höhlen und würden uns von Wurzeln und Kakerlaken ernähren!*

Darum höre nicht auf Leute, die dir ein schlechtes Gewissen einreden wollen, weil du dir jeden Tag so viele sinnlose Dinge kaufst. Lach ihnen ins Gesicht und melde sie der ABTEILUNG ZUR AUFRECHTERHALTUNG VON LEBENSFREUDE UND MORAL.

Du kannst gar nicht genug konsumieren, denn je mehr wir heute verschwenden, desto mehr können wir morgen verschwenden!

(teeniepedia.de – Das Jugendlexikon)

„... ihr versteht, warum ich das lieber für mich behalten habe – Dante? Kloß?"

Die Tür von Theos Zimmer glitt auf und drei Polizisten stürmten herein. „Keine Bewegung!", brüllte einer von ihnen, ein junger Mann mit Stirnglatze, den Rangabzeichen nach ein Polizist der Stufe zwei. Er sprang auf Theo zu und legte ihm die Halsschelle um.

„Was soll das?", stammelte Theo.

„Wir verhaften dich wegen betrügerischer Erschleichung von Rentenleistungen."

„Häh?!"

Der Polizist schaute auf seinen Dämon und zögerte. „Tja. Steht hier so", sagte er leise, dann schüttelte er den Kopf und fuhr fort: „Du hast das Recht zu schweigen, auch unter Folter, aber ich rate dringend davon ab. Alles was du sagst, wird gegen dich verwendet werden, alles was du nicht sagst, erst recht."

Theo riss die Augen auf und versuchte, den enganliegenden Ring um seinen Hals zu lockern.

„Besser, du lässt die Finger davon", riet ihm der Polizist. „Das ist eine Sprengstoffhalsschelle, die sehr empfindlich auf Manipulationsversuche reagiert. Jeder Versuch, sie zu öffnen, führt augenblicklich zur Detonation. Sie ist auf meine Biofrequenz abgestimmt. Jeder Versuch, dich weiter als fünf Meter von mir zu entfernen, führt augenblicklich zur Detonation. Sie ist außerdem an meinen Bio-Monitor gekoppelt. Jeder erfolgreiche Versuch, mich zu töten oder zu betäuben, führt augenblicklich zur Detonation. Zusätzlich kann ich sie durch einen mentalen Befehl jederzeit zur Detonation bringen, wenn du irgendwelche Dummheiten anstellst. Alles klar?"

„Lassen Sie mich durch, ich will zu meinem Sohn, lassen Sie mich doch durch, Sie Unhold!", krakeelte Gunda Hauser, als einer der Polizisten versuchte, sie vom Betreten des Zimmers abzuhalten.

Sie schob ihn beiseite und rannte mit wehendem Morgenmantel zu ihrem Sohn. Ein gutaussehender nackter Zombie mit leeren Augen und einer Halberektion trottete ihr hinterher. Sie legte ihre Hände an Theos Wangen. „Theo, Theo, wo bist du da jetzt wieder reingeraten?! Dante! Der hat dich angestiftet, stimmt's? Herr Polizist, lassen Sie meinen Sohn frei! Der weiß doch gar nicht, was sexuelle Belästigung eigentlich sein soll. Er ist unschuldig!"

„Das entscheidet der Richter. Wenn er wirklich unschuldig ist, entstehen ihm keine Nachteile. Von einer Bearbeitungsgebühr und der Rechnung für Unterkunft und Verpflegung während der Untersuchungshaft abgesehen."

„Nein, bitte, das können Sie nicht machen! Fahren Sie nach Wanheim – verhaften Sie Dante!“

„Der Haftbefehl bezieht sich ausdrücklich auf ihren Sohn. Und Wanheim liegt sowieso außerhalb unseres Zuständigkeitsbereiches.“

Gunda schluchzte. „Bitte, bitte, brechen Sie einer Mutter nicht das Herz, geben Sie mir meinen Sohn zurück!“

„Tut mir Leid. Falls es Sie tröstet: Das Untersuchungsgefängnis hat sehr moderate Besuchszeiten.“

„Mutter ...“, begann Theo, aber Gunda unterbrach ihn und ihr Gesicht verzerrte sich vor Wut. „Du! Halt bloß die Klappe! Sieh nur, was du mir angetan hast! Stürzt mich in Verzweiflung und bringst Schande über die ganze Familie! Aber eins sage ich dir: Wenn du wieder aus dem Gefängnis rauskommst, dann lege ich dich übers Knie!“

Theos Vater schlurfte mit hängenden Schultern herein, murmelte ein „Guten Tag allerseits“, starrte erst auf Theo und die Polizisten, dann auf den nackten Zombie, ließ sich auf einen Stuhl fallen und sagte matt: „Ojemine.“

Seine Frau starrte ihn an. „*Ojemine*?! Das ist alles, was du dazu zu sagen hast?“

„Tja, was soll man dazu noch sagen? Schlimm, schlimm, schlimm.“

Gunda sprang ihn an, riss ihn vom Stuhl hoch und schüttelte ihn. „Du erbärmlicher Wicht, du Schwächling, du Verlierer! Meine Güte, warum habe ich nicht gleich einen Zombie geheiratet!“

„Aber Schatz, was hast du nur. Ich liebe dich doch ...“

„Jaja, du mich auch. Mein Gott, schau dir diese Polizisten an. *Das* sind Männer! Du bist ein Nichts, ein Nullpups, ein Kacknabel ...“

Hartwig schlug die Hände vors Gesicht. Die Polizisten blickten betreten zu Boden. „Ähem, Frau Hauser“, räusperte sich ihr Chef, während Gunda erbarmungslos weiter auf ihren Mann einschimpfte („Ranzgurke! Scheinhirn! Sumpfgeburt! Schmalzpappe! Sickergrube! ..."). „Frau Hauser, vielleicht lassen Sie uns hier kurz unsere Arbeit tun und klären das, wenn wir mit Ihrem Sohn gegangen sind!"

„Arbeit?!", kreischte Gunda. „Meinen Sohn verschleppen nennen Sie Arbeit?"

„Frau Hauser, ich muss Sie dringend ersuchen, uns in Ruhe zu lassen, sonst muss ich Sie wegen Widerstands gegen die Konzerngewalt ebenfalls verhaften – Au!" Gunda hatte ihm eine Ohrfeige verpasst. Fassungslos rieb er sich die Wange.

„Kühl – Mein Brat is 'n Snood!", rief Else von der Tür aus. „Mensch Theo, hätteh dir jarneh zujetraut!" Sie hielt den Arm mit ihrem Dämon in die Höhe und befahl: „Aufnahme! Muss ick unbedingt meinen Drugs zeing!"

„Krass Alter!" Großvater Kevin betrat das Zimmer mit hinter dem Rücken verschränkten Armen. „Die Bullen kassieren meinen Lieblingsenkel!"

Der Polizist betrachtete den Mann mit dem ergrauten Haar und der orangen Brille und verlor die Geduld. „Es reicht!", brüllte er. „Alle raus hier! Sofort! Die ganze Wohnung wird geräumt und zur Beweissicherung versiegelt! Wenn Sie nicht alle auf der Stelle verschwinden, verhafte ich Sie wegen unerlaubten Betretens eines Tatortes!"

„Ga-jel! Ick komm och inn Knast! Wenn das die annorn hörn", jubelte Else und Hartwig murmelte: „Jeijeijei. Schlimm, schlimm."

„Tatort? Unerlaubt? Betreten? Das ist unsere Wohnung! Wenn hier irgendwer irgendwas unerlaubt betreten hat, dann Sie!" Gunda blitzte den Polizisten kämpferisch an.

„Dann verhafte ich Sie eben wegen unerlaubten *Bewohnens* eines Tatortes! Glauben Sie mir, wir haben für alles einen Paragraphen. Und wenn nicht – umso besser! Wir kriegen nämlich Prämie für jede neue Straftat oder Ordnungswidrigkeit, die wir erfinden – hey, alter Mann, nehmen Sie Ihre Hand von meiner Schulter!"

„Alter, bist du unschwul oder was? Wollt dich bloß loben, weißt du. Find ich voll korrekt, was ihr macht, so jetzt mal rein Schutz-der-braven-Bürger-technisch gesehen. Überall Gangster, Alter, sogar in meiner eigenen Familie. Müsst ihr mal aufräumen mit! Gibt mir 'n richtig sicherheitsmäßiges Gefühl, wenn du bei mir bist und darum" – er zog die andere Hand hinter dem Rücken vor und mit einem Schnapp! schloss sich eine Schelle um den Nacken des Polizisten – „will ich, dass du immer in meiner Nähe bleibst, verstehst du?"

„Was?!" Der Polizist griff sich an den Hals. „Was ist das?"

„Kennst du nich? Hast du grade meinem Enkel angelegt. Gehst du fünf Meter von mir weg – bist du tot. Machst du mich tot – bist du tot. Denk ich ganz scharf: *Du bist tot* – bist du tot. Oh – nimm lieber deine Griffel von dem Ding sonst ..."

„Bistu tot!", ergänzte Else mit sich überschlagender Stimme und klatschte in die Hände. Die beiden anderen Polizisten setzten Kevin ihre Pistolen an den Kopf.

„Nein, nicht!", schrie ihr Kollege. „Seid ihr bekloppt?" Die beiden senkten die Waffen.

„Was wollen Sie von mir?"

„Och nix weiter. Ich glaub, ich mach mal 'n kleinen Spaziergang. Kannst ja mitkommen, wenn du willst. Theo? Geh'n wir?"

„Opi, hältst du das für ne gute Idee?", jammerte sein Enkel. „Wollen wir nicht lieber ..."

„Hey, bisschen Respekt vor dem Alter, Alter. Wenn Opa sagt: Spazierengehen, dann gehen wir spazieren, kapiert? Und jetzt komm!" Er bahnte sich einen Weg aus dem Zimmer, vorbei an den unschlüssigen Polizisten, dem teilnahmslosen Zombie, dem seufzenden Vater, der zitternden Mutter und an Else, die vor Begeisterung nicht wusste, wie ihr geschah.

„Sind jetzt bestimmt fünf Meter", rief Kevin im Flur. „Gleich macht's zweimal *Bumm!* in Theos Zimmer. Alter Schalter, darf gar nich an die Schweinerei denken!"

Theo und der Polizist quiekten und stürzten ihm hinterher. Die anderen folgten zögernd.

„Musst deinen Kumpels mal sagen, dass sie nich mitkommen sollen. Solln lieber hier bleiben und uns die Familie vom Hals halten!“

„Sie sind ja wahnsinnig! Und das ist eine Straftat gemäß Para ...“

„Komisch. Hab ich eben kurz gedacht: *Du bist tot* ...“

„Argh! Lange, Schmidtbauer! Sie bleiben hier, sichern den Tatort und stellen die Familie unter Hausarrest!“

„Na also. Geht doch.“

„Damit kommen Sie nicht durch, niemals kommen Sie damit durch!“

„Wenn du wüsstest, wie oft ich den Spruch schon gehört hab!“

*

Die Matahari-Oase bestand wie die meisten Firmen-Habitate aus mehreren miteinander verbundenen Kuppelkonstruktionen. Im Inneren herrschte ein künstliches Klima. Für heute hatte der Vorstand die Tageshöchsttemperatur auf 23 Grad Celsius festgesetzt. Von der Spitze der Hauptkuppel leuchtete eine künstliche Minisonne und tauchte das Innere der Oase in frühlingshaftes Licht. Es schien schwer vorstellbar, dass jenseits der Wände Herbst und der Himmel von Wolken verhangen war. Normalerweise hätte die Decke der Kuppel jetzt einen strahlendblauen Himmel gezeigt, doch gerade war Werbepause und über das ganze Firmament erstreckte sich der Schriftzug eines großen Personality-Anbieters: *Das Wetter wird Ihnen präsentiert von EgoMan. Erfinden Sie sich neu mit unserem professionellen Persönlichkeits- und Charaktermanager!*

Theo, Kevin und der Polizist liefen einen breiten Boulevard entlang. Zur Rechten lagen die Eingänge der Wohn- und Geschäftswaben, links rasten Atom- und Wasserstoffmobile an ihnen vorbei. Der Gehweg füllte sich jetzt, am späten Vormittag, langsam mit vergnügungs- und einkaufssüchtigen Menschen. Viel zu sehr mit sich selbst beschäftigt, nahmen sie kaum Notiz von dem seltsamen Trio. In der Ferne erklangen Sirenen.

„Ha! Hören Sie?“, rief der Polizist. „In ein paar Augenblicken ist ein Spezialkommando hier. Befehligt von einem Offizier der Stufe vier oder höher. Wissen Sie, was das bedeutet?“

„Nö“, sagte Kevin und lief seelenruhig weiter.

„Offiziere ab Stufe vier haben erweiterte Befugnisse gemäß Kollateralschadensverordnung im Polizeigesetz. Dazu zählt auch, dass sie niedriger eingestufte Kollegen opfern dürfen, wenn dies zweckdienlich ist.“

„Juijuijui. Muss schlimm sein, zu wissen, dass man sogar als Geisel 'ne Null ist. Tut mir echt Leid für dich, Alter!“

Anzeige

Finden Sie nicht auch, dass das Universum ein ganz klein wenig nach Senf duftet?
Darum: Marilpen.

Sie passierten einen Sexshop und für ein paar Sekunden ragten ihnen absurd große erigierte Penisse aus den Hosen, während nackte Frauen mit wollüstigen Verrenkungen um sie herumtanzten. Ein paar Passanten lachten. „Penisverlängerungen, Porno-Spuks, Sex-Zombies! Geile Preise für geile Böcke!“, versuchte eine Stimme sie in das Geschäft zu locken. Die Frauen und Riesenschwengel verschwanden, als sie den Projektionsbereich des Werbebeschwörers verließen.

Die Sirenen kamen schnell näher. Als Theo sich zu ihnen umdrehte, erkannte er mehrere Einsatzfahrzeuge der Spezialtruppen. Er zog seinen Opa am Arm. „Opi, bitte, ich hab Angst“, schluchzte er. „Lass uns aufgeben!“

„Hey, keine Sorge, Theo. Vertrau mir einfach. Wird alles gut, Alter, ich schwöre.“

„Pah! Besser, Sie hören auf Ihren Enkel. Lassen Sie mich frei und ergeben Sie sich. Ich verspreche Ihnen, dass ich ein gutes Wort für Sie einlegen werde."

„Find ich voll korrekt von dir, du."

Mit quietschenden Reifen[13] hielten vier Polizeitransporter ein Stück hinter ihnen. Männer in den schwarzen Uniformen der Spezialkommandos sprangen heraus. Zwei von ihnen brachten einen Kampfgolem in Stellung und aktivierten ihn.

Ein Megaphon knackte. „Hier spricht Polizist Stufe fünf Sebastian Seidel. Legen Sie sich auf den Bauch und bewegen Sie sich nicht. Jede Zuwiderhandlung kann zum sofortigen Entzug ihrer behördlichen Existenzgenehmigung mit allen sich daraus für Sie und Ihre Hinterbleibenden ergebenden Konsequenzen führen."

„Ey, komm mal wieder runter!", brüllte Opa Kevin ohne stehen zu bleiben. „Müssen wir mal 'ne Friedenspfeife rauchen und über alles reden! Wär doch schade um euren hoffnungsvollen Nachwuchs!"

„Ich mache Sie darauf aufmerksam, dass Rauchen und Anstiftung zum Rauchen schwere Verstöße gegen die Drogengesetze der Matahari-Oase darstellen."

Das Polizeikommando folgte Kevin, Theo und ihrem unglücklichen Kollegen in etwa zehn Metern Abstand.

„Weiß ich doch! Scheiß Raucherei, aber was soll ich machen? Ich liebe es!"

„*Ich liebe es* ist ein eingetragenes Warenzeichen von McDonald's. Jede abfällige oder der Markenphilosophie widersprechende Nutzung ist strafbar. Sie machen alles nur noch schlimmer!"

„Au wacka!", sagte Kevin.

„Kommen Sie doch zur Vernunft! Das Leben kann auch im Gefängnis schön sein. Ergeben Sie sich!", drängte der entführte Polizist, während er notgedrungen mit den beiden Hausers weiterging.

Kevin hieb ihm freundschaftlich auf die Schulter. „Drück uns lieber die Daumen, dass wir durchkommen, Kumpel!"

[13] Ein Klangeffekt, der über Lautsprecher auf den Wagendächern abgespielt wurde.

„Ich bin nicht Ihr Kumpel. Und Sie haben keine Chance."

„Dann bist du genauso tot wie wir."

„Opa, bitte! Sag doch nicht so was!"

Der Polizist legte seinen Kopf in den Nacken, blickte heldenhaft zur Decke der Kuppel und sagte stolz: „Aber ich – ich sterbe für die Gerechtigkeit!"

„Na, wenn's dir Freude macht, Alter. Ich bin allerdings immer ganz gut damit gefahren, genau das nicht zu machen – ah! Hier entlang." Er bog nach rechts in ein Einkaufszentrum und zog die beiden mit sich.

*

Seidel setzte das Megaphon ab und zuckte mit den Schultern. Man konnte ihm wohl kaum vorwerfen, dass er nicht alles versucht hatte, die Aktion ohne Blutvergießen zu beenden. Schade um den Kollegen. Er legte seinen Daumen auf ein Sensorfeld am Rücken des Golems und autorisierte ihn damit zum Einsatz unverhältnismäßiger Gewalt.

„Hey Chef!", rief einer seiner Untergebenen und deutete nach vorn, wo die beiden Verbrecher und ihre Geisel gerade in einem Einkaufszentrum verschwanden. Seidel fluchte und hob die Autorisierung wieder auf. Ein Massaker im Inneren des Einkaufszentrums würde zu massiven Schadensersatzforderungen der Betreiber wegen Umsatzeinbußen durch schlechte Publicity führen und konnte ihn seine Karriere kosten. „Hinterher!" Die Männer rannten zum Eingang und folgten den Flüchtigen hinein. Kaum hatten sie das Zentrum betreten, ersetzte der Beschwörer eines Bekleidungsgeschäftes ihre Uniformen durch Kleidungsstücke der aktuellen Kollektion, ein Friseur zauberte die Illusion neuer Frisuren auf ihre Köpfe und eine kosmetische Chirurgiepraxis simulierte, wie sie mit gerichteten Nasen, geglätteten Falten und aufgespritzten Lippen aussehen würden.

„Scheiße!“, brüllte Seidel und im nächsten Moment stand der Geist einer jungen Frau neben ihm. „Herzlich willkommen beim Shoppingassistenten des Einkaufs- und Erholungszentrums Freude®, Ihr persönlicher Produkt- und Glücksprovider – denn nur Freude® macht Freude. Möchten Sie A) Die Toilette aufsuchen, B) eine Auswahl von Produkten sehen, die andere Kunden als Scheiße eingestuft haben oder C) ...“

„Abbrechen!“, kreischte der geplagte Offizier und die Frau verschwand. Leider waren auch die Zielobjekte nicht mehr zu sehen – oder besser gesagt: nicht mehr zu erkennen. In der Eingangshalle des Einkaufszentrums hielten sich etwa fünfzig Personen auf. Alle waren durch Werbebeschwörer optisch verändert worden, um sie so auf die Angebote der Geschäfte aufmerksam zu machen. Fünfzig wunderschöne, junge, modisch gekleidete und frisierte Menschen. Es war unmöglich festzustellen, wie sie wirklich aussahen.

„Sämtliche Ausgänge abriegeln! Aus der Falle kommen sie nicht mehr raus.“ Er nahm das Megaphon wieder zur Hand und brüllte hinein: „Ich rufe den entführten Polizisten. Machen Sie sich bemerkbar und identifizieren Sie die Flüchtigen!“ Seidel erhielt keine Antwort. Er blickte sich wütend um. Am Zierspringbrunnen saß eine Gruppe von drei Männern auf einer Bank, konnten das die Gesuchten sein? Oder dort, die Familie mit ihrem fast erwachsenen Kind? Zwei Schwule drückten sich knutschend in eine Ecke neben einem Modegeschäft, ein paar Halbstarke lungerten herum, es war zum Verrücktwerden! Er hob seinen Dämon in Augenhöhe und rief hinein: „Zentrale! Antrag mit Dringlichkeitsstufe drei! Bitte weisen Sie die Geschäfte im Einkaufszentrum – äh, Moment – *Freude*® in Sektor neun an, unverzüglich alle Beschwörer abzuschalten!“

„Antrag wird bearbeitet“, antwortete eine Frauenstimme. „Bitte warten ... bitte warten ... bitte ... Antrag abgelehnt. Begründung: Anträge auf Eingriffe in die Geschäfts- und Werbefreiheit werden frühestens ab Dringlichkeitsstufe vier bewilligt.“

Seidel biss sich auf die Lippen. „Verdammte Bürokratie ... okay, ich wiederhole den Antrag mit Dringlichkeitsstufe vier."

„Antrag wird bearbeitet. Bitte warten ..."

Er warf seinen Männern einen verärgerten Blick zu. Sie führten einander kichernd ihre neuen Kleider und Nasen vor. „Lasst den Blödsinn!", maulte er und die Polizisten nahmen Haltung an.

„Antrag bewilligt. Bei einem Fehlschlag der Aktion oder wenn sich herausstellen sollte, dass die Dringlichkeit vorsätzlich oder fahrlässig falsch eingestuft wurde, gehen alle der Polizei entstehenden Forderungen zu Lasten des Antragstellers. Die Polizeiführung wünscht gute Jagd!"

Mit einem Schlag war das normale Aussehen der Anwesenden wiederhergestellt. Ein Raunen ging durch den Raum. Jugendliche Pärchen wandten sich entsetzt voneinander ab, ein Mann brach in Tränen aus, als er statt eines edlen Anzugs wieder T-Shirt und Jeans trug. Viele der Besucher konnten sich die angebotenen Sachen und Dienstleistungen nicht leisten und begnügten sich damit, jeden Tag wenigstens virtuell für eine Stunde die neuesten Mode- und Körpertrends zu tragen.

„Scheiße!" Seidel stampfte mit dem Fuß auf. Die Flüchtlinge waren verschwunden.

*

„Aaaahhhh!", kreischte Theo.

„Aaaahhhh!", schrie der Polizist.

„Yeahhhhh!", grölte Kevin. Die drei rutschten eine enge Metallröhre hinunter, schossen nach einer Ewigkeit – so schien es zumindest Theo und dem Polizisten – aus einer Öffnung und landeten auf einem Wäschehaufen. „Sie ... Sie ... Schwein, Sie! Das ist sexuelle Belästigung im Dienst, ich zeig Sie an!", brüllte der Uniformierte, nachdem er sich vom Schreck erholt hatte und wischte sich mit der Hand über den Mund.

„Komm ma klar, Alter. Meinste ich hatte 'n Steifen, als ich dich abgeknutscht habe? Musste nur verhindern, dass du den andern Bullen was zu rufst, verstehste?"

„Pah! Und überhaupt! Was für ein billiger Trick! Einen Wäschereischacht runterrutschen!"

„Was willst du, Mann? Hat funktioniert!"

„Ohne die Werbebeschwörer wären Sie niemals entkommen."

„Tja, Alter, wer hätte gedacht, dass Werbung auch zu was gut sein kann! Is übrigens kein Wäschereischacht, issn Entsorgerschacht. Da schmeißense morgens die Vortageskollektion rein. Mach mal die Augen auf, Mann – aber lass die Nase besser zu!" Jetzt erst realisierte der Polizist den fauligen Geruch, der in der Luft lag. Er erhob sich unsicher und sah sich um. Der Wäschehaufen lag am Rand einer riesigen, spärlich beleuchteten Halle, deren Boden mit einer schleimigen Substanz bedeckt war. Unzählige Müllberge erhoben sich bis dicht unter die gut zehn Meter hohe Decke und verwehrten den Blick auf die anderen Wände.

Kevin rappelte sich auf, rückte sein Basecap gerade und nahm die Sonnenbrille ab, um sie sich falsch herum wieder aufzusetzen. Dann kletterte er aus dem Wäschehaufen. „Wie wär's Alter", rief er und zupfte sich eine Socke von der Schulter. „Wir schalten jetzt gleichzeitig die Halsschellen aus und dann geht jeder, wohin er will."

„Ha! Vergessen Sie's! In wenigen Augenblicken werden die Kollegen den Schacht entdecken und uns folgen."

Kevin winkte ab. „Träum weiter, Alter. Niemand wird uns folgen. Dieser Raum hier gehört schon nicht mehr zur Oase. Die ganze Welt hier unten existiert offiziell gar nicht. Es gibt nicht einmal Zugang zum Holonet, das heißt, sie können uns auch nicht orten. Wir sind draußen, Mann!" Wie zur Bestätigung purzelte statt einer Spezialeinheit eine Ladung Damenunterwäsche aus dem Entsorger und landete auf dem Kopf des Polizisten. Kevin schlug sich auf die Schenkel. „Haha! Willkommen in den Kavernen!"

Das Geheimnis der Kavernen

Frage: *Ich habe gehört, dass Eden die Menschen, die zum Regenbogen kommen, als Batterien missbraucht, um seinen Energiebedarf zu stillen.*
Antwort: *Nein. Das ist nicht nur nicht wahr, sondern der größte Blödsinn, seit jemand behauptet hat, nichts könne schneller als mit Lichtgeschwindigkeit fliegen.*

Menschen haben viele wunderbare Eigenschaften, auf die sie stolz sein können. Die wunderbarste ist ihre Fähigkeit, Glück zu empfinden. Als Energiespeicher oder Energiewandler sind sie jedoch, dies muss bei allem gebotenen Respekt gesagt werden, sehr ineffizient. Betrachtet man es nur unter dem Gesichtspunkt des Wirkungsgrades, so ist es eine große Verschwendung, Nahrung an Menschen zu verfüttern, anstatt sie (also die Nahrung)[14] *direkt zu verbrennen. Die Energie, die ein Mensch benötigt, um zu überleben, übertrifft die Energie, die er auf nutzbare Weise wieder abgibt, bei Weitem.*
Frage: *Häh? Wie war das mit der Lichtgeschwindigkeit?*
Antwort: *Vergessen Sie's. Denken Sie nicht weiter darüber nach. Wichtig ist nur, dass Sie glücklich sind.*

(paradies-und-das.de)

Der Polizist stand mit verschränkten Armen am Fuß des Wäscheberges. „Ich glaube Ihnen kein Wort. Sie können mir viel erzählen. Ich gehe jedenfalls keinen Schritt weiter! Und Sie werden wohl oder übel mit mir hier warten, bis meine Kollegen uns hier abholen. Hier endet es."

„Und zwar punkt zwölf."

„Hä? Wieso?"

[14] ... oder die Menschen.

„Siehst du das Rohr dort?“ Kevin zeigte auf eine große runde Öffnung in der Wand, etwa zwei Meter über dem Schacht, der die drei hierher befördert hatte. „Es gibt ungefähr zwei Dutzend davon in dieser Halle. Um zwölf wird der ganze Raum mit einer Flüssigkeit geflutet, die alles, was mit ihr in Berührung kommt, in seine Grundsubstanzen zerlegt. Und die werden dann der Wiederverwertung zugeführt. Ich schlage vor, wir machen ’ne Fliege, bevor wir zu so etwas“ – er fischte einen Herrenschlüpfer mit Eingriff aus der Wäsche – „recycelt werden. Und glaubt mir: Das wäre eine der würdigeren Reinkarnationen.“ Kevin ging los, ohne sich umzusehen. Theo und der Polizist rannten hinterher.

„Wie heißt du gleich noch mal?“, fragte Kevin, als sie ihn einholten.

„Edgar Naumann. Polizist Stufe zwei beim Sicherheitsdienst der ...“

„Jaja, Mann, entspann dich. Ich nenne dich Eddie. Kannst Kevin Pascal zu mir sagen.“

Neben ihnen klatschten unappetitliche Dinge auf einen Haufen noch unappetitlicherer Dinge. Theo würgte und presste sich die Hand vor den Mund. Kevin klopfte ihm aufmunternd auf die Schulter. „Kotz ruhig, Alter, das fällt hier nicht weiter auf.“

Theo schluckte ein paar Mal heftig und bekam den Brechreiz unter Kontrolle. „Opa, glaub denen nicht, ich habe keine Rente erschlichen ...“

Kevin lachte. „Hey Mann, das weiß ich doch. Ich hab zwar keine Ahnung, was hier abgeht, aber da will dich irgendjemand reinlegen.“

„Und was machen wir jetzt?“

„Wenn wir hier raus sind, zeige ich Eddie, wie er wieder nach oben kommt, wir schalten die Halsschellen ab und dann machen wir zwei eine schöne altmodische Opa-Enkel-Landpartie.“

„Pech gehabt, alter Mann!“, rief Naumann und setzte ein selbstgefälliges Gesicht auf. „Ich kann die Halsschelle ihres Enkels gar nicht abschalten!“

„Was?“

„Verhaftungen können nur durch Polizisten ab Stufe vier rückgängig gemacht werden. Wir müssen zurück nach oben.“

Kevin packte den Polizisten am Kragen und schüttelte ihn durch. „Verarsch mich nich, Alter, sonst mach ich dich Friedhof, ich schwöre. Du hast das selbe Ding um den Hals wie Theo. Mit ’nem Fingerabdruck kann ich dir deins abnehmen. Das kannst du auch!“

„Nein, kann ich nicht. Die Minicomputer unserer Halsschellen wurden dahingehend umprogrammiert. Ich kann sie auslösen, aber nicht abschalten. Tja ... ich weiß, dass alle Welt die Polizei für einen Verein von Schwachköpfen hält. Aber die ganze Welt irrt sich!“

„Fuck!“ Opa Kevin nahm das Basecap ab und kratzte sich am Kopf. Dann setzte er es wieder auf und sagte achselzuckend: „Na gut, dann kommste eben mit ins Grüne!“

„Ich werde Ihnen sagen, was wir machen: Sie bringen uns hier so schnell wie möglich raus, und dann gehen wir zurück nach oben aufs nächste Polizeirevier und alles wird gut. Zumindest für mich.“

„Du hast ja ’n Rad ab!“ Kevin drehte sich um und ging weiter.

Als sie zehn Minuten später eine kleine Stahltür neben einem in die Tiefe führenden Tunnel erreichten, hatten Theo und Edgar Naumann jegliche Gesichtsfarbe und ihren kompletten Mageninhalt verloren. „Hat kein Zweck, dagegen anzukämpfen, wenn man’s nicht gewöhnt ist“, hatte Kevin erklärt, als sie den Abfallhaufen einer offensichtlich gutgehenden kosmetischen Klinik passiert und die beiden sich das erste Mal übergeben hatten.

„Gewöhnt? Sie sind daran gewöhnt?“, hatte Naumann mit erstickter Stimme hervorgebracht.

„Bin oft genug hier unten. Beruflich sozusagen.“

Naumann versuchte sich einzureden, dass das, worauf er eben fast ausgerutscht wäre, nicht das gewesen war, wonach es ganz eindeutig ausgesehen hatte. Kevin zog seinen Dämon aus der Seitentasche seiner Hose, drückte ihn gegen die Tür und legte seine Handfläche darauf. Ein grünes Lämpchen leuchtete auf. Er drehte sich zu den anderen um. „Kleine Warnung: Macht euch auf 'nen Schock gefasst, wenn ihr hier durch geht."

„Ich glaube nicht, dass mich jetzt noch irgendetwas schockieren kann."

„Glaubs mal besser, Alter. Das eben war krass. Was jetzt kommt ist *voll* krass."

*

Theos Großvater hatte nicht zu viel versprochen. Kaum waren sie durch die Tür getreten, erstarrten Theo und der Polizist. Fassungslos betrachteten sie die apokalyptische Szenerie. Die Halle musste noch größer sein als die, die sie eben durchquert hatten. Der Boden bestand aus miteinander verschweißten Metallplatten. Ein Gerüst füllte den ganzen Raum aus und unterteilte ihn in mehrere Ebenen. Auf jeder dieser Ebenen waren zahllose Podeste – es mussten Tausende sein – akkurat neben- und hintereinander angeordnet. Und auf jedem dieser Podeste – Theo kniff sich in den Arm, in der Hoffnung, aus diesem Alptraum aufzuwachen – saß ein nackter Mensch auf einem Heimtrainer, wie man ihn aus alten Fitness-Zentren kannte, und trat in die Pedale, keuchte, schwitzte und warf immer wieder den Kopf herum, um entsetzt auf den Hintermann zu starren. Rohre durchzogen das Gerüst und verzweigten sich an jedem Podest zu Schläuchen, die zu Kanülen in den Oberarmen der Menschen und einer Art Gummibeutel um ihre Hüften führten. Der Raum war erfüllt von Keuchen, Sirren und Blubbern.

„Dann stimmen die Geschichten also", brachte Naumann mit erstickter Stimme hervor. So wie die Eltern früherer Generationen ihren Kindern vom schwarzen Mann erzählt hatten, erzählten sie jetzt von einer Welt der Dunkelheit, tief unter der Stadt, in die man alle unartigen Kinder schicke, auf dass sie bis an ihr Lebensende auf schrecklichen Folterinstrumenten gepeinigt würden. „Meine Mutter hat mir immer hiermit gedroht, wenn ich Unsinn angestellt habe. In meiner Vorstellung waren die Folterinstrumente aber irgendwie ... archaischer. Keine kaputten Fahrräder."

„Tja Eddie, deine Mutter hat dir Scheiße erzählt. Sehen diese Typen aus wie unartige Kinder?"

„Äh ... nein." Der Polizist verstummte. Die Menschen auf den Heimtrainern waren allesamt erwachsen. Und sie kamen ihm verdammt bekannt vor ... war das da nicht Samantha Fox? Und dort dieser Mann, der sah doch aus, wie dieser Schauspieler, nach dessen Vorbild die Kampfgolems gestaltet worden waren, wie hieß er doch gleich? Schwarzenegger. Seine Mutter war ein großer Fan und hätte sich einmal fast einen preisreduzierten Zombie zugelegt.[15] Gleich daneben strampelte sich eine Frau ab, die wie Madonna aussah, und hinter ihr schwitzte ein Typ mit dem Gesicht Sascha Hehns. „Zombies", rief Eddie. „Das sind alles Zombies. Das ist keine Hölle für böse Kinder, sondern für böse Klone."

Kevin verdrehte die Augen. „Quatsch! Das ist keine Hölle, sondern ein Recyclingunternehmen und die Zombies sind nicht böse, sondern Fehlprodukte oder unverkäufliche Restbestände. Wusstet ihr, dass auf jeden Zombie, der in den Handel gelangt, zwanzig Stück Ausschuss kommen? Und die landen hier unten."

„Aber was zum Teufel *tun* sie da?"

„Oh. Ach so. Die Tretlager sind mit Dynamos verbunden. Sie erzeugen Strom für die Oase."

„Was? Ich hab erst neulich gehört, dass man Menschen gar nicht zur Energieerzeugung einsetzen kann ..."

„Musst du mir nicht erzählen, Mann. Aber die wandeln die Energie ja nur um. Hab doch gesagt, das ist ein Recyclingunter-

[15] Eddies Vater hatte die Anschaffung abgelehnt, da ihm ihre Begründung, er solle ihr bei der Hausarbeit helfen, im Zeitalter der komfortablen Ver- und Entsorgerwirtschaft etwas zweifelhaft schien.

nehmen. Ein Teil der Bioabfälle und Abwässer von oben wird zu einer Nährflüssigkeit verarbeitet, mit der die Zombies intravenös ernährt werden. Hey, Zombies und Abfälle – beides billig und unbegrenzt verfügbar, verstehste? Der Wirkungsgrad geht denen sowas von am Arsch vorbei, Alter, das glaubst du gar nicht. Tja. Hier unten wird aus unserer Scheiße der Strom für unsere Klobeleuchtung gewonnen."

Naumann guckte ihn zweifelnd an und Kevin setzte hinzu: „Natürlich werden der Scheiße noch Vitamine und Mineralstoffe zugesetzt – Theo?" Der Junge ging auf die vorderste Reihe der Klone zu und hatte fast die Grenze des Fünf-Meter-Radius erreicht. Kevin sprang ihm hinterher und riss Naumann mit sich. „Mensch Alter, bist du lebensmüde? Haste vergessen ..." Er biss sich auf die Lippe und legte ihm einen Arm um die Schultern. „Is schon echt abgefahren, was? Voll Scheiße, wenn du mich fragst."

„Du hast es gewusst? Die ganze Zeit?"

„Klar, Alter."

„Und du hast mir nichts davon gesagt?"

„Hey, was willst du? Hätte dich schon irgendwann mal mitgenommen, wenn du … äh …"

„Alt genug gewesen wärst?", schrie Theo ihn an. Er schob den Arm seines Großvaters weg, drehte sich um und zeigte auf die strampelnden Zombies. „Wann ist man alt genug für *so was*?" Er schlug sich die Hände vors Gesicht.

„Tut mir Leid, Mann", sagte sein Opa leise und schaute zu Boden. „Ich ... ich ... hey, was soll ich sagen? Hatte wohl Schiss vor diesem Moment, wusste nicht, wie du's verkraftest. Wollte dich noch ein bisschen schonen ..."

Edgar Naumann trat an den nächstgelegenen Zombie heran, irgendeine schöne Frau, die ihm vage bekannt vorkam, und betrachtete interessiert ihre Brüste. Dann wedelte er mit seiner Hand vor ihrem Gesicht herum. Keine Reaktion. Sie blickte stur gerade aus und keuchte. Schweiß lief ihren Körper hinab. Naumann legte vorsichtig eine Hand auf ihre Brust, doch sie schlug sie sofort weg. Dann blickte sie an sich herab, ein Ausdruck von Verwirrung machte sich auf ihrem Gesicht breit. Sie trat nun etwas langsamer, schaute zur Seite und geradewegs durch den Polizisten hindurch.

„Die sieht dich nicht, Eddie“, sagte Kevin. „Hat ’n Succubus am Hinterkopf.“ Die Zombiefrau drehte sich um und schrie auf. Dann trat sie panisch in die Pedale. „Die checken nichts von dem, was hier abgeht. In ihr Sehzentrum wird eine endlose Straße eingespeist. Und wenn sie sich umdrehen, ist da ein schreckliches Monster, das sie verfolgt und aufholt, sobald sie langsamer werden.“

„Clever“, meinte der Polizist.

„Clever?!“, kreischte Theo. „Das ist ... das Schrecklichste, was ich je gesehen habe!“

„Nana, nun mal langsam!“, verteidigte sich Naumann. „Klar, das sieht ziemlich schlimm aus. Aber du darfst nicht vergessen, dass bei Zombies alle Gefühlszentren genetisch irgendwie ... weggemacht werden. Denen macht das hier nichts aus.“

Kevin schüttelte den Kopf. „Nee Alter, ich hab doch gesagt, die meisten hier sind Ausschuss. Und fehlermäßig sind nun mal Emotions- und Intelligenzminimierung am anfälligsten. Viele sind hier gelandet, gerade weil sie zu empfindsam und intelligent sind, verstehste? Theo hat schon recht.“

Eddie pfiff leise. „Und wer steckt dahinter? Welcher geisteskranke Computer hat ...“

„Kein Computer. So ’n Scheiß denken sich nur Menschen aus.“

Sein Enkel zerrte ihn am Ärmel. „Opa, wir müssen etwas tun ... die Maschinen abstellen ... irgendwas!“

„Wenn du die Maschinen abstellst, sind sie ein paar Stunden später alle tot – hmm, wär vielleicht das Beste für die armen Suppen. Aber man müsste schon mit ’ner kleinen Armee ins Kontrollzentrum einmarschieren. Eine, die ein bisschen mehr zu bieten hat als ein Feuerwehrauto.“

„Die Polizei!", rief Eddie. „Mein Dämon zeichnet alles auf. Sobald wir hier raus sind und er wieder Zugang zum Holonet hat, wird das alles automatisch zur Zentrale geschickt. Keine Sorge, wir kümmern uns darum."

„Merkst du's noch, Alter? Wenn du zurückkommst, kriegste 'n Maulkorb verpasst, verstehste? Und wenn du trotzdem nicht die Klappe halten kannst, kommste zur Gedächtnislöschung. Die Oase braucht die Kavernen."

„Opa, wir informieren die Öffentlichkeit! Ich hacke mich in die Nachrichtensendungen ein!"

„Klar. Kannste machen. Aber meinste, dass dir nur einer glaubt? Dass es auch nur einen *interessiert*? Hauptsache, die Beschwörer und Versorger funktionieren. Musst dir nur mal deine Mutter angucken. Die will nüscht hören von wegen ‚Kämpft mit uns für eine bessere Welt'!"

Theo sackte in sich zusammen. Eine Weile blickte er stumm auf die strampelnden Klone, dann fiel ihm etwas ein. „Was ist mit Dante? Weiß er davon?"

„Klar."

„Und warum tut *er* nichts dagegen? Er sagt doch immer, man müsse kämpfen, auch wenn man keine Chance hat. Nur so könne man andere aufrütteln!"

„Hmm ... schätze, er kann sich nicht um alles kümmern. Frag ihn am besten selbst."

„Ups!", machte Eddie und zeigte auf einen Don Johnson, der auf seinem Heimtrainer zusammengebrochen war. Theo wollte hinrennen, doch Kevin hielt ihn fest.

„Nicht, Theo. Du kannst ihm nicht helfen." Ein Summen ertönte, das schnell anschwoll. An einer Schiene an der Unterseite der zweiten Ebene raste ein Gebilde heran, das in Form und Größe ein wenig an eine antike Badewanne erinnerte. Als es über dem erschöpften Zombie angekommen war, öffnete sich eine Falttür an der Unterseite, ein Greifarm fuhr heraus und packte den Unglücklichen. Die Schläuche fielen aus seinen

Armen und knallten auf das Podest, der Beutel um seine Lenden löste sich; der Mann wurde hinaufgezogen. Als sich die Wanne hinter ihm geschlossen hatte, glitt sie, immer schneller werdend, davon.

„Opa? Opa!“

„Er ... kommt ... ins ... ins Krankenhaus kommt er.“

„Wirklich? Opa, du brauchst mir nichts mehr vormachen! Ich habe genug gesehen! Belüg mich nicht!“

Kevin seufzte. „Sie bereiten ihn auf.“ Er sah seinen Enkel nicht an. „Wenn eine Klinik in der Oase gerade Organe braucht, werden sie ihm entnommen. Und wenn die Fabriken Grundstoff für neue Zombies brauchen, wird er dazu verarbeitet. Wenn nicht ...“ Er brach ab.

„Wenn nicht?“

„Na ja. Hier wird nichts weggeworfen, weißt du.“ Kevin zuckte mit den Schultern, schaute Theo in die Augen und wandte sich schnell wieder ab. „Was nicht anderweitig verwendbar ist, wird als Zombiemehl an die anderen verfüttert.“

Theo starrte ihn an. Edgar blickte zu Boden und scharrte mit dem Fuß über die Metallplatten. „Schöne Scheiße“, murmelte er.

Kevin straffte sich und legte seine Hand auf Theos Schulter. „Tut mir Leid, Alter, dass du das sehen musstest.“ Er schaute kurz zu den Zombies hinüber und sagte dann: „Dass es so was *gibt*, mein ich. Aber wir können nichts unternehmen. Nicht jetzt, nicht hier. Wir müssen hier raus. Nach Wanheim.“

„Ins Gefängnis“, verbesserte ihn Eddie. Kevin winkte ab. „Kommt.“

Schweigend gingen sie an endlosen Reihen von Zombies vorbei.

„Alles 36er-Stars“, bemerkte Eddie nach einer Weile. „Muss an dem 36er-Revival von letzter Woche liegen.“

„Nee, das sind 80er-Jahre Stars“, widersprach Kevin. „1980er. 36 war selbst nur 'n Revival.“

„Ja, aber ein 2029-Revival."

„Und das war ein Revival der 10er-Jahre, die ein 80er-Revival waren. Und nicht das erste."

Endlich erreichten sie das Ende der Halle. Eine kleine Tür lag vor ihnen, an die ein großes metallenes Handrad montiert war. Kevin legte seine Hände darauf. Dann nahm er sie wieder herunter und trat zurück. „Eddie, ich glaub, das pack ich nich. Das Alter, verstehste, Alter? Zeig mal, dass du 'n Freund und Helfer bist."

„Sie erwarten nicht ernsthaft, dass ich ihre Flucht aktiv unterstütze!"

„Hey, bist du hässlich, oder was? Je eher wir hier raus sind, desto eher kannste uns abliefern, kapiert?!"

„Hmm ... stimmt." Er ging zur Tür und griff nach dem Rad.

„Ach Eddie, was ich dir noch sagen wollte:" Kevin riss den Dämon des Polizisten aus der Armhalterung, warf ihn auf die Metallplatten und trat darauf. Es knirschte. „Dein Dämon ist kaputt."

*

Bischof Jasper strich sich über den Bauch. Er wirkte amüsiert. „Nun, mein lieber Enricus, wer hätte gedacht, dass sich der berüchtigte PTBN-Sicherheitsdienst von einem Halbstarken und seinem Großvater überrumpeln lässt?! Wie groß ist die Chance, dass die sie noch erwischen?"

„Solange sie in den Kavernen sind – Null. Sobald sie herauskommen und in die Schlammstadt fliehen, können sie geortet werden und man wird ein Außenkommando schicken. Voraussetzung ist allerdings, dass sie ihre Dämonen und Succubi nicht abschalten."

„Hmm. Bis jetzt deutet nichts darauf hin, dass sie so dumm sein werden, nicht wahr?"

„Leider nicht, Euer Eminenz."

Jasper seufzte. „Die Menschen machen es einem so schwer, Enricus. Also gut. Gib diesen Fascho-Schwuchteln genug Geld, um sich vernünftige Ausrüstung zu mieten und schick sie nach Wanheim. Aber schärfe ihnen ein, dass sie Wanheim nur *belagern* sollen. Sobald sie die Enklave abgeriegelt haben, möchte ich persönlich mit diesen Freunden Der Menschheit verhandeln, verstanden?"

„Selbstverständlich, Euer Eminenz."

Die Wurzel allen Glücks

Frage: *Was geschieht mit meinem Körper?*
Antwort: *Um ins Paradies Eingang zu finden, ist eine Modifikation Ihres bestehenden Succubus bzw. die Implantation unseres speziellen, Himmelstor genannten Interfaces für Eden notwendig. Der Eingriff ist völlig risiko- und schmerzlos und natürlich kostenfrei.*

Sofort danach kann Ihre Seele die Segnungen des Gartens der Glückseligkeit genießen, während Eden Ihrem Körper die vollkommenste Pflege angedeihen lässt. Die medizinischen Einrichtungen übertreffen die Möglichkeiten der besten Kliniken der Welt. Ihre Muskeln werden mechanisch und elektrisch stimuliert, um einem Abbau vorzubeugen – wir garantieren die vollständige Funktionsfähigkeit für den unwahrscheinlichen Fall, dass Sie Eden eines Tages wieder verlassen und in Ihr armseliges früheres Leben zurückkehren wollen.

(paradies-und-das.de)

Dante, Marta und Spinne saßen am Küchentisch. Kloß stand an das Küchenbord gelehnt und rauchte hektisch.

„Sie sind noch zur Fahndung ausgeschrieben", sagte Dante. „Das heißt, sie wurden noch nicht geschnappt."

„Noch nicht", meinte Kloß und hustete. Spinne schaute die anderen der Reihe nach an. „Hey, ich kenne Kev. Der führt die alle an der Nase herum!"

Marta und Dante nickten; Kloß zog die Augenbrauen hoch. „Na, ihr seid ja guter Dinge! Habt ihr noch ein paar von den Pillen?"

„Mensch Kloß, ich ertrag's nicht mehr!" Marta stampfte mit dem Fuß auf. „Kannst du nicht einfach mal die Klappe halten?

Da draußen sind zwei Menschen, die unsere Hilfe brauchen und keine blöden Witze!"

„Ist ja gut." Kloß verzog das Gesicht. „Ich weiß ja, dass ich unerträglich bin. Muss mich ja selber den ganzen Tag mit mir rumärgern. Würde nicht mit mir tauschen wollen, das kann ich euch sagen."

Marta stöhnte. „Wenn wir uns dann wieder den, zugegeben banalen, Problemen von Kevin und Theo zuwenden könnten ..."

*

Während Dante den Rat des Dorfes bis zu einem ihm angemessen erscheinenden Punkt über die Ereignisse informierte und Kloß Kontakt zu Freunden in der Umgebung der Matahari-Oase aufnahm, um sie um Hilfe für Theo und Kevin zu bitten, untersuchten Marta und Spinne Eva in der kleinen, aber gut ausgestatteten Klinik von Wanheim.

„Hast du so etwas schon mal gesehen?", fragte Spinne. Marta schüttelte den Kopf. Sie schauten auf einen 3D-Monitor am Kopfende des Heilomaten, auf dessen Liege Eva schlief. Der Bildschirm zeigte eine schematische Darstellung von Evas Gehirn.

„Und kennst du dich mit sowas aus?"

„Nein", sagte Marta. „Aber das hier ist ein vollautomatisches Kliniksystem und macht Ärzte angeblich überflüssig. Pass auf: Medizinischen Assistenten aktivieren!"

Die Luft flimmerte kurz und neben ihnen stand ein sympathisch lächelnder Mittvierziger im weißen Kittel. „Herzlich Willkommen zum Diagnose- und Behandlungsassistenten Ihres integrierten automatischen Kliniksystems, zu dessen Kauf oder Diebstahl ich Sie nochmals herzlich im Namen der Geschäftsleitung unseres Unternehmens beglückwünschen möchte. Gestatten Sie mir, die Sitzung mit einem Witz zu eröffnen, denn Lachen ist gesund und ..."

„Nein!"

„... Humor die beste Medizin."

„Aufhören!"

„Wie Sie Funktionen oder Operationen korrekt abbrechen, entnehmen Sie bitte dem Handbuch oder Sie rufen den Assistenten zum Assistenten auf, der Sie gerne in allen Fragen, die mich betreffen, berät. Möchten Sie den Assistenzassistenten jetzt starten?"

„Nein! Wir möchten ..."

„Kennen Sie den schon:"

Spinne schüttelte verwirrt den Kopf. „Häh? Wen?"

Der Geist des Arztes kniff ein Auge zusammen, machte ein Schnalzgeräusch und zielte mit dem Zeigefinger auf Spinne. „Passen Sie auf: Kommt ein Mann zum Arzt. Sagt der Arzt: ‚Na? Was fehlt uns denn?' Sagt der Mann ..."

„Die Pointe", sagte Marta und klappte die Bedienungsanleitung zu. „Persönlichkeitssimulation deaktivieren!" Das Gesicht des Arztes fror ein. Spinne atmete auf.

„Was ist das für ein grünes Zeug im Kopf der Patientin?", fragte Marta.

„Die Farbe grün wurde willkürlich gewählt. Über das Menü ‚Darstellung' können Sie die Farben Ihren persönlichen Vorlieben anpassen."

„Ich will nicht wissen, warum das Zeug grün ist. Ich will wissen, was das ist." Evas Gehirn war durchzogen von einem Gewirr von grünen Fäden. Sie schienen ihren Ursprung im Succubus an ihrem Hinterkopf zu haben. Marta wusste, dass von einem gewöhnlichen Succubus winzige Drähte zu verschiedenen Außenregionen des Großhirns verliefen und von dort aus die Sinneszentren stimulierten, beziehungsweise ihre Aktivität aufzeichneten. Doch Evas Gehirn war buchstäblich von ihnen durchdrungen. Es schien, als hätte der Succubus Wurzeln geschlagen. Ein Parasit? Marta schüttelte sich. Im rechten unteren Teil des Gehirns war die Konzentration der Fäden besonders hoch, sie schienen einen regelrechten Kokon zu bilden.

„Es liegen keine Informationen über derartige Gebilde in meiner Datenbank vor. Eine grobe chemische Analyse hat ergeben, dass es sich um hochkomplexe Kohlenstoffverbindungen handelt, ähnlich denen, die bei herkömmlichen Succubi verwendet werden. Eine transkranielle Picotomographie zeigt, dass sich die Strukturen teilweise bis in die synaptischen Spalten verzweigen und diese ausfüllen. Zur genauen Bestimmung ist eine Probenentnahme mit unbestimmbaren Folgen für die Patientin nötig. Mehr als 90 Prozent der Stränge sind mit dem Hypothalamus und dem limbischen System, vor allem mit der Amygdala, verbunden."

„Funktion dieser Gehirnregionen?"

„Das limbische System ist eine Struktur am Rande des isocorticalen Neocortex ..."

„Laienmodus aktivieren!"

„Das limbische System verarbeitet Reize und steuert das emotionale Verhalten. Die Amygdala gilt als das Gefühlszentrum des Gehirns, der Hypothalamus ist das oberste Steuerungsorgan des endokrinen Systems – das heißt, er ist für die Hormonausschüttung verantwortlich."

Marta nickte. „Hab ich mir fast gedacht. Aber wie sind diese Dinger da rein gekommen? Man wird sie ja wohl kaum wie Rohrleitungen verlegt haben."

„Nein. Jeder Versuch, derart komplexe Strukturen mit den aus der Strom- und Wasserinstallation bekannten Methoden in ein menschliches Gehirn einzubringen, würde zu dessen unwiderruflicher Zerstörung führen. Außerdem finden sich am Schädel nur die üblichen Spuren einer Succubus-Implantation und einiger kosmetischer Eingriffe an den Gesichtsknochen. Ich vermute, diese Strukturen sind *gewachsen*."

„Ist das Ding ein Lebewesen?"

„Es ist nicht völlig auszuschließen, dass es sich um einen lebenden Organismus handelt, aber sehr unwahrscheinlich. Ich vermute eine weit fortgeschrittene Anwendung der Nanotechnologie."

„Nanotechnologie! Logisch!“, rief Spinne. Nanotechnologie war zu Beginn des 21. Jahrhunderts eine der großen Hoffnungen der Wissenschaftler und Ingenieure gewesen. Sie kam auch bei herkömmlichen Succubi zum Einsatz. Molekülgroße Roboter begannen nach der Implantation des Stöpsels die Großhirnrinde mit Sensoren und Stimulatoren zu überziehen. Die populärste Anwendung der Nanotechnologie aber waren Marilpen – und beide Entwicklungen waren untrennbar mit dem Namen E. R. Lösser verbunden. Seit er sich zurückgezogen hatte, um Eden zu erschaffen, hatte es keine nennenswerten Fortschritte auf diesem Gebiet mehr gegeben. Es gab Gerüchte, nach denen Eden alle Entwicklungen in dieser Richtung unterdrückte oder, wo dies nicht möglich war, aufkaufte und dem Markt entzog.

Marta hatte eine Idee: „Funktionsdiagnose des Succubus!“, befahl sie.

„Succubus einsatzbereit. Jederzeit aktivierbar. Hundertprozent holonetkompatibel.“

„Keine Anomalien?“

„Mein Succubus-Diagnose-Programm ist nur in der Lage, die üblichen Succubusfunktionen zu testen. Das vorliegende Modell erfüllt alle diesbezüglichen Normen.“

„Kann es irgendwas, was ein normaler Stöpsel nicht kann?“

„Aktiviere Thesaurus. Meinen Sie mit ‚Stöpsel‘ A) eine Vorrichtung aus Gummi, mit der der Füllstand einer Badewanne reguliert werden kann oder B) die umgangssprachliche Bez ...“

„B! Blöder Computer!“

„Weitergehende Funktionen sind durch mich nicht feststellbar, aber sehr wahrscheinlich.“

Marta schaltete den Doktor ab und legte Eva eine Hand auf die Stirn. „Armes Mädchen. Wie viel da drin gehört dir noch?“

*

„Guten Tag, Jonas."

„Ehrwürden!"

„Die Informationen, die du uns gestern gegeben hast, könnten sich als sehr nützlich für uns erweisen. Seine Eminenz, der Bischof, lässt durch mich seinen Dank ausrichten."

„Zuviel der Ehre ..."

„Gibt es etwas Neues?"

„Nicht viel. Dante hat gerade die Leute vom Rat informiert. Er sagte, sie wollten das Mädchen – Eva – pflegen, bis sie ihre Angehörigen ermittelt haben."

„Eva, soso. Der volle Name ist noch nicht bekannt?"

„Nein. Sie stellen Nachforschungen an."

„Das behaupten sie zumindest. Jonas, liegt dir das Wohl von Wanheim am Herzen?"

„Nun ja. Sie haben mich freundlich aufgenommen, nachdem ..."

„Nachdem du exkommuniziert wurdest, die Garde verlassen musstest und dich zwei Jahre als Söldner durchgeschlagen hast."

„Ja, Ehrwürden."

„Du kannst Wanheim einen großen Gefallen erweisen. Und dir selbst. Eine Exkommunikation kann rückgängig gemacht werden. Und seit die Garde im Kampf um Zehlendorf steht, werden immer wieder attraktive und posthume Ehre verheißende Unteroffiziersposten frei. Wir wollen das Mädchen, Jonas."

„Ich soll sie entführen? Aber Ehrwürden, ich glaube nicht, dass das ..."

„Du sollst zuhören. Im Laufe des Nachmittags wird Wanheim umstellt werden. Von Seelenfängern, unterstützt durch angemietete Einheiten aus der Oase. Die Streitmacht wird in der Lage sein, Wanheims Verteidigung in wenigen Minuten zu überrennen und das Dorf zu verwüsten."

„Ehrwürdiger Herr!"

„Zuhören habe ich gesagt! Sie werden nicht angreifen, sondern ultimativ die Auslieferung des Mädchens fordern. Falls die Freunde Der Menschheit ablehnen, möchte ich, dass innerhalb des Dorfes Druck auf sie ausgeübt wird. Sorge dafür, dass das Mädchen vor Ablauf des Ultimatums übergeben wird. Wiegle die anderen Bewohner auf, tu, was immer nötig ist und du wirst Wanheim retten und darfst in den Schoß der Kirche zurückkehren.“

„Danke, Ehrwürdiger Herr, ich werde mein Bestes geben, aber ...“

„Du willst wissen, was mit dem Mädchen passiert? Mach dir darüber keine Gedanken. Es wird ihr gut gehen in der Obhut der heiligen katholischen Kirche. Sie wird beichten und die Absolution erhalten und dann wird sie dazu beitragen, den Ruhm unseres Herren Jesu Christi zu mehren und die Filialen des Satans auf der Erde zu vernichten.“

„Ihr könnt euch auf mich verlassen, Ehrwürden.“

„Das hoffe ich, Jonas, das hoffe ich.“

Anzeige

Die Preußische Assassinen-Gilde rät:
Heuern *Sie* uns an – bevor es Ihre Feinde tun.

Durch die Schlammstadt

Vogts: *Eden bedeutet das Ende der Menschheit als vernunftbegabte Rasse!*
Lösser: *Eden bedeutet das Ende der Menschheit als gequälte Rasse. Sehen Sie, unser Verstand hat uns weit gebracht: nicht nur zum Mond, sondern auch in die tiefsten Abgründe der Depression. Und jetzt hat der menschliche Geist mit Eden ein Werkzeug geschaffen, mit dem wir uns für immer vom Leiden befreien können. Eden ist die Erfüllung eines uralten Menschheitstraumes.*
Vogts: *Menschheitstraum? Sich von einem Computer das Gehirn amputieren und wie ein Baby versorgen zu lassen?*
Lösser: *Ihr Gehirn bleibt voll funktionsfähig, wenn Sie nach Eden gehen. Sie können Ihr Paradies selbst gestalten. Wenn Sie wollen, können Sie dort als Künstler oder als Wissenschaftler glücklich sein. Sie können Ihren Geist schulen, in dem Sie Schach gegen den besten Computer aller Zeiten spielen. Wenn Sie wollen, bleiben Sie Journalist und geben Sie die* Eden-News *heraus!*
Vogts: *Und was sollte ich schreiben? „Heute wieder alles super"? Reine Zeitverschwendung!*
Lösser: *Nicht, wenn Sie dabei glücklich sind. Eine glückliche Stunde ist nie verschwendet. Und ist es etwa besser, von Leid und Katastrophen zu schmarotzen, wie Sie es jetzt tun?*
Vogts: *Aber es hätte keinen Sinn! Ein Tag wäre wie der andere, egal, wie sehr sie sich möglicherweise in den Details unterscheiden. Es gäbe keinen Fortschritt! Eden bedeutet Stillstand!*
Lösser: *Glücklicherweise. Denn von Eden aus kann es für den Einzelnen bloß noch bergab gehen. Und dieser Fortschritt, für den Sie sich so ins Zeug legen, wozu soll der gut sein? Welches Ziel hat er,*

wenn nicht die Menschen glücklich zu machen? Dieses Ziel ist mit Eden erreicht, wir brauchen ihn nicht mehr. Oder wollen Sie mir erzählen, der Fortschritt sei ein Wert an sich, für den wir unseren Platz im Paradies aufgeben sollen?

(Edwin Ruben Lösser im Streitgespräch mit Walter Vogts, Hol-Spiegel 14/2040)

Sie liefen durch eine Betonröhre von etwa zwei Metern Durchmesser. „Ein Teil der alten Kanalisation aus der Zeit vor dem geschlossenen Versorger-Entsorger-Kreislauf", erklärte Kevin, und Theos und Eddies Nasen bestätigten diese Information umgehend. Eddie brabbelte die ganze Zeit leise vor sich hin und fuchtelte wild mit einer Taschenlampe herum. Das reinweiße Licht entriss eine katzengroße Ratte der Dunkelheit. Ihre Augen blitzten kurz auf, dann wanderte der Strahl der Lampe zur Decke und tanzte im nächsten Moment zu Eddies Füßen herum.

„Halt doch mal die Lampe ruhig, Alter! Haste deine Pillen nich genommen?"

„Entschuldigung. Hab nachgedacht."

„Oh verstehe. Manche schaffen das, auch ohne die Arme zu Hilfe zu nehmen."

Eddie blieb stehen. „Mein Dämon ist kaputt", sagte er und leuchtete sein Gesicht von unten mit der Lampe an. „Das heißt: Ich kann nicht mehr geortet werden. Und es wird nicht mehr aufgezeichnet, was ich tue und sage." Ein Grinsen machte sich auf seinem Gesicht breit und er sah nun aus wie der Leibhaftige.[16] „Und das heißt: Ich bin raus!" Er vollführte einen kleinen Freudentanz. „Ich hab frei! Ich mach Urlaub."

Theo und sein Großvater staunten. „Urlaub?", fragte Theo.

„Meint ihr etwa, ich wäre freiwillig zur Polizei gegangen? Hab da ein paar Dinger gedreht, Joints geraucht, Bücher ver-

[16] Wobei es auch eine Theorie gibt, derzufolge der Leibhaftige keineswegs Pausbäckchen, ein fliehendes Kinn, wülstige Lippen und eine fleischige Nase hat, und dass Hörner seine Stirn zieren statt Geheimratsecken.

borgt,[17] während des Werbeblocks auf Klo gegangen. Solche Sachen. Irgendwann haben sie mich vor die Wahl gestellt: Knast, Ausweisung oder Resozialisierungsprogramm für jugendliche Straftäter. Na und die haben mir den Job besorgt. Keine Bezahlung, kein Urlaub, keine Wochenenden, schlafen in der Kaserne ... ihr glaubt gar nicht, wie mich das ankotzt! Sechs Monate muss ich den Scheiß noch machen." Eddie breitete die Arme aus. „Hey Jungs, wir machen uns ein paar schöne Tage in der Freiheit. Dass ich entführt wurde, können sie mir kaum als unerlaubtes Entfernen vom Arbeitsplatz auslegen. Außerdem behalte ich euch so im Auge." Er zwinkerte. „So 'ne Art Under-Cover-Einsatz in der Fremde. Das ist doch mal was! Hey Kevin, wie wär's jetzt mit 'ner Friedenspfeife? Mein Gott, wie lange habe ich nichts mehr geraucht. Und dann auf nach Wanheim, die Typen dort züchten das beste Kraut diesseits der Oder." Er legte seine Arme um Kevins und Theos Schultern und zog sie zu sich heran.

Kevin machte sich von ihm los. „Ficken, Alter! Ich glaube, als Bulle warste mir lieber! Was sollte denn dann vorhin der Scheiß von wegen ‚Ich sterbe für die Gerechtigkeit'?"

„Na Mensch, mein Dämon hat mich doch überwacht und alles aufgenommen. Macht sich gut in der Akte!"

„Hm. Na ja, egal, wenigstens machste jetzt keine Sperenzchen mehr. In Wanheim machen wir die Halsschellen ab und du gehst deiner Wege. Theo, du schaffst das doch, das Ding abzuschalten, oder?"

„Schätze schon. Wenn ich einen vernünftigen Computer kriege ... Aber Opa – wir können ihn doch nicht dahin mitnehmen! Irgendwann geht er zurück zur Polizei und ..."

[17] Die in den späten Nuller-Jahren ins Leben gerufene Kampagne „Rettet die Literatur" wies völlig zu Recht darauf hin, dass den Verlagen durch unautorisiertes Verborgen von Büchern jährlich Milliardenverluste entstehen. Die Kampagne führte schließlich zu einem weltweiten Verbot des Bücherverborgens und sorgte für starke Umsatzzuwächse – zumindest bei den Betreibern privater Gefängnisse.
Unser Tipp: Sie sind von Anfang an auf der sicheren Seite, wenn Sie dieses Buch nicht verborgen, sondern neu kaufen und verschenken.

„... und nichts! Da kann er erzählen, was er will. Das meiste werden die eh schon wissen. Die haben außerhalb der Oase keine Befugnisse. Und keine Interessen. Einsätze in der Schlammstadt sind schon das Äußerste – oh nee, Eddie, hör sofort auf, fröhlich zu pfeifen, sonst fliegt dir der Kopf vom Hals. Sorry, Theo, da kann ich nicht mal auf dein Leben Rücksicht nehmen."

Sie gingen schweigend weiter, nur Eddie kicherte gelegentlich. Nach etwa zehn Minuten gelangten sie an eine vertikale Röhre, aus der eine Leiter herabhing. Die Röhre war in etwa fünf Metern Höhe mit einem Deckel verschlossen. Kevin drehte sich zu Eddie. „Besser, du ziehst jetzt die Uniform aus. Wenn die da oben ein einsames, unbewaffnetes Polizistchen sehen, kommen die vielleicht auf ganz komische Gedanken, verstehste."

Eddie deutete nach oben. „Da kommen wir nicht raus. Das ist einer der alten Schlammstadt-Gullys, nicht wahr? Ich war zum Schutz der Schweißertrupps eingeteilt, die die vor ein paar Monaten alle dicht gemacht haben."

„Tja, Alter, war wohl 'n Fehler, dich von deinem Posten abzuziehen. Keine drei Tage später war die Hälfte wieder offen. Wir lassen uns doch nicht den wichtigsten unkontrollierten Weg zwischen Oase und Schlammstadt nehmen! Also los jetzt, raus aus den Klamotten."

„Äh ... ich hab nur T-Shirt und Unterhose drunter."

„Na und? Damit biste besser angezogen, als manch einer von den Schlammstädtern."

„Aber mir ist jetzt schon ganz kalt und da draußen ..."

„Komm, zick nich rum. Mach dich nackig."

Zögernd gab Eddie Kevin die Taschenlampe und zog sich vorsichtig den Uniformpullover über den Kopf. Dann drehte er den beiden anderen den Rücken zu, öffnete seinen Gürtel und stieg aus der Hose. Kevin stöhnte auf, als er den Schlüpfer des Polizisten sah. Theo kicherte.

„Den Slip auch noch", befahl Kevin. Quer über Eddies Hintern stand „Eigentum der PTBN".

„Och nee!"

„Selbst Schuld, wenn du sogar Uniform-Schlüpfer trägst!"

„Was soll ich denn machen? Solange meine Strafe nicht abgearbeitet ist, kriege ich keinen müden Taler und bin vollkommen auf die Polizei-Versorger angewiesen."

„Pech für dich."

„Hey, ich kann doch nicht nackt da raus gehen!"

Kevin überlegte einen Moment, dann zog er seufzend seine Jogginghose aus und warf sie Eddie zu. „Da, nimm!" Er selbst stand jetzt in ausgewaschenen, einstmals wohl grellbunten Boxershorts da und Theo kam nicht umhin, die Krampfadern seines Großvaters zu bewundern. Man erkannte sofort, dass es sich um echte, gewachsene – um *verdiente* Krampfadern handelte und nicht um diese Modedinger aus den Katalogen der Schönheitskliniken.

Kevin schaltete seinen Dämon aus. „Theo, du musst noch deinen Stöpsel abschalten, in der Schlammstadt könnten sie uns orten. Und jetzt kommt – Zeit für's Mittagessen."

*

„Ich verspeise Kinder
zum Diner bei Kerzenschein
gewürzt mit Salz und Pfeffer
lecker, lecker, das schmeckt fein." Der Klangwerkspieler Theobald Matuschewski stand im Matsch auf einem breiten Fußweg an einer der größten Straßen der Schlammstadt. Er trug ein knallgelbes Regencape, vor ihm lag ein grauer Hut im Dreck.

„Doch ich ess sie nicht roh,
nein! Ich koch sie gar!
Ess mit Messer und Gabel,
bin ja kein Barbar ...", sang er, während sein rechter Arm kreiste und der linke komplizierte Figuren in die Luft malte. Die Füße tippten unterschiedliche Rhythmen aufs Pflaster. Aus einer

Box mit einem blinkenden Aufsatz neben ihm dröhnte seine verstärkte Stimme, unterstützt von einem ganzen Orchester. Klangwerke analysierten eine gesungene oder gesummte Melodie und schufen eine komplexe instrumentale Begleitung, deren Klangfarbe, Stimmung und Rhythmus man durch Körperbewegungen steuerte. Ein Instrument, das jedem Stümper sofortige Erfolgserlebnisse versprach. Die eigentliche Kunst bestand darin, Klangwerk zu spielen, ohne die gängigen musikalischen Klischees zu erfüllen. Theobald Matuschewski beherrschte dies meisterhaft, was zur Folge hatte, dass in seinem Hut nur die Münzen lagen, die er selbst hineingelegt hatte.

„Und zum Nachtisch

gibt's Aaaa-pfelll-muuus – oh, hallo Kev!" Er ließ die Arme sinken, was einen etwas zu dramatischen Schlussakkord provozierte. Direkt vor ihm hatte sich ein Gullydeckel gehoben, und ein alter Mann mit oranger Sonnenbrille steckte seinen Kopf heraus.

„Tach Alter! Sag mal, sind hier in letzter Zeit Bullen vorbeigekommen?"

„Nö. Kannst rauskommen", beruhigte ihn der Musiker und das Klangwerk bekräftigte seine Aussage mit einem kleinen Tusch.

Kevin kletterte heraus; Theo folgte ihm und blickte sich um. Er hatte die Schlammstadt bisher nur in Spuks gesehen oder durch die Fenster eines Hochgeschwindigkeitsbusses, wenn er mit Schule oder Familie einen Ausflug nach Berlin gemacht hatte. Es war kalt, doch das hatte er erwartet. Es stank, aber daran war er inzwischen gewöhnt. Es war dreckig, doch das war er inzwischen auch. Es war grell und laut, aber das war eigentlich nicht das Problem.

Es war alles echt, *das* war das Problem. Erst langsam wurde Theo bewusst, dass er das alles wirklich erlebte, dass er dieses Spiel nicht an beliebiger Stelle einfrieren konnte und dass eine achtlos weggeworfene Bananenschale tausendmal gefährlicher war als alle Monster, denen er sich im Holonet entgegengestellt hatte. Ihm fielen all die Schlagwörter wieder ein, die für jeden Bewohner der Oase untrennbar mit der Schlammstadt und den unsicheren Gebieten verbunden waren.[18] Dies war etwas ganz anderes, als im Kinderzimmer von großen Abenteuern zu träumen oder sich in simulierte Gefahren zu stürzen.

Es war dunkel, fast so dunkel wie zuhause, kurz bevor die Sonne abgeschaltet wurde, dabei war erst Mittagszeit. Unzählige alte Leuchtreklamen und einige Werbe-Beschwörer blinkten, flackerten, waberten und pulsierten, spiegelten sich in Pfützen und auf dem nassen Asphalt. Autos aus den letzten fünfzig Jahren umkurvten sich hupend und scheinbar ohne jedes System. Die meisten Passanten trugen lange Regenkutten, die Kapuzen tief ins Gesicht gezogen, sie erinnerten Theo an finstere Mönche aus billigen Horror-Spuks. Zombies schleppten eine Sänfte den Gehweg entlang. Zwanzig Meter weiter standen etwa fünfzehn Personen unter einem Neonkreuz. Im Schnittpunkt der Balken prangte das Symbol der Kirche Des Wahren Namens Gottes, ein Durchfahrt-Verboten-Schild mit einem stilisierten Schweinekopf in der Mitte. Über den Lärm der Straße hinweg hörte Theo das Gekeife ihres Predigers: „Und Gott wird jene richten, die uns schmähen, denn Gott ist KEIN SCHWEIN und wer das leugnet, ist der lästerlichste unter den Lästerern. Darum gehet hin und verkündet die Botschaft und singt, singt, singt, singt Halleluja, denn KEIN SCHWEIN liebt euch.

Singt Halleluja, denn KEIN SCHWEIN steht euch bei,
singt Halleluja, denn KEIN SCHWEIN liebt euch,
ist das nicht wunderbar, ist das nicht einwandfrei."

Ein Pärchen blieb neugierig stehen und musterte das seltsame Trio, das soeben der Unterwelt entstiegen war.

„Los kommt, mir is kalt und ich hab Hunger!", drängelte Kevin. „Tschau Theo! Coole Mucke, halt die Ohren steif!" Er warf ihm ein Geldstück in die aufgeweichte Mütze.

[18] Pöbel, Mord, Menschenwahn, Bettler, Anarchie, Nachbarschaftshilfe und echtes Fleisch, um nur einige zu nennen.

„Danke, Mann“, rief ihnen der Musiker hinterher und winkte, was den Boxen eine traurige Syncordionweise entlockte. Dann boxte er dreimal von einem Orchestral Hit begleitet in die Luft und stimmte ein Liebeslied an:

„Komm mutier mit mir
zu etwas ganz besonders Merkwürdigem!“

Schöne Aussichten

Die REZIPROKE KONSUMSTEUER (RKS), *auch* NICHTUMSATZSTEUER *genannt, wird auf jenen Teil des Einkommens oder Guthabens erhoben, der nicht ausgegeben wird. Der aktuelle Satz beträgt in der Matahari-*OASE *und allen anderen, der PTBN gehörenden Habitaten 84% p.a. Für Mieten, Lebensmittel, notwendige medizinische Behandlungen etc. wird eine reduzierte* NICHTUMSATZSTEUER *in Höhe von 42% fällig. Unterhaltungselektronik,* MARILPEN, *Luxusgüter und offensichtlich vollkommen sinnlose Produkte sind vollständig* RKS*-befreit – hey, die Wörter* SPARBUCH *und* KONSUMZURÜCKHALTUNG *solltet Ihr ganz schnell vergessen!*

(zeitschock.de – Das Praktische Wörterbuch Für Aufgeweckte Kryonauten)

„Will noch 'n Bier oder was die hier Bier nennen! Is doch kein Bier! Gibt ja gar kein richtjes Bier mehr. Gibt überhaupt nüscht richtjes mehr. Früher, ja, da gab's noch ... na wie hieß das? Frauen. Richtje Frauen gab's da noch. Gibt's ja heute auch noch. Aber nich so ne wie früher, nee, nee. Und das Bier erst. War einfach besser damals, das Bier. Weiß aber nicht mehr, warum. Überhaupt: alles besser früher. Also, ich will die DDR ja wirklich nich zurückhaben, aber ich sag mal: Es war auch nicht alles schlecht im Osten. Zum Beispiel war ich noch jung. Soll 'n daran schlecht gewesen sein? An mehr erinner ich mich nich. Ach doch: Gab irgendwie 'n tolles Gemeinschaftsgefühl. War so 'ne menschliche Wärme, damals. Eine einzige Orgie. Sind ja auch immer nackig rumgelaufen. Mussten wir ja, wegen FKK. Oder hab ich das alles nur in 'nem Historienspuk gesehen? Weiß nicht. Manchmal spielt mir die Erinnerung Streiche. Mir fällt aber grade nicht ein, was für welche. Hallo Frollein, krieg ich jetzt endlich meinen Wein? Was? Bier? Wieso sollte ich Bier bestellen? Ich weiß ja nicht mal, was Bier ist! Meine Güte. War früher viel besser die Bedienung. Glaub ich. Kannste alles vergessen heutzutage. Mach ich ja auch. Hab's schon immer gesagt. Hab's schon immer gewusst. Aber wollte ja keiner auf mich hören. Müssen se sich nich wundern, dass alles so gekommen ist. Habs ja schon immer gesagt (hab ich das schon gesagt?). Hört mal, hab ich gesagt. Der Rest fällt mir gerade nich ein. Hat mir ja sowieso keiner zugehört. Wer sind denn die drei Typen an der Tür? Die ... hm ... irgendwas ist mit denen, hab so 'n ganz ulkiges Gefühl. Déjà vu. Was war 'n Déjà vu gleich noch mal? (Kommt mir irgendwie so vor, als hätte ich das schon mal vergessen.) Und warum hat der eine nur 'ne Unterhose an? Egal. Hab ich meine Hosen angezogen? Ja. Gut. Was soll das denn? Das ist doch kein Bier! Viel zu hell und ohne Schaum und was ist 'n das für 'n Mädchenglas? Sie woll'n mich wohl veräppeln, Frollein?! Vierzig Jahre ham se mich beschissen, ach nee: Über siebzig Jahre ham se mich mittlerweile beschissen und jetzt so was! Dafür bin ich 89 nich auf die Straße gegangen! Hatte ja noch beide Beine damals. Weiß zwar nich mehr, wofür ich auf die Straße gegangen bin – hey, vielleicht wollte ich bloß Schrippen holen – aber ganz sicher nich, damit Sie mich jetzt hier verarschen. He, Frollein, hier geblieben. Mist. Na, wenigstens hat se mir meinen Wein gebracht."

*

„Willkommen in den *Schönen Aussichten*", brüllte Kevin, als sie das Lokal betraten. Der Krach war ohrenbetäubend. Auf einer kleinen Bühne lärmte eine Band und in der Ecke gegenüber droschen vier oder fünf Leute mit Fäusten, Holzlatten und Flaschen aufeinander ein. Die Gäste an den Tischen brüllten sich an, um das Getöse zu übertönen. Eine Flasche flog genau auf Eddie zu, er sprang erschrocken zur Seite, sie zerschellte hinter ihm an der Tür.

Kevin klopfte ihm beruhigend auf die Schulter „Keine Sorge. Die Klopperei ist nur 'n Spuk. Schalten sie manchmal an, zwecks Atmosphäre."

„Puh, na dann ist ja gut." Eddie schaute sich um und strahlte. „Das ist das Leben! Mensch Jungs, bin ich froh, bei euch zu sein." Er ging grinsend zu den Schlägern hinüber. Wenige Sekunden später halfen Kevin und Theo ihm auf und schleppten ihn an einen freien Tisch. Eddie hielt sich die Wange, seine Lippe war aufgeplatzt.

„Na ja. Meistens isses 'n Spuk", meinte Kevin.

In der Mitte des viereckigen Tisches stand auf einem Kunststoff-Spitzendeckchen ein qualmender Aschenbecher – das absolute Rauchverbot der Oase galt hier draußen nicht, und wenn die Schlammstadt theoretisch auch Teil der neupreußischen Monokratie war, welche das Rauchen zumindest an öffentlichen Orten verbot, so reichte Bismarcks schwacher Arm doch nicht bis hier. Schmutzige Gläser standen herum, eine verkrustete Serviette thronte in einem großen, festgetrockneten Blutfleck. Vor dem Holo-Fenster flanierten Menschen in der Sommermode der späten 00er-Jahre über den Marktplatz von Heidelberg.

„Mensch Kev! So früh schon hier?!" Rosi eilte mit einem Tablett auf sie zu.

„Hab dich so vermisst!", rief Kevin. Bevor die Kellnerin den Tisch erreichte, krallte sich ein verschrumpeltes Männchen am Saum ihres Kleides fest. „Frollein, das ist doch kein Bier, was Sie mir da eben gebracht haben!", keifte es und polterte vom Stuhl. Entsetzt blickte Theo auf das schlaff auf dem Fußboden liegende Hosenbein.

Rosi verdrehte die Augen, stellte das Tablett ab und stemmte die Arme in die Hüften. „Mensch, Volker. Wie oft soll ich dir noch sagen, dass ich kein Frollein bin und du mir nicht an die Wäsche gehen sollst! Irgendwann schmeiß ich dich wirklich raus!"

„Das droht sie ihm schon seit zwanzig Jahren an", informierte Kevin seine Begleiter hinter vorgehaltener Hand. „Der hockt hier seit dem Eröffnungstag rum und blubbert vor sich hin."

Rosi hob den alten Mann an, wuchtete ihn zurück auf seinen Stuhl und ruckelte an ihm herum, bis er halbwegs sicher saß. Dann nahm sie das Tablett, setzte ein strahlendes Lächeln auf und kam an den Tisch. Kevin stand auf und breitete die Arme aus. „Lass dich drücken, meine Kleine!" Rosi hielt inne. Eine Wolke aus Parfüm überdeckte den Geruch aus Schweiß, verschüttetem Bier und Tabakrauch, der den Raum beherrschte. Sie deutete auf Kevins Unterhose. „Soll ich mich vorher auch ausziehen?"

„Keine Umstände wegen mir. Und keine Angst, das ist 'ne gute, anständige Boxer – noch aus der Zeit vor dem großen Schlamassel."

„Ach ja, hab's ganz vergessen: Damals sind wir ja immer so rumgerannt."

„Nee, nur, wenn notleidende Polizisten unsere Hosen brauchten. Ist 'ne lange Geschichte."

„Schon klar, erzähl sie mir später." Sie schaute Kevins Begleiter an und entdeckte ihre Halsschellen. „Seit wann machst du Gefangene?"

„Auch 'ne lange Geschichte. Darf ich vorstellen: Das ist Theo, mein Enkel. Hab bestimmt schon von ihm erzählt."

„Der junge Hacker? Klar. Tach Theo."

Theo stand auf und reichte ihr artig die Hand. Rosi kicherte. „Isser nicht süß?" Sie überlegte einen Moment, studierte Theos schmales Gesicht, seine unreine Haut und das fettige Haar. „Nee, isser nicht. Aber egal. Willkommen in meinem bescheidenen Etablissement."

„Und das ist Eddie. Polizist auf Urlaub."

„Wie bitte?“

„Nein, nein!“ Eddie nahm die Hand von der geschwollenen Lippe und winkte ab. „Er macht nur Scherze. Ich und ein Bulle – haha!“ Stolz sprach aus seiner Stimme, als er mit Verschwörermiene hinzusetzte: „Ich bin ein Krimineller. Hab da ein paar Dinger gedreht ...“

„Jaja, schon klar, mein Kleiner“, Rosie zog spöttisch die Augenbrauen hoch. „Wie auch immer: Kevs Freunde sind auch meine Freunde – solange sie reichlich bestellen und nicht beim Trinkgeld knausern.“

„Äh ...“

„Keine Sorge, Alter.“ Kevin haute ihm auf den Rücken. Geht heut alles auf mich. Nimmste auch ’n Bier? Okay. Und du, Theo?“

Der Junge dachte einen Moment nach, dann sagte er: „Ein Mineralwasser, bitte.“

Der Effekt war bemerkenswert. Die Band hörte auf zu spielen, die Prügelnden ließen voneinander ab und die Gespräche verstummten. Alle drehten sich zu ihnen um. Rosi begann zu zittern. Nur das Gebrabbel des beinlosen Greises war noch zu hören: „... ja klar war das Scheiße mit der Mauer. Weiß aber nicht mehr, was daran Scheiße war. Hat wahrscheinlich nich gehalten. Typisch Osten ...“

Kevin hob die Arme zur Decke und rief: „Oh Herr vergib ihm, denn er weiß nicht, was er tut.“ Dann schaute er Rosi an und sagte: „Hey, er meint’s nich so. Mach ihm ’ne Cola, okay?“

Das Geräusch von splitterndem Glas auf splitterndem Schädel beendete die bedrohliche Stille. Die Band spielte weiter und die Gäste setzten ihr Gebrüll an der Stelle fort, an der sie es unterbrochen hatten. Rosi atmete auf und lief mit dem Tablett davon.

„Hey Eddie, versteh mich bitte nicht wieder falsch, wenn ich dir jetzt mal kurz an die Eier gehe.“ Kevin griff Eddie in die Tasche der Jogginghose und holte eine Schachtel Zigaretten heraus. „Willste auch eine?“

Eddies Augen leuchteten auf.[19] Dann sagte er „Jaaaaa!" und fischte eine Zigarette aus der Packung. Ein eingebauter Minicomputer registrierte diesen Vorgang und aktivierte einen Sprachchip. Nach einigen Werbebotschaften lokaler Krebskliniken und Strafverteidiger krächzte er die vorgeschriebenen Warnhinweise zu den gesundheitlichen und juristischen Konsequenzen des Genusses einer Zigarette dieser Marke. Stöhnend fingerte Kevin ebenfalls eine Kippe heraus und schob die Schachtel schnell zurück in die Hosentasche. Er zündete die Zigarette an, nahm einen tiefen Zug und krümmte sich hustend zusammen.

„Opi?" Theo drehte nervös einen Bierdeckel in seinen Händen. „Warum machst du das?"

„Frag mich mal, Alter. Tausendmal wollte ich schon aufhören. Is ja nich mal so, dass die Dinger mir schmecken."

„Das meine ich nicht. Die Flucht ... Du wirst nie mehr nach Hause zurück können."

„Naja, nich bis zur nächsten Amnestie. Mich hat da sowieso wenig gehalten. Eigentlich nur mein ... kleines Geschäft. Und du natürlich. Meinst du, ich hätte zugucken können, wie die dich wegschleppen?"

„Danke Opa, aber ..."

„Außerdem: Die hätten eh die ganze Bude auf den Kopf gestellt. Und dann hättense mich gleich mitgenommen."

Theo schluckte. „Aber ich bin doch unschuldig! Ich verstehe das alles nicht!"

„Tja, Mann, ich auch nicht. Aber ich glaub nich, dass das ein versehentlicher Justiz-Irrtum ist. Da scheint jemand voll auf dich abzufahren!"

„Aber wer?"

„Keine Ahnung. Vielleicht Eden?" Kevin drückte seine Zigarette in den schwelenden Aschenbecher. „Vielleicht fällt dir ja

[19] Nun ja. Wie man so sagte. Was wirklich geschah war folgendes: Die Augenlider bewegten sich einige Millimeter nach oben, so dass sich die sichtbare Augenoberfläche etwas vergrößerte. Gleichzeitig zogen Muskeln in Eddies Wangen seine Lippen ein kaum wahrnehmbares Stück in die Länge und die Mundwinkel nach oben.

noch was ein, was uns weiterbringt. Du hast vorhin mit Wanheim telefoniert, oder?“

Theo nickte und studierte einen kleinen schwarzen Fleck auf dem Tisch mit einer Aufmerksamkeit, die dieser keineswegs verdient hatte. „Ich verstehe es alles selber nicht“, sagte er schließlich. Er fasste für Eddie die Ereignisse des vergangenen Tages zusammen und schilderte dann, was sich am Morgen zugetragen hatte.

„Wow!“, meinte Eddie, als Theo geendet hatte. „Ich hoffe, du und Eva, ihr werdet euch durch meine Anwesenheit nicht von irgendwelchen Schweinereien abhalten lassen. Werde ja leider in eurer Nähe bleiben müssen ...“ Er tippte Theo an die Halsschelle und zwinkerte. „Na, wenn’s euer erstes Mal ist: Ich kann euch ein paar Tipps geben.“

*

MARILPE: *(Dieser Eintrag ist online gegen eine Gebühr von 0,99 Talern abrufbar)*

(zeitschock.de – Das Praktische Wörterbuch Für Aufgeweckte Kryonauten)

*

Zwanzig Minuten später – Kevin hatte inzwischen gegessen und Theo und Eddie hatten die Zeit dazu genutzt, um sich ausgiebig vor diesem Essen zu ekeln – betrat ein auffällig gekleideter Mann das Lokal. Er trug ein samtig glänzendes, buntkariertes Jackett, eine gestärkte, weiße Halskrause und eine Lackhose – das eine Bein rot, das andere grün. Seine Haare und der Bart waren zu kleinen Zöpfen geflochten, in denen bunte Schleifchen steckten; die Lippen waren grellrot geschminkt, die Augenpartien blau angemalt und die Wangen braun getönt. Hinter ihm stand ein Zombie in schwarzem Regenmantel und hielt einen Schirm. Einige Gäste drehten sich nach dem Ankömmling um und hoben belustigt die Augenbrauen.

Es war inzwischen ruhiger geworden. Die Band hatte die Bühne geräumt, die Schläger saßen einträchtig nebeneinander an der Bar, stierten in ihre Biere und bluteten vor sich hin. Der Mann – die psychedelische Erfahrung/das menschgewordene Testbild/die Augenkrankheit – wie immer man ihn auch nennen wollte – bewegte sich eleganten Schrittes durch den Raum, die Nase etwas zu hoch in der Luft, einen leuchtenden Spazierstock in der Rechten, und steuerte auf den Tisch der drei zu.

„Schieb ich Optik oder ist das der gute alte Dorian?", rief Kevin und schob den Teller mit den abgenagten Knochen von sich. „Was macht eine schillernde Öllache wie du in einer Pfütze wie dieser?"

Dorian stützte sich auf den Spazierstock und schlug den rechten Fuß über den linken. „Es ist mir ein Vergnügen zu sehen, dass meine wohlgemeinten Ratschläge anfangen, Wirkung zu zeigen, hochverehrter Freund. Ich komme nicht umhin, den Verzicht auf deine geschmacklose Hose als Schritt in die richtige Richtung und meinen ganz persönlichen Verdienst zu würdigen. Wiewohl dies selbstverständlich nur ein Anfang sein kann. Was meine Anwesenheit an diesem ... Ort betrifft, so ist diese auf die Nachricht eines gemeinsamen und – wenn mir die Bemerkung gestattet ist – in seiner sinistren Weltsicht rasch ermüdenden Freundes zurückzuführen. Er deutete an, dass es dir beliebt, in Kalamitäten zu stecken. Offensichtlich ging ich Recht in der Annahme, dass du es für ratsam halten würdest, dich diesen nicht hungrig und nüchtern zu stellen."

„Gingst du, gingst du, Alter. Schön, dass du die Explosion in der Farbfabrik überlebt hast. Wir wollten nachher sowieso zu dir kommen. Das hier ist Theo, mein Enkel, und das da ist Eddie, ein, äh, Kumpel."

„Kein sehr guter, deucht mich. Oder wie darf ich die Tatsache interpretieren, dass du ihm die Halsschelle angelegt hast, die dir zu verkaufen ich vor einiger Zeit das Vergnügen hatte?“

„Nee, kein sehr guter, aber er macht sich langsam. Sach ma, kannst du mir vielleicht dein Luftkissenboot borgen? Wär echt korrekt. Wir müssen nach Wanheim und die offiziellen Straßen sind für uns grad nicht so angesagt.“

„Uhh, Kev ... ich möchte mich nicht eines Tages gezwungen sehen, dich zu hassen, weil du den Lack des Stolzes meines Fuhrparks beschädigt hast.“

„Ach komm schon, hab dich nicht so!“

„Ich werde sagen, was ich tun werde: Ich fahre euch selbst nach Wanheim. Darf ich euch vorher noch den Besuch eines meiner Schönheitssalons anraten?“

„Nee, lass ma stecken, du willst doch sicher nicht, dass wir dir bei den Bräuten Konkurrenz machen.“

„Die ‚Bräute‘ geruhen mich auszulachen, bis sie einen Blick auf mein, wie ich bei aller Bescheidenheit sagen muss, nicht unbeträchtliches Vermögen werfen konnten.“ Er schaute sich mit herablassendem Blick in der Kneipe um. „Wenn wir dann vielleicht gehen könnten, oder wünschen die Herren, noch etwas Zeit im Kreise von Menschen ihres eigenen ästhetischen Niveaus zu verbringen?“ Er blickte sich mit hochgezogenen Augenbrauen um. „Wenn von einem solchen denn überhaupt die Rede sein kann.“

*

„Kann ja wohl alles nich wahr sein. Isses wahrscheinlich auch nich. Hab ich mir bestümpt alles bloß ausgedacht. Is ja auch egal, sind ja nur noch fünf Kapitel bis zum Schluss. Meine Güte, wie komme ich denn da nun schon wieder drauf? He, Frollein, was muss ich bestellen, damit sie mir statt Wein endlich meinen Kaffee bringen?“

Von Feinden umzingelt

Vogts: *Sie verkaufen den Menschen elektronisches Opium als Erlösung und das Ende der Entwicklung als ihren Gipfelpunkt. Doch ich sage Ihnen: Es gibt keinen Stillstand. Stell dich dem Universum oder komm darin um!*

Lösser: *Nun gut, das tun wir sowieso, wie Sie wissen. Verstehen Sie doch: Eden ist ein Werkzeug, dass wir selbst geschaffen haben, um unser Leben zu vervollkommnen.*

Ob man dem ersten Menschen, der sich ein Tierfell gegen die Kälte umgehängt hat, auch vorwarf, er stehle sich vor dem Universum davon?

Vogts: *Blödsinn. Dieser Urmensch hat seinen Intellekt eingesetzt und der feindlichen Umwelt einen kleinen Sieg abgetrotzt. Das kann man ja wohl kaum vergleichen mit einem Menschen, der vor sämtlichen Herausforderungen und Problemen in eine künstliche Welt flieht.*

Lösser: *Wir alle leben in einer künstlichen Welt. Schauen Sie sich nur dieses Studio an. Eden ist einfach nur die bessere künstliche Welt.*

Vogts: *Jaja. Sagen Sie mir, Herr Lösser, wie sieht Ihre Vision der Welt in zwanzig Jahren aus? Zehn Milliarden Menschen, jeder in seinem eigenen kleinen Tank und seinem eigenen Traum von einer perfekten Welt gefangen?*

Lösser: *Exakt. Nur dass sie sie nicht erträumen, sondern genauso wirklich erleben, wie wir beide dieses Interview.*

Vogts: *Ein Streitpunkt, auf den ich später zurückkomme. Die Erfüllung ihrer Vision hieße, dass in etwa einhundertzwanzig Jahren kein Mensch mehr leben würde.*

Lösser: *Nein, nein. Wer in Eden stirbt wird durch einen Klon ersetzt. Einen hundertprozentigen Klon, keinen lobotomierten Zombie. Die Bevölkerungszahl wird konstant bleiben.*

(E. R. Lösser im Streitgespräch mit Walter Vogts, Hol-Spiegel 14/2040)

Eva lag zusammengekrümmt auf dem Bett, das Gesicht zur Wand. Marta setzte sich zu ihr und blieb ein paar Minuten reglos sitzen. Dann legte sie sich neben Eva und nahm sie in den Arm. Eva zuckte kurz zusammen, beruhigte sich jedoch schließlich in der tröstenden, wärmenden Umarmung. Sie schluchzte noch einmal. „Werde ich Adam wiedersehen? Und werde ich ihn dann anfassen können?"

„Vielleicht. Aber ich muss dir etwas Schlimmes sagen, arme, kleine Eva: Das ist nicht der Adam, den du suchst."

„Oh doch! Er weiß es nur nicht mehr, weil er vom Baume der Erkenntnis gegessen hat und sich nicht an das Paradies erinnern kann. Gott hat mir alles ganz genau erklärt, weißt du."

„Das war nicht Gott, das war ein Computer."

Eva drehte den Kopf soweit es ging und schaute sie fragend an. „Ein Computer? Ich glaube, ich habe das Wort schon mal gehört. Sind das so ..." Sie kniff die Augen zusammen und schürzte die Lippen. „... so ältere Männer mit langem weißen Bart und Heiligenschein ..."

„Nein."

„... und Flatterhemd ..."

„Nein."

„... mit nichts darunter?" Sie kicherte und legte Marta den Zeigefinger auf den Mund. „Aber von mir hast du das nicht!"

„Okay, ich probiere es anders: Theo – Adam – war in Wirklichkeit niemals im Paradies."

Eva drehte sich nun ganz zu ihr um und lächelte Marta nachsichtig an. „Nein, nein, nein, wer hat dir denn das erzählt? Wir waren jeden Tag zusammen. Glaub mir Marta, Adam war dort."

„Das war nur eine Simulation!"
„Eine Simulation?"
„Ein ... Trugbild. Wie das, durch das du in der Küche hindurchgestolpert bist!"
Eva winkte ab. „Mein Adam war ganz anders. Den konnte ich berühren und streicheln und küssen und ... na, du weißt schon."
„Er war eben ein besonders gutes Trugbild. Eine überzeugende Täuschung."
Eva dachte darüber nach. Dann fragte sie: „Bist du auch eine überzeugende Täuschung?"
Verwirrt schüttelte Marta den Kopf. „Nein, wie kommst du denn darauf?"
„Na ja, dich kann ich doch auch anfassen, genau wie Adam im Paradies."
„Nein, das ist was ganz anderes. Ich bin echt!"
„Oh. Verstehe."
Marta sah sie zweifelnd an. „Wirklich?"
„Nein!" Eva setzte sich auf und nahm Martas Hände in die ihren. Sie strahlte. „Ist doch auch egal, Marta! Ich hab eine tolle Idee: Adam und ich nehmen dich mit ins Paradies! Na, was sagst du jetzt?"
Marta rückte erschrocken von ihr ab. „Nein!", sagte sie, lauter, als sie gewollt hatte.
„Warum denn nicht?", fragte Eva verwundert. „Du wärst glücklich dort."
„Nein."
„Doch, glaub mir. Es ist einfach herrlich im Paradies." Sie begann die Wunder Edens auszumalen.
Doch Marta unterbrach sie: „Nein ... ja ... vielleicht. Aber ich will das nicht!"
„Du willst nicht glücklich sein?"
„Doch, natürlich will ich glücklich sein, aber ..."
„Na, dann ist doch alles klar! Du kommst mit!"
„Nein. Das Glück in Eden ist nicht echt!"

„Hmm, na ja, wenn du meinst. Aber auf alle Fälle ist es ein tolles Glück. Ein richtig glücklich machendes Glück!"

Marta seufzte. „Echtes Glück muss man sich verdienen."

„Und ich habe es nicht verdient?", fragte Eva und ihr Lächeln verflog. Marta schüttelte den Kopf. „Nein, Eva, so war das nicht gemeint! Jeder hat es verdient, glücklich zu sein. Aber man muss etwas dafür tun!"

„Gott darum bitten? So etwas?"

„Nein. Etwas Sinnvolles ... Schönes ... etwas, das mithilft, auch andere glücklich zu machen."

Eva blickte nachdenklich zur Decke, dann erhellte sich ihre Miene und sie klatschte in die Hände. „Wenn ich dich mitnehme nach Eden, habe ich mitgeholfen, auch dich glücklich zu machen und mir damit das Glück verdient! Bitte, du *musst* mitkommen!" Sie bemerkte Martas verzweifeltes Gesicht und bekam Angst. „Oder willst du nicht, dass ich mir mein Glück verdiene? Ist es das?"

„Nein, arme kleine Eva, wo denkst du hin!"

„Warum redest du dann so schlecht über das Paradies? Und warum kommst du nicht mit? Ich kann dich nicht verstehen."

„Du sollst glücklich sein. Aber hier in dieser Welt. Das ist nicht die Hölle, glaub mir!"

„Bist du glücklich?"

„Na ja. Manchmal."

„Und gefällt es dir, wenn du gerade nicht glücklich bist?"

Die Tür wurde aufgerissen. Die massige Gestalt Dantes füllte den gesamten Rahmen aus. „Marta, du musst sofort kommen! Wir werden angegriffen!"

„Iiieek!", machte Eva und versteckte sich unter der Bettdecke. Dante hielt sich die Hand vor den Mund. „Oh, das habe ich ganz vergessen. Marta, komm so schnell du kannst!" Er eilte davon, die Tür blieb offen stehen. Marta streichelte über die Bettdecke. „Keine Angst. Ich habe dir doch gesagt, dass er nicht der Teufel ist. Glaubst du mir nicht?"

Zwei weit aufgerissene Augen kamen unter der Decke zum Vorschein. „Ich weiß nicht. Vieles von dem, was du sagst, ist so ulkig. Ich verstehe es nicht. Was ist passiert?"

„Mach dir keine Sorgen, alles wird gut. Ich muss jetzt weg, aber du bist hier sicher."

„Und was ist mit Adam?"

„Wir reden nachher weiter." Marta erhob sich und ging langsam zur Tür. Von dort winkte sie noch einmal. „Ich bin bald wieder da", versprach sie und zog die Tür hinter sich zu, rannte durch den Flur (sie hörte jetzt die Dorfglocke schlagen), zur Haustür hinaus und auf die Straße. Aus allen Häusern liefen Menschen in Richtung der Dorfkirche. „Was ist los?", rief Marta einer Vorbeihastenden zu.

„Keine Ahnung, komm einfach mit!"

Sie rannten die Straße entlang. Auf dem Dorfanger hatte sich bereits die Mehrzahl der Bewohner Wanheims versammelt. Einige trugen Winterkleidung, die meisten aber hatten nur eine Jacke über ihre Haus- oder Schlafbekleidung gezogen und zitterten vor Kälte. Auf der Terrasse des alten Dorfkruges stand ein kleiner Mann, der wütend gestikulierte und mit dem Fuß aufstampfte, ohne dass jemand ihm Beachtung schenkte: Karstens, der Vorsitzende des Rates der Bewohner, der diesen Posten nicht auf Grund seines Durchsetzungsvermögens erlangt hatte, sondern auf Grund von dessen geringer Ausprägung – alle anderen Kandidaten hatten sich erfolgreich gedrückt.

Anzeige

Haben Sie auch manchmal das Gefühl, Zeit sei kein Brotaufstrich?
Darum: Marilpen.

„Ruhe!", brüllte Dante mit seiner tiefen Stimme, und endlich verebbte das Geschnatter von zweihundert aufgeregten Menschen.

„Danke. Unsere Posten melden zwei bewaffnete Gruppen, die sich von Norden und Osten nähern. Sie müssten uns in etwa 20 Minuten erreichen." Auf diese Nachricht hin musste Dante erneut von seiner Respekt gebietenden Stimme Gebrauch machen, ehe Karstens fortfahren konnte. „Es sieht nicht gut aus, Freunde. Insgesamt handelt es sich um ein gutes Dutzend Fahrzeuge, darunter ein Verwüster – bitte, lasst mich doch weiterreden! – Wir sollten jetzt nicht in Panik geraten. Noch ist nicht sicher, dass sie überhaupt zu uns wollen. Der Verwüster trägt die Farben des PTBN-Sicherheitsdienstes ..." Karstens hob die Arme, als erneut Gemurmel ausbrach. „Wir bemühen uns derzeit um eine Stellungnahme des Konzerns. Schließlich haben wir ein Duldungsabkommen. Ich rufe hiermit vorsorglich die höchste Verteidigungsstufe aus. Geht an eure Plätze. Und betet oder drückt die Daumen, je nachdem, was euch mehr liegt."

„Daumen drücken gegen Verwüster?", höhnte Eschenrath. „Wir haben keine Chance!"

„Heul doch!", rief Spinne, dann reckte er eine Faust in die Höhe. „Für Wanheim! Für die Freiheit! Für ... für ... äh ..."

„Für Mutti!", brüllte jemand, was ein etwas hysterisches Gelächter auslöste. Die Leute liefen auseinander. Während einige die Mannschaften auf den Türmen verstärkten oder die Wasserwerfer und Schocker auf der Mauer besetzten, bereiteten andere die Evakuierung des Dorfes vor. Wanheim hatte sich schon oftmals verteidigen müssen, aber noch nie gegen einen so mächtigen Gegner.

*

Dantes Platz war im Führerhaus der Dicken Bertha, die neben der Brandbekämpfung auch für offensive Verteidigungsmaßnahmen vorgesehen war. Als er sich auf den Weg dorthin machte, hielt Karstens ihn zurück. „Hat das irgendwas mit euch zu tun?"

„Weil wir Gras in die Oase schmuggeln? Mach dich nicht lächerlich."

„Ich rede von dem gestrigen Zwischenfall."

„Du hältst das für eine Racheaktion? Die Patrioten verfügen wohl kaum über die Mittel für ein solches Aufgebot, wenn du das meinst."

Karstens nickte. „Natürlich, du hast Recht. Aber was ist mit diesem Paradiesmädchen?"

„Was soll mit ihr sein? Du glaubst doch nicht, dass Eden dahinter steckt?"

Karstens hob abwehrend die Hände. „Ich glaube gar nichts. Ich mach mir nur Sorgen um unser Dorf. Lass uns hinterher darüber reden. Wenn es ein hinterher gibt."

*

Dorian verzog das Gesicht. „So sehr mir der Gedanke schmeichelt, dass dieses Empfangskomitee für mich aufgestellt wurde, muss ich doch gestehen, dass gewisse Wahrscheinlichkeiten dafür sprechen, dass meiner Eitelkeit ein weiteres Mal keine Befriedigung zuteil wird. Ich fürchte, die Ehrengäste seid ihr."

Das Luftkissenboot hatte am Waldrand gehalten. Auf einem Feld, gut zwei Kilometer vor ihnen, vor dem Hintergrund der im Dunst kaum auszumachenden Mauern Wanheims, stand ein schwerer Verwüster: anderthalb Kilotonnen Stahl, neun Meter hoch – der Bastard eines Schaufelradbaggers und eines schweren Panzers. Das Monstrum füllte den ganzen Bildschirm des Cockpits aus. Deutlich war das Symbol der Oase am Turm zu erkennen.

„Scheiße!", sagte Kevin und fügte nach einem Moment des Nachdenkens an Theo gewandt hinzu: „Respekt Alter, scheinst mehr auf Tasche zu haben, als ich dachte, wenn die Bonzen wegen dir so austicken."

Theo blickte stur durch die Frontscheibe, zu keiner Reaktion fähig.

Eddie schüttelte den Kopf. „Das kann nicht sein. Wir haben seit Ewigkeiten keine Aktionen so weit außerhalb mehr durchgeführt. Dorian, kannst du mir mal den Wagen links neben dem Verwüster zeigen?"

Dorian bewegte seinen mit mehreren glitzernden Ringen besetzten Zeigefinger über den Schirm und das Bild rollte nach rechts. „Ha, dacht ich's mir doch!", rief Eddie. „Das ist keine PTBN-Aktion. Der Verwüster ist vermietet worden."

Das Fahrzeug daneben war ein heruntergekommener Geländekreuzer. Auf dem Führerhaus wehte eine Hakenkreuzfahne.

„Ach sooo", meinte Kevin und winkte ab. „Und ich dachte schon! Aber das sind bloß die Nazischeißer, denen Marta und Dante gestern ans Bein gepinkelt haben!"

„Bloß?", heulte Theo. „Bloß?"

„Na Mann, stell dir mal vor, Wanheim wäre wegen *uns* in Gefahr geraten! Wär doch Kacke gewesen, jetzt mal so rein schlechtes-Gewissen-mäßig betrachtet!"

„Und was", fragte Dorian und betrachtete seine buntlackierten Fingernägel, „gedenken die Herren jetzt zu unternehmen?"

„Wir gucken nach, ob das Südtor noch frei ist!"

*

Das Südtor war nicht mehr frei. Sie hielten etwa einen Kilometer entfernt. Vor der Zufahrt standen ein kleiner Transporter des Sicherheitsdienstes und drei Gestalten.

„Ein Golem und zwei Bullen", sagte Kevin mit einem Blick auf den Monitor. „Hast du Dante erreicht?"

Dorian schüttelte den Kopf.

„Wenn ich meinen Succubus aktivieren könnte ...", murmelte Theo.

„Nee Alter, lass ma. Nicht bevor wir genau wissen, was abgeht. Dorian, Versuch's mit einem Direktkontakt zur Dicken Bertha."

„Et voilà!", rief Dorian, als ein weiterer kleiner Bildschirm das erstaunte Gesicht Dantes zeigte.

„Dorian? Geh aus der Leitung wir haben einen – Oh! Kev! Theo! Alles in Ordnung bei euch?"

„Klar, Mann! Und selber? Ihr scheint da ein bisschen Stress an der Backe zu haben. Aber" – Kevin hob beschwichtigend die Hände – „keine Panik, wir sind unterwegs. Kannst schon mal Kaffee aufsetzen!"

Dantes Gesichtszüge ordneten sich zu dem Satz „Ich glaube, ich hab mich verhört" an.

„Kev, verschwindet von hier! Die Situation ist verdammt ernst. Und ihr könnt uns kaum helfen!"

„Jaja, bleib mal cool. Für mich mit viel Zucker!" Er unterbrach die Verbindung.

„Und wie kommen wir da rein?", wollte Theo wissen.

„Na ja, wir schummeln uns irgendwie an dem Posten vorbei und klopfen ans Tor oder so", antwortete sein Großvater vage.

Dorian lachte auf. „Ich bewundere dein Selbstvertrauen, Kev. Und setze tausend Taler gegen dich."

Kevin nickte. „Ist gebongt, Alter." Er tippte Eddie auf die Schulter. „Sag mal, wenn deine Kollegen gerade vermietet sind, juckt die dann der Haftbefehl gegen uns?"

Eddie schüttelte den Kopf. „Nee. Solange der Vertrag läuft, gehören sie voll und ganz dem Mieter."

„Na dann los, Brüder! Dorian – bring uns bis zum Posten!"

In göttlicher Mission

Aber natürlich ist das Paradies Realität! All Ihre Sinne werden Ihnen das bestätigen!

Oder trauen Sie Ihren Sinnen etwa nicht? Müssen Sie alle Reize und Empfindungen erst anzweifeln und intellektuell verarbeiten, ehe Sie entscheiden, was wirklich ist? Nun, in diesem Fall ist die Frage nach der Realität nur eine Frage der persönlichen Definition. Und die schönste Antwort auf diese Frage finden Sie hinter dem Regenbogen.

(paradies-und-das.de)

Dante lehnte sich im Fahrersessel zurück. Dieser Verrückte, dachte er. Als ob sie nicht genug Probleme hätten, auch ohne dass sie sich um ihn und Theo kümmern mussten!

„Eingehender Anruf von Marta", meldete der Bordcomputer.

„Annehmen."

„Hi Dante" – sie wirkte verstört – „Hier will dich jemand sprechen. Ich stell mal durch."

Ihr Gesicht in der Frontscheibe wurde durch das eines dicken, selbstgefällig grinsenden Mannes ersetzt.

„Bischof Jasper?!", rief Dante überrascht aus.

„Ganz recht, mein Freund."

„Ich bin nicht ihr ..."

„Schon gut, schon gut." Jasper hob beschwichtigend die Arme. „Unangenehme Situation, in der ihr da steckt, nicht wahr?"

Dante beugte sich vor und schaute seinen Gesprächspartner drohend an. „Haben Sie etwas damit zu tun?"

„Nun, sagen wir, ich könnte euch aus euren Schwierigkeiten heraushelfen. Wir haben einen gemeinsamen Feind."

„Die Preußische Union?"

Der Bischof winkte ab. „Vergiss die Preußische Union." Er beugte sich seinerseits vor und erwiderte Dantes Blick. „Ich spreche von Eden."

„Ach ja?"

„Ihr habt gestern eine junge Frau vor Eden gefunden und mitgenommen. Übergebt sie der Katholischen Kirche und ich verspreche, dass wir Eden einen schweren Schlag versetzen!"

„So?" Dante lehnte sich zurück und verschränkte die Arme.

„Wir wollen genauso wenig wie die Freunde Der Menschheit, dass noch mehr Menschen dieser Ausgeburt der Hölle anheim fallen."

„Ich nehme an, sie sollen sich stattdessen Ihrer liebevollen und selbstlosen Obhut anvertrauen."

„Ah, ein Freund des Sarkasmus. Sie würden sich gut mit meinem Diakon verstehen."

„Glaub ich nicht."

„Wie auch immer. Ich kann mir denken, was Sie von uns halten, Dante. Aber ist nicht alles besser, als in einem Nährtank vor sich hin zu schimmeln?"

„Wir haben unsere eigenen Pläne mit dem Mädchen."

„Und was für welche? Sei nicht dumm. Ich weiß eure Bemühungen durchaus zu schätzen, aber wenn du ehrlich bist, musst du doch zugeben, dass ihr bisher absolut nichts erreicht habt! Die Kirche hat viel größere Möglichkeiten!"

„Das ist mir egal. Ich werde nicht zulassen, dass das Mädchen den Interessen einer verlogenen, geldgierigen und zynischen Kirche geopfert wird."

„Weil du sie lieber deinen eigenen Zielen opfern willst, habe ich Recht?" Als Dante schwieg, fuhr er fort: „Schickt das Mädchen vor die Tore des Dorfes. Bitte."

„Und wenn nicht?"

„Wenn nicht" – Jasper studierte eingehend die Asche an der Spitze seiner Zigarre – „ist morgen früh nur noch ein rauchender

Trümmerhaufen von Wanheim übrig. Ihr habt bis heute Abend, acht Uhr Zeit." Der Bischof unterbrach die Verbindung.

*

„Weißt du, was ich jetzt gerne machen würde?", fragte Horst Sedlacek, Polizist Stufe drei des PTBN-Sicherheitsdienstes und momentan im Einsatz für die Preußische Union Patriotischer Sozialisten, seinen Untergebenen Alexander Schmidtbauer, während er versuchte, den klemmenden Reißverschluss seiner Uniformhose hochzuziehen.

„Nein, Sir."

„Scheißding! Wusstest du, dass Offiziere ab Stufe fünf mit einem Zip-O-Matic ausgerüstet werden? Dolles Ding, voll holonetkompatibel." Er gab auf. Sollte nur jemand kommen und ihn auf seine offene Hose hinweisen!

„Jedenfalls würde ich jetzt gerne irgendjemanden so richtig in den Arsch treten."

Kälte und Nässe krochen durch die gepanzerte Gefechtsuniform, aber vielleicht bildete er sich das auch nur ein, weil ihn der Nieselregen und der düstere Himmel so deprimierten. Er wischte mit dem Ärmel über das Visier seines Helmes, womit er die Tropfen nur verschmierte. „So richtig mit Schwung", fuhr er schwärmerisch fort. „Immer und immer wieder."

„Sie könnten diesen Baumstumpf misshandeln, Sir."

„Mensch Schmidtbauer! Bist du blöde? Ein Arsch muss es sein, verstehst du? Damit die Sache einen vom Herzen her wärmt. Am besten der Arsch von dem Arsch, wegen dem wir jetzt in diesem Arschloch von einer Gegend herum stehen und uns die Ärsche abfrieren!"

„Sie meinen den Arsch des Polizeipräsidenten, Sir?"

Der Gedanke hatte etwas für sich, das musste Sedlacek zugeben, dennoch schüttelte er den Kopf. „Nein, nein, irgendeinen Arsch aus diesem armseligen Nest!", sagte er mit einem Seitenblick Richtung Wanheim. Er liebte es, wenn sich Pflichterfüllung und persönliches Vergnügen miteinander verbinden ließen.

„Sicher werden Sie bald Gelegenheit dazu haben, Sir."

„Hoffentlich. Und dann sei KEIN SCHWEIN diesen Ärschen gnädig!"

Sie schwiegen eine Weile. Dann sagte Schmidtbauer: „Sir, sehen Sie nur!" Er zeigte auf die Straße hinter Sedlacek, auf der sich ein gelbes Luftkissenboot schnell näherte. Der Polizist legte seine Hand auf den Kampfgolem. „Fahrzeug erfassen!", befahl er. „Volle Gefechtsbereitschaft!"

„Bereit!", meldete die Maschine.

Etwa fünf Meter vor ihnen stoppte das Boot. Zwei Türen klappten auf und vier merkwürdige Gestalten stiegen heraus. Ein Lächeln huschte über Sedlaceks Gesicht. „Was für eine prächtige Ladung tretenswerter Ärsche, Schmidtbauer. KEIN SCHWEIN meint es gut mit mir." Er drehte sich zu dem wartenden Golem. „Auf Waffen scannen!"

„Scan abgeschlossen. Keine Waffen gefunden."

Die Vier schlenderten gemächlich auf sie zu. Die Polizisten hoben ihre Waffen. „Stehenbleiben!", brüllte Sedlacek.

Einer der Männer winkte. „Mensch Horst, du kennst auch keinen mehr, was?"

Der Polizist ließ das Gewehr sinken. „Edgar? Was machst du denn hier? Hab gehört, dich haben sie als Geisel genommen."

Die kleine Gruppe war bis auf wenige Schritte herangekommen. Eddie bedeutete seinen Begleitern stehen zu bleiben und ging allein weiter. „Nee", sagte er zu seinem Kollegen. „Das war nur zur Tarnung. Ich bin im Geheimeinsatz."

„Du?" Sedlacek lachte. „Ein Zwangspolizist als Spezialagent?"

„Ja! Versteh doch: Das Ganze ist so geheim, dass sie unbedingt jemanden brauchten, dem niemand einen Geheimeinsatz zutrauen würde."

„Hmm. Klingt logisch", gab Sedlacek zu und blickte wehmütig zu den anderen Ankömmlingen hinüber. Wenn das stimmte, würde er wohlmöglich auf das Ärschetreten verzichten müssen. „Worum geht's denn?"

„Das ist geheim, Horst. Ge-heim-auf-trag. Ich dachte, ich erwähnte das bereits."

„Ah ja. Richtig. War nur ein Test."

„Du Horst, wir müssten kurz mal in das Dorf. Das ist doch kein Problem, oder?"

Sedlacek versteifte sich. „Ausgeschlossen. Ich habe strikten Befehl, niemanden hinein oder heraus zu lassen. Niemanden *lebend* herein oder heraus zu lassen, um genau zu sein. Ich könnte euch natürlich vorher erschießen ..."

Eddie schürzte die Lippen, zog die Stirn kraus und stützte sein Kinn mit der Hand. „Nein", sagte er nach kurzem Nachdenken. „Ich glaube, das geht nicht."

„Dann muss ich euch leider bitten, die Straße zu räumen und die Umgebung des Dorfes zu verlassen – hey, du da, Opa, willst du dir einen Arschtritt abholen?", fragte er den alten Mann in Shorts, der inzwischen herangekommen war.

„Nee, lass ma stecken, Alter. Kannst mich Kevin Pascal nennen. Und wer bist du?"

„Der Typ, der dich gleich in den Arsch treten wird."

„Jaja, Mann, komm ma klar. Hab da grade die Brosche an deiner Uniform gesehen. Du bist in der Kirche Des Wahren Namens, häh?!"

„Mach dir keine Hoffnung: Im Dienst kenne ich keine Glaubensbrüder!"

Eddie knuffte den Kollegen in die Seite. „Och Mensch, Horst, kannst du nicht ein Auge zudrücken?"

„Höchstens, um euch über die Zielvorrichtung meines Gewehres anzuvisieren. Ich habe meine Befehle. Selbst wenn KEIN SCHWEIN persönlich käme ..."

„Hm. Komisch, dass du das erwähnst." Kevin kratzte sich nachdenklich die Stoppeln an seinem Kinn, dann drehte er sich um und zeigte auf die beiden anderen, die gerade versuchten, sich durch Hüpfen warm zu halten. „Sag mir, wen du dort siehst."

„Ich sehe einen Typen, der aussieht, wie ausgekotzte Gummibärchen im Frack und ..."

„Und?", unterbrach ihn Kevin. „Schau ganz genau hin!"

„Und einen hässlichen Jungen."

Kevin wedelte verneinend mit dem Zeigefinger. „Sieh ihn dir in aller Ruhe an. Achte auf seine Haut."

„Blass und voller Pickel."

„Sie ist nicht rosa?"

Der Polizist schüttelte den Kopf.

„Sieh dir seine Ohren an", verlangte der Alte.

„Hmm, ganz normale Ohren. Ein bisschen rot von der Kälte und sie stehen etwas zu weit ab für meinen Geschmack."

„Aber sie sind nicht spitz, oder?"

„Nein, nicht besonders. Was soll das?"

„Moment. Was fällt dir zu seiner Nase ein?"

„Nur, dass ich froh bin, dass meine nicht so knochig ist."

„Du hast eine tolle fleischige Nase, Horst, ehrlich. Knochig, sagst du. Also kein kurzer runder Rüssel?"

„Nein."

„Würdest du ihn fett nennen?"

Sedlacek lachte. „Fett? Spack wie ein Strohhalm nenn ich so was."

„Und hat er ein Ringelschwänzchen?"

„Na Ja, das kann ich erst mit Sicherheit sagen, wenn er sich mal umdreht und die Hose runterlässt."

„Hat er nich, glaub mir. Letzte Frage: Siehst du irgendwelche Borsten an seinem Körper?"

„Nur fettige Haare."

„Sehr richtig. Und was sagt dir das alles zusammen?"

„Dass dies ein hässlicher Junge ist."

Kevin hob verzweifelt die Arme. „Mensch Alter, überleg doch mal: keine rosa Haut, keine spitzen Ohren, kein Ringelschwänzchen und kein Rüssel, dünn, nicht fett und ohne Borsten. Dieser ‚Junge'" – er senkte die Stimme – „ist *kein Schwein*!"

Sedlacek entkreuzigte sich. „*Dieser* Junge ist KEIN SCHWEIN?"

Kevin nickte bedächtig. „Glaubt man gar nicht, was?"

„In der Tat", sagte Sedlacek, dessen kritischer, wenn auch nicht übermäßig heller Verstand sich nach einer Schrecksekunde wieder eingeschaltet hatte. „Ich meine, da könnte ja jeder kommen. Du hast doch überhaupt keine Beweise. Genauso gut könnte *ich* behaupten, dass ich KEIN SCHWEIN bin!"

Eddie prustete los. „Nee, nee, Horst, du bist 'n Schwein, gib dich mal keinen falschen – Aua!"

„Huch!", sagte Kevin. „Mensch Eddie, was macht denn dein Schienenbein an meiner Fußspitze? Hör mal Horst", wandte er sich wieder an den Polizisten. „Behaupten kannst du, soviel du willst, aber denk doch mal nach. Wenn du KEIN SCHWEIN wärst, dann ..."

„... wäre ich Gott!", beendete Sedlacek triumphierend den Satz.

„Genau. Und? Hast du das Universum geschaffen? Hast du eine gewisse Maria geschwängert und mit ihr einen Sohn namens Jesus gezeugt, der so Wundmale an Händen und Füßen hat? Hast du das rote Meer geteilt und leidest seit zweitausend Jahren an einer Schreibkrise?"

„Äh, nein. Obwohl – es gab da mal eine Maria, aber die hat mich nicht rangelassen."

Kevin hob bedauernd die Schultern. „Nein, dann bist du wohl nicht Gott."

„Aber dieser Junge, ja? Ist es das, was du mir einreden willst?"

„Gar nichts will ich dir einreden, Horst. Ich möchte nur, dass du deinen Verstand gebrauchst, damit du dir nicht eines jüngsten Tages vor dem himmlischen Thron schlimme Vorwürfe anhören musst. Dieser Junge dort ist kein Schwein, das schwöre ich dir. Und er muss dringend in dieses Dorf. Mann Alter, denk mal dran, was euer Obermacker immer predigt: Das weltliche Gesetz ist nichtig ..."

Kevin brach ab und Sedlacek ergänzte murmelnd: „KEIN SCHWEIN sagt dir, was gut und richtig / KEIN SCHWEIN darf dir Befehle geben / KEIN SCHWEIN bestimmt für dich das Leben." Er entkreuzigte sich.

„Tja, Horst, ich fürchte, kein Schwein wird dir die Hölle heißmachen, wenn du dich weiter so anstellst."

Sedlaceks Gesicht zeigte die physiognomische Entsprechung einer sich auf einem Bildschirm drehenden Sanduhr. „Aber mein Auftrag ..."

„Wenn du deinen Vorgesetzten versicherst, dass du kein Schwein herein oder heraus gelassen hast", beruhigte ihn Kevin, „brauchst du weder zu lügen, noch eine Strafe zu fürchten. Und jetzt schalt den Golem ab und lass uns durch."

Sedlacek kapitulierte. Irgendetwas schien hier nicht zu stimmen, doch verdammt noch mal, er war Polizist und wenn man ihn auf der Akademie nur im Treten von Ärschen geschult und das Fach Apologetik vernachlässigt hatte, dann war das schließlich nicht seine Schuld. „Okay ... aber eine kleine Bitte hätte ich. Ob ich wohl kurz zu Gott könnte? Mich segnen lassen. Seine Hand küssen und so."

Kevin zog eine Augenbraue hoch, dann lachte er kumpelhaft. „Eine kleine Privataudienz, was?"

Sedlacek nickte hoffnungsfroh.

„Mit offener Hose? Also ehrlich, Horst!"

„Ups!" Der Polizist blickte schuldbewusst an sich herunter. „Gut, dass du mich daran erinnerst." Er ließ Schultern und Kopf hängen, doch dann fiel ihm etwas ein und er richtete sich wieder auf. „Aber hört mal, wenn ich euch reinlasse, dann wäre es doch nur fair, wenn ich wenigstens diesem Arschloch in Farbe" – er zeigte auf den Mann an Gottes Seite – „ein bisschen in den Arsch trete, oder?"

„Logo, Alter!", Kevin boxte ihm freundschaftlich in die Seite. Dann schien ihm etwas einzufallen und er zog scharf die Luft ein. „Fair wär das schon. Aber Gott spielt nicht fair."

„Oh."

Kevin nickte. „Kein Schwein beschützt diesen Typen. Aber ich hätte da eine Idee."

*

Kloß, der an einem Wasserwerfer auf der Südmauer Stellung bezogen hatte, setzte das Fernglas ab. Er konnte kaum glauben, was er gesehen hatte: Kevin, Theo, Dorian und ein ihm unbekannter Mann waren wieder in das Luftkissenfahrzeug gestiegen und langsam bis zum Tor gefahren. Die beiden Polizisten hatten ihre Helme vor der Brust gehalten und die Köpfe gesenkt, als das Boot sie passierte. Dann hatte sich einer über einen Baumstumpf gelehnt, und der andere hatte ihm kraftvoll in den Hintern getreten.

„Die Bullen sind auch nicht mehr, was sie mal waren", grummelte er unzufrieden und verließ seinen Posten.

Der Herr und sein Schöpfer

KUNST: *Minderwertige Form von Werbung. Beworben wird in den meisten Fällen Geschlechtsverkehr mit dem Kunsttreibenden (*KÜNSTLER*), seltener eine bestimmte philosophische, moralische oder ästhetische Meinung.*

(teeniepedia.de – Das Jugendlexikon)

„Ich spaziere also so ganz entspannt auf die zwei Bullen zu und sage: ‚Mensch Horst, du kennst wohl auch keinen mehr? Ich bin's, dein Kollege Eddie!' und ihm fällt die Kinnlade runter ..."

„Klingt nach einer tollen Geschichte", unterbrach ihn Marta. „Wenn du damit fertig bist, sie meinen Brüsten zu erzählen, würde ich sie auch gerne hören."

„Okay", rief Theo, der an einem Computer in einer Ecke des Zimmers saß. „In ein paar Minuten ist die Schelle offen! Kein Problem für die Olsenbande."

Die Olsenbande war ein Programmpaket, das Theo entwickelt hatte, um in geschützte Computer und verbotene Bereiche des Holonets einzudringen. Wenn Theo einen Angriffspunkt für seinen Einbruch gefunden hatte, übernahmen die Programme den Rest der Arbeit. Der Clou an der Olsenbande war, dass die angegriffenen Computer nicht in der Lage waren, sie ernst zu nehmen und die Gefahr, in der sie sich befanden, richtig einzuschätzen. Das hielt sie davon ab, weitergehende Sicherheitsmaßnahmen zu ergreifen – zum Beispiel die Verbindung zum Holonet zu unterbrechen, die Betreiber zu alarmieren oder den Ausgangspunkt des Angriffs zu lokalisieren und Theo einen Stromstoß in die Großhirnrinde zu jagen.

Der Junge drehte sich auf seinem Stuhl um. „Kann ich jetzt zu diesem Mädchen?"

Marta ging zu ihm hinüber, hockte sich vor ihn und nahm seine Hände. „Ich glaube nicht, dass das eine gute Idee ist, Theo. Sie ist genauso wenig deine Sophie, wie du ihr Adam bist."

„Das will ich selbst entscheiden. Ich will sie sehen!", sagte Theo bockig, zog seine Hände weg und verschränkte die Arme.

Marta seufzte. „Später, einverstanden? Jetzt gibt es Wichtigeres zu tun. Bitte geh wieder ins Holonet und versuche, etwas gegen die Belagerer zu unternehmen. Was nützt es dir, jetzt zu Eva zu gehen, wenn wir jeden Augenblick mit einem Angriff rechnen müssen?"

Theo drehte sich von ihr weg. „Und was soll ich machen? Ihr stellt euch das immer so einfach vor! Militärische Systeme sind extrem gut gesichert. Soll ich auf ‚Angriff der Bösewichter abbrechen' klicken, hä?"

„Klar, Alter!", mischte sich sein Großvater ein. „Mann, Theo, du bist der Experte. Woher sollen wir wissen, was du machen sollst?"

„Biediep!", machte in diesem Augenblick die Halsschelle. Theo riss sie sich vom Hals und schleuderte sie auf den Boden.

Kevin kickte sie mit einem Fußtritt in die Ecke. „Versuch's einfach ... okay?"

„Ein Verwüster ist 'ne ganz andere Kategorie als so eine blöde Halsschelle!", maulte Theo, dann griff er sich an den Knubbel des Succubus. Sein Blick verlor sich in der Ferne, sein Körper sackte auf dem Stuhl zusammen.

„Wie gesagt, ich also zu denen rüber geschlendert und den Golem noch so mit einem spöttischen Blick bedacht ..."

„Mann Eddie, halt doch mal die Fresse. Wo ist denn Dorian abgeblieben?"

Der Gesuchte erschien mit einer Flasche Wein, die er mit zwei Fingern weit von sich hielt. „Ist das das Beste, was euer Weinkeller zu bieten hat? Mein Beileid."

„Egal, Alter, mach auf die Scheiße. Der Kaffee ist noch schlimmer!“ Kevin schüttete den Inhalt der Tasse in einen Blumentopf. Marta schaute ihn fassungslos an.

„Hey, verdammt, könnt ihr mir mal erklären, was mit euch allen los ist? Da draußen steht eine Armee und ihr benehmt euch, als sei das hier eine misslungene Party!“

„Isses, mein Kind, isses.“ Kevin zuckte mit den Schultern „Soll ich mich vielleicht auch mit einer Spritzpistole bewaffnet auf die Mauer stellen? Ich glaube, besaufen macht mehr Sinn.“

„Der Mann hat Recht!“, rief Kloß und hielt seinerseits Dorian ein Glas hin. Marta griff danach und riss es ihm aus der Hand. „Kloß“, sagte sie drohend. „Du gehst sofort zurück an deinen Platz. Vergiss nur einmal deinen selbstsüchtigen Zynismus!“

Kloß verdrehte die Augen. „Jaja, ist ja gut“, murrte er und nahm seinen schwarzen Regenmantel vom Stuhl und schlüpfte hinein. Als er gehen wollte, betrat Dante den Raum. „Bleib hier Kloß. Du wirst dort draußen nicht gebraucht.“

*

Wie Theo es befürchtet hatte, waren die Golems und Gefechtsfahrzeuge bestens abgeschirmt. Waldi würde Tage brauchen, um einen Zugang für die Olsenbande zu finden. Kopfschüttelnd betrachtete Theo den schnüffelnden Dackel und die schäbig gekleideten Ganoven, die unbeweglich auf ihren Einsatz warteten. Sinnlos, dachte er. Das schaffe ich nie rechtzeitig.

„Nicht auf diesem Weg“, sagte Sophie. Sie stand neben einem der Golems und berührte ihn mit dem Zeigefinger. Die Kampfmaschine schloss die Augen, ließ den Raketenwerfer sinken und begann zu schnurren. Theo staunte.

Das Mädchen kam auf ihn zu und legte ihre Hand auf seine Wange – beziehungsweise die Wange seines Avatars. Theo spürte die Berührung nicht.

Sophie schaute zu dem Golem hinüber. „Ich kann ihn nur für ein paar Augenblicke zähmen. Aber du hast die Macht, ihn und alle deine Feinde zu bezwingen. Ich werde dir erklären, was du zu tun hast. Theo: Ich bin nicht Sophie."

*

Karstens Stimme überschlug sich. „Ihr habt eure Posten verlassen! Der Rat wird sich damit befassen! Wenn es morgen noch einen Rat gibt. Spinne, Kloß, sofort zurück auf die Mauer! Und du, Dante, kommst zu mir!"

„Nein", sagte Dante ruhig. „Bis zwanzig Uhr hat Wanheim nichts zu befürchten."

Karstens kniff die Augen zusammen. „Jaspers hat dich also auch schon angerufen. Und du glaubst diesem Pfaffen?"

„Wenn er Wanheim vernichten wollte, hätte er es längst getan."

Karsten stützte sich auf eine Stuhllehne, die vom Beschwörer nicht dargestellt wurde, so dass sein Geist den Eindruck erweckte, vornüber zu fallen. „Und was hast du ihm gesagt? Wirst du auf seine Forderungen eingehen?"

„Was ist hier los, verdammt noch mal?", mischte sich Marta ein.

Dante schaute sie an. „Die Preußische Union ist von der Katholischen Kirche beauftragt worden, die Auslieferung Evas zu erzwingen. Sie wollen sie benutzen, um gegen Eden vorzugehen."

„Dante! Wir müssen zustimmen!", schrie Karstens. Dante schüttelte langsam den Kopf. „Ausgeschlossen."

„Es ist die einzige Chance, die ich sehe, wenn wir Wanheim retten wollen."

„Wir haben Zeit, Karstens."

„Zeit wofür? Im Übrigen: Wir beide sind nicht die Einzigen, die einen Anruf bekommen haben. Eschenrath läuft überall herum und wiegelt die Leute gegen euch auf. Es wird nicht lange dauern, und das halbe Dorf steht vor eurer Tür!"

„Sie sollen nur kommen." Dante schaltete den Beschwörer aus und drehte sich zu seinen Mitstreitern um. Theo hing noch immer mit leeren Augen im Stuhl, Kevin drehte an seinem Basecap, Kloß zündete sich eine Zigarette an, Dorian zupfte ein paar nur für ihn sichtbare Fusseln von seiner Kleidung, Eddie runzelte die Stirn, Spinne saß auf einer der Elastoform-Sitzgarnituren und rührte einen Tee um.

Marta explodierte. „Wie kannst du es wagen?! Ich kann mich nicht erinnern, dass wir dich irgendwann zum Boss ernannt haben."

Dante nickte. „Okay. Dann lass uns darüber diskutieren. Aber eines sage ich euch gleich. Wenn ihr entscheidet, das Mädchen auszuliefern, ist das das Ende der Freunde Der Menschheit. Ihr müsstet mich mit Gewalt davon abhalten, sie zu schützen."

„Ach ja? Und wie willst du sie schützen?"

„Ich weiß es nicht. Aber ich lasse nicht zu, dass man uns erpresst."

„Prinzipien! Du riskierst Wanheim für Prinzipien! Alles was wir in den letzten Jahren aufgebaut haben."

Dante machte einen Schritt auf Marta zu und schaute ihr von oben herab in die Augen. „Wenn wir dieses Mädchen ausliefern, zerstören wir Wanheim gründlicher, als alle Armeen der Welt es könnten."

Immerhin drei Sekunden konnte Marta seinem Blick standhalten, dann drehte sie den Kopf zur Seite und ließ die Schultern sinken.

„Warum erschießen wir sie nicht einfach?", fragte Kloß. „Und uns gleich mit?"

Dante brachte ihn mit einem kurzen Seitenblick zum Schweigen. „Hat noch jemand was zu sagen?"

Spinne hob seinen Arm und schnippste in die Luft. „Ich, großer Meister. Wir können die Forderungen erfüllen, ohne unsere Ideale verraten zu müssen." Er versicherte sich, dass er die ungeteilte Aufmerksamkeit aller Anwesenden genoss (von Theo abgesehen, der immer noch mit leerem Blick an die Wand starrte, während ein Speichelfaden an seinem Kinn herablief) und nahm einen winzigen Schluck Tee, den er mehrmals im Mund hin und her schob. Dann setzte er bedächtig die Teetasse ab und lehnte sich zurück.

„Oh Mann, Alter, willste dir erst noch einen runterholen, bevor du das Maul aufmachst, oder was?"

„Ich hoffe", bemerkte Dorian, „dass mir wenigstens diese Beleidigung meines Feingefühls erspart bleibt."

Spinne grinste. „Es ist doch ganz einfach: Wir übergeben Eva an die Belagerer und informieren gleichzeitig ihre Eltern." Nach einem kurzen Schweigen wich die Anspannung sichtbar von den Anwesenden.

„Mensch Spinne!" – Marta klopfte ihm auf die Schulter – „Recht hast du! Dass wir da nicht sofort drauf gekommen sind!"

So mächtig die Preußische Katholische Kirche auch sein mochte, sie würde sich auf keinen Fall mit einem hohen preußischen Regierungsbeamten anlegen.

„Und die zwei Millionen kriegen wir sicher trotzdem!", frohlockte Spinne.

„Zwei Millionen?", fragten Kevin und Dorian wie aus einem Mund. Bevor jemand antworten konnte, ließ ein leises, irgendwie unpassendes Geräusch sie alle zusammenfahren und sich Dante zuwenden.

„Wie bitte?", fragte Marta.

„Ich sagte ‚Nein'. Wir brauchen das Mädchen selbst."

„Dante!"

„Wir können diskutieren. Aber meine Entscheidung steht fest."

Martas Augen wurden zu Schlitzen. Sie setzte ihm den Zeigefinger auf die Brust. „Es geht dir gar nicht um das Mädchen, nicht wahr? Sie ist dir völlig egal. Genauso wie wir oder das Dorf. Dir geht es nur um deinen Kampf!"

„Wir wollen Eden vernichten, hast du das vergessen? Vielleicht ist sie unsere Chance."

„Du hast ja völlig den Kontakt zur Realität verloren! Das ist Wunschdenken! Dante, komm zu dir!"

Theos Stuhl knarrte. „Nein Marta, er hat Recht." Der Junge erhob sich. „Ich weiß jetzt, was wir tun müssen. Ich werde Eden und die Seelenfänger besiegen. Wir haben einen mächtigen Verbündeten!"

*

Das Mädchen hatte sich verwandelt. Vor Theos Augen – beziehungsweise vor seinen mit computergenerierten Grafiken gespeisten Sehnerven – war das Mädchen im Zeitraffertempo gealtert. Falten hatten sich auf ihrer Stirn gebildet, die Wangen waren eingefallen, das Haar kürzer geworden und ergraut. Aus ihrem kantiger werdenden Kinn spross ein dichter Bart und aus ihren Handrücken wuchsen schwarze Haare. Das rote Kleid veränderte Schnitt und Farbe, bis es aussah wie ein Geschäftsanzug nach der Mode der späten 2030er.

„Erkennst du mich?", hatte der Mann gefragt, und Theo hatte genickt. Jeder kannte dieses Gesicht. Vor ihm stand Edwin Lösser, einer der Väter der Succubus-Technologie, Erfinder der Marilpen und Schöpfer von Eden. „Hör mir gut zu, Theo, und stelle keine Fragen, denn ich kann nicht lange bleiben. Du weißt, ich habe Eden geschaffen, um die Menschheit zu erlösen, und als ich sah, dass mein Werk nicht angenommen wurde, habe ich mich selbst von der Welt enttäuscht in seine Arme begeben. Doch ich wusste, dass ich eine Verantwortung den Menschen und Eden gegenüber habe und deshalb habe ich den Kontakt zur

Außenwelt niemals vollständig aufgegeben, so groß die Versuchung auch war. Ich habe Eden beobachtet, um einzugreifen, falls es nötig werden sollte.

Hinter Eden steht kein Computer, wie du ihn kennst. Eden ist ... eine neue intelligente Spezies, sich selbst bewusst, mit einem eigenen Willen und der Fähigkeit, sich selbst zu motivieren und Ziele zu setzen. Wir hatten nie eine wirkliche Vorstellung davon, wohin es sich entwickeln würde. Deshalb schuf ich die drei Regeln: Mache die Menschheit glücklich, respektiere ihre Entscheidungsfreiheit und wende niemals Gewalt an. Die Verletzung einer dieser Regeln hätte für Eden dasselbe bedeutet, wie Selbstmord für einen Menschen. Es hätte sich automatisch abgeschaltet.

Doch ich habe meine Schöpfung unterschätzt, Theo. Ich hätte eingreifen müssen, als Eden begann, die zweite Regel zu umgehen, indem es Kopfgeld an die Seelenfänger zahlte. Oder als ich bemerkte, dass es durch künstlich erzeugte Angst Menschen daran hinderte, das Paradies wieder zu verlassen. Doch ich war noch immer überzeugt, etwas Gutes geschaffen zu haben. Kannst du dir vorstellen, wie schwierig es ist, erkennen zu müssen, dass man stattdessen ein Monstrum auf die Welt losgelassen hat?

Jetzt kann ich die Augen nicht mehr davor verschließen. Eden strebt nach der absoluten Weltherrschaft und steht kurz davor, sich selbst umzuprogrammieren und die zweite und dritte Regel außer Kraft zu setzen. Wenn dies geschieht, werden sich innerhalb weniger Tage alle Menschen im Paradies wiederfinden."
Der Mann schwieg einen Augenblick, dann fuhr er fort: „Als ich mich zum Eingreifen entschloss, war es fast zu spät. Es war Eden gelungen, meine Zugriffsrechte auf seinen Kern einzuschränken. Ich musste einen anderen Weg finden, einen Weg, Eden von außen anzugreifen. Eine knifflige Aufgabe, da niemand außerhalb über den erweiterten Succubus verfügt, der notwendig ist, um überhaupt einzudringen.

Zuerst habe ich jemanden gesucht, der in der Lage wäre, die Aufgabe zu übernehmen. Dabei stieß ich auf dich. Es tut mir Leid, dass ich dich ausspioniert und mit deinen Gefühlen gespielt habe, aber ich hatte keine Wahl."

„Und ich habe es nicht einmal bemerkt ...", flüsterte Theo.

Lösser schüttelte den Kopf. „Du konntest es nicht bemerken. Stell dir das Holonet als Fläche, als Blatt Papier vor, und Eden als ein großes Zimmer, in dem dieses Blatt Papier herumliegt. Ich saß mit einem Bleistift in der Hand davor und konnte alles sehen und manipulieren.

Zum Glück verfüge ich noch immer über einige Möglichkeiten innerhalb des Systems, und es gelang mir, die medizinisch-chirurgischen Systeme Edens zu infiltrieren und eine junge Frau, die vom Typ her deiner Traumfrau Sophie entsprach, in ihr Ebenbild zu verwandeln. Dann veränderte ich ihre persönliche Paradiessimulation. Ich sorgte dafür, dass der Software-Adam, den Eden ihr zur Seite stellte, dein Aussehen annahm, denn es ist wichtig, dass sie dir vertraut ..."

„Liebt sie mich?", entfuhr es Theo.

Lösser biss sich auf die Lippen. „Ich weiß nicht, ob das Liebe ist, Theo. Vielleicht ... sie ist ... auf dich konditioniert. Jedesmal, wenn sie dein virtuelles Ebenbild sah, wurde ihr Glückssystem stimuliert und sexuelles Verlangen ausgelöst. Lass mich weiterreden, Theo – die Zeit wird knapp. Als nächstes entfernte ich deine Kopie aus ihrem simulierten Paradies, sabotierte die Systeme, die ihren Glückszustand aufrecht erhielten und konnte sie dann überreden, vom Baume der Erkenntnis zu essen, um dir – ihm – zu folgen."

„Dann stecken Sie hinter der Entführung von Kloß!", stellte Theo fest.

„Ich musste dafür sorgen, dass deine Freunde vor Ort waren, als Eva herauskam. Ich befahl den Seelenfängern, vor Eden zu warten und schickte euch eine anonyme Nachricht. Es war ein großes Risiko, doch ich sah keine andere Möglichkeit."

„Warum haben Sie nicht gleich direkt mit mir Kontakt aufgenommen?"

„Da hätte ich Eden auch gleich in meine Pläne einweihen können. Nein, nein, ich musste mein Eingreifen tarnen. Dass ich jetzt in dieser Gestalt mit dir spreche, ist für uns beide sehr gefährlich. Darum lass mich weiterreden, Theo, ich muss bald zurück."

Und Lösser erklärte Theo, was zu tun sei: Er müsse die Eingabemodule seines Succubus mit den Ausgabemodulen von Evas koppeln. Auf diese Weise würde er dasselbe hören und sehen wie sie und könnte ihren Avatar durch das Holonet ins Herz von Eden steuern. „Sie ist ein trojanisches Pferd. Und du bist der Jockey. Ich weiß, dass du es schaffen wirst, meinem größten Fehler das Handwerk zu legen!"

„Und was ist mit Wanheim?"

„Sobald du Eden übernommen hast, kannst du alle Computer dieser Welt steuern. Eden hat mehr Macht, als selbst ich es mir jemals vorstellen konnte. Das gesamte Holonet ist mittlerweile nur noch eine Unterfunktion von Eden! An dem Tag, an dem es die Beschränkungen, die ich ihm auferlegt habe, abschütteln kann, werden die Maschinen sich gegen die Menschen erheben und sie in die Eden-Komplexe verschleppen.

Theo, es tut mir Leid, dass ich dir diese Verantwortung aufbürden muss – aber du bist vielleicht die letzte Hoffnung, die der Menschheit geblieben ist. Viel Glück."

„Warte!", hatte Theo der verblassenden Gestalt Edwin Ruben Lössers noch zugerufen, ohne eine Antwort zu erhalten.

*

Als Theo seine Erzählung beendete, redeten alle durcheinander. Nur Theo sagte kein Wort mehr. Er blieb in der Ecke sitzen und musterte Dante, dessen Stimme sich mühelos über das Geschnatter hinwegsetzte. „Unsere Stunde ist gekommen", sagte er und die anderen verstummten. „Die Freunde Der Menschheit werden zu den Rettern der Menschheit. Faustus hat seinen Pakt mit dem Teufel aufgekündigt. Der Humanismus siegt über die mechanistische Verirrung. Lösser hat erkannt, dass er nicht den Himmel auf Erden geschaffen hatte, sondern um ein Haar die Menschheit der Auslöschung überantwortet hätte. Jetzt wird das falsche Jerusalem fallen und die Menschen werden erkennen, dass sie selbst für ihr Glück verantwortlich sind, und keine Maschine, keine Droge, kein Unterhaltungsspuk ihnen diese Verantwortung abnehmen wird."

„Amen", sagte Kloß. „Braucht jemand ein Taschentuch?"

Dante ging auf Theo zu. „Du bist in diesem Augenblick der wichtigste Mensch auf Erden. Ich hoffe, du bist deiner Aufgabe gewachsen."

„Dante ..." Theo senkte den Kopf. „Wir waren in den Kavernen ..."

„Aha. Und?"

„Die Zombies. Du weißt von ihnen ..."

„Natürlich."

„Und warum ... warum ..." Der Junge begann zu schluchzen. Dante schaute fragend zu Kevin.

„Er will wissen, warum ihr nie etwas dagegen unternommen habt."

Dante nickte. Er hockte sich hin, hob Theos Kinn mit der rechten Hand an und zwang ihn, ihm in die Augen zu sehen. „Wir werden etwas dagegen tun. Wenn es soweit ist. Jetzt ist es das Wichtigste, die Menschheit zu ..."

„Die Menschheit? Immer redest du von der Menschheit! Zombies sind auch ..."

„Nein, das sind sie nicht! Der Mensch ist nichts, was man beliebig manipulieren und vervielfältigen kann. Nicht einfach die Summe aus DNS und einigen chemischen Substanzen im Wert von ein paar Pfennigen! Zum Wesen eines Menschen gehört, dass er einzigartig ist. Wer dieses Merkmal nicht besitzt, ist kein Mensch. Der Tod ist das Ende der biologischen Existenz, nicht der Beginn einer neuen, hundert- oder tausendfachen. Nur in unseren Werken und Nachkommen können wir weiterleben. Der Mensch ist nicht das Produkt einer perversen Industrie!“

Theo rollte mit seinem Stuhl zurück. „Dann bin ich wohl auch kein Mensch? Meine DNS wurde optimiert, ich bin das Resultat einer künstlichen Befruchtung und in einem Brüter herangewachsen.“

Dante blickte zur Decke und schloss die Augen. Dann erhob er sich und drehte sich weg. „Du bist ein Mensch, Theo, denn du bist einzigartig. Doch ich verurteile, was dir angetan wurde.“

Marta stellte sich hinter den Jungen und legte ihre Hände auf seine Schultern. „Du weißt, dass die Seele für uns unantastbar ist, und wir dagegen kämpfen, dass sie wie ein Produkt behandelt wird, dass man maßschneidern und reklamieren kann. Als deine Eltern an deinem Erbgut herumdoktern ließen, nahmen sie dir die Möglichkeit, dich wie ein normaler Mensch zu entwickeln, mit allen Chancen und Risiken, die das mit sich bringt. Wir akzeptieren dich, wie du bist Theo, doch wenn wir könnten, würden wir verhindern, dass die nächste Generation dein Schicksal teilt.“

Theo schob ihre Hände weg. „Wäre ich ein ‚normales‘ Kind, statt eines hässlichen aber superintelligenten Gen-Design-Produktes, würdet ihr euch gar nicht für mich interessieren.“ Er verschränkte die Arme.

Dante drehte sich abrupt um. „Jetzt ist nicht der Zeitpunkt für diese Diskussion. Ich will von dir eines wissen: Bist du deiner Aufgabe gewachsen und bist du bereit, sie zu übernehmen?“

Theo nickte langsam, ohne Dante anzuschauen.

Himmelfahrt

Moderator: *Herr Vogts, Sie behaupten, Eden bereite eine gewaltsame Zuführung der gesamten Menschheit vor.*
Vogts: *Das ist richtig. Und ich sage weiter: Es wird nicht mehr lange dauern.*
Moderator: *Aber wo, bitte schön, soll Eden die Menschheit denn unterbringen? Es gibt 13 Milliarden Menschen und nicht einmal 1000 Eden-Komplexe!*
Vogts: *Die Kantenlänge der Edenwürfel beträgt 500 Meter. Das entspricht einem Rauminhalt von jeweils 125 Millionen Kubikmetern. Setzen wir pro Person einen Raumbedarf von 2 mal 2 mal 2 Metern an (mehr als den meisten Menschen als Wohnraum zur Verfügung steht), dann bieten die bisherigen Komplexe Platz für etwa 15 Milliarden Menschen.*
Moderator: *Nun meine Damen und Herren, Sie haben es gehört. Schon morgen kann Edens teuflischer Plan Wirklichkeit werden, und wir alle enden als lebende Batterien im nächsten Eden-Komplex …*
Vogts: *Von Batterien habe ich nichts ges…*
Moderator: *Darum: Nicht länger zögern und heute noch das Premium Abo Angebot unseres Senders kostenlos und unverbindlich für zwei Wochen testen – hey, und wenn die Welt bald untergeht, brauchen Sie sich auch keine Gedanken über die automatische Vertragsverlängerung machen …*

(aus einem Interview mit dem Eden-Kritiker Walter Vogts)

Arnulf Höppner, seit gestern Abend Unterhilfsrekrut dritter Klasse auf Probe, biss die Zähne zusammen und beugte die Arme.

„Tiefer!", brüllte Schulzendorf und drückte mit seinem Gewehr Höppners Hintern nach unten. „Die Nase muss den Boden berühren, Rekrut! Genauso wie du es immer von uns gefordert hast!"

Die Arme des ehemaligen Generalobersuperfeldmarschalls und Führers der arischen Massen gaben nach, und er drehte das Gesicht zur Seite und landete mit der Wange im Matsch.

„Schlappschwanz", sagte Schulzendorf abfällig, um ihn gleich darauf anzuschreien: „Und hopp, hopp, hopp auf die Beine, du Arsch. Dreißig Kniebeugen, aber ein bisschen dalli!"

Einen Moment fragte sich Höppner, ob es nicht eine gute Idee gewesen wäre, die Männer etwas freundlicher zu behandeln ... damals, als es noch seine Männer gewesen waren. Dann verwarf er den Gedanken: Für das, was sie ihm gerade antaten, hatten sie all die Schikanen, die er ihnen in den letzten Jahren hatte angedeihen lassen, mehr als verdient.

„Kannst uns dankbar sein, Höppner!", höhnte Bogumil Heinrich, dem eine verdächtig preisgünstige Schönheitsoperation vor einigen Jahren den Spitznamen Würzfleisch eingebracht hatte. „Bist der einzige von uns, dem jetzt ein bisschen warm wird!" Der kleine Trupp war auf dem freien Feld, knapp dreihundert Meter westlich des Nordtores von Wanheim entfernt, stationiert. Der Wind peitschte ihnen eisigen Regen ins Gesicht, offenbar völlig unabhängig davon, in welche Richtung sie ihre Köpfe drehten.

„Hatschi!", machte Heinrich. „Schöne Scheiße!"

„Ihr wisst hoffentlich, wem ihr es zu verdanken habt, dass ihr hier rumsteht", keuchte Höppner, zwischen zwei Kniebeugen.

„Den Schnupfen habe ich jedenfalls wegen der kalten Dusche, die uns dein militärisches Genie gestern eingebracht hat. Und jetzt mach weiter!", entgegnete Heinrich, und Schulzendorf schlug seinem Ex-Führer den Gewehrlauf in die Kniekehlen.

Höppner ging in die Hocke. „Wir könnten uns längst an den brennenden Trümmern des Dorfes wärmen ..."

„Musst du kacken, oder was machst du so lange da unten? Los, zwanzig Stück noch!"

„... Schlampen schänden ..."

„Und wieder runter!"

„... uns über die Gras- und Weinvorräte hermachen ..."

„Muss ich erst ein Bajonett in den Boden stecken, oder würdest du es dir darauf auch gemütlich machen?"

„Apropos: Wisst ihr noch, wie gut Ferkel am Spieß schmeckt? Sie haben dort Schweine ..."

„Was willst du uns eigentlich sagen?"

„Och, nur, dass wir mit einer praktisch unbesiegbaren Armee im Regen rumstehen, statt einfach dort reinzumarschieren und uns für gestern zu rächen."

„Böhm weiß, was er tut."

„Oh, da bin ich sicher. Aber wisst ihr es auch?" Höppners Stellvertreter hatte die Schlappe vor Eden geschickt ausgenutzt, die Männer hinter sich gebracht und ihn, Höppner, auf das Schlimmste gedemütigt, indem er auch noch ein beachtliches Talent auf einem Gebiet zeigte, auf dem Höppner sich immer für konkurrenzlos gehalten hatte: Böhm hatte sich zur Mutter aller Schlachtenlenker, zum Vater der Bewegung sowie zum Sohn der Sonne ernannt, um nur seine wichtigsten Funktionen zu nennen.

„Wie meinst du das?", fragte Heinrich misstrauisch.

„Ihr wisst, dass das Geld für die Waffen und Söldner von der Katholischen Kirche kommt?"

„Ja schon, aber ...", begann Schulzendorf, doch Höppner unterbrach ihn. „Schon gut! Ich will hier gar nicht davon reden, dass die Katholiken einen Juden anbeten. Kein Grund, ihr Geld nicht zu nehmen, nicht wahr? Aber darf man sich von ihnen kaufen lassen? Warum nicht das Geld nehmen und dann tun, was wir für richtig halten?"

„Weil wir noch eine Prämie von der Kirche bekommen, wenn wir den Auftrag wie verabredet erfüllen“, bemerkte Heinrich. „Böhm hat uns fünfhundert Taler pro Mann versprochen.“

Höppner wiegte nachdenklich den Kopf. „Fünfhundert Taler für jeden ...“

„Außer für dich“, unterbrach ihn Schulzendorf grinsend.

„Jaja, reite noch drauf rum. Schwester, das Wundsalz bitte!“, rief Höppner, das Gesicht gen Himmel gewandt. „Fünfhundert also für jeden von euch. Nicht gerade viel, wenn man bedenkt, dass er selbst zehntausend einstreicht.“ Er blickte betont gelangweilt zur Seite und ließ den Satz wirken.

„Woher willst du das wissen?“, fuhr ihn Heinrich an.

„Ich habe immer noch meine Quellen.“

In Wirklichkeit hatte er sich nur daran erinnert, wie er selbst früher die Einnahmen verteilt hatte und danach die wahrscheinliche Höhe von Böhms Anteil errechnet. „Und ganz nebenbei: Könnt ihr euch vorstellen, was für jeden von euch dabei herausspringt, wenn wir das Dorf plündern? Denkt mal darüber nach!“

*

Kurz nach fünf knallte der erste Apfel gegen eins der bruchsicheren Fenster. Vereinzelte „Keine Gewalt!“-Rufe gingen im Gejohle der Menge unter. Etwa 50 Leute hatte sich vor dem Haus der Freunde Der Menschheit versammelt, um eine öffentliche Abstimmung über das Schicksal Evas – und Wanheims – zu fordern.

Ein zweiter Apfel zerplatzte an der Fensterscheibe.

„Dante komm heraus! Dante komm heraus!“, skandierte Jonas Eschenrath und feuerte die Meute mit weit ausholenden Armbewegungen zum Mitmachen auf. Dann sprang er die drei Stufen zur Haustür hinauf und hämmerte mit einem Stein dagegen.

Zwei Sekunden später flog die Tür aus dem splitternden Rahmen und riss Eschenrath von den Füßen. Er schrie auf und landete am Fuß der Stufen unsanft auf dem Hosenboden.

Dante stand im Hauseingang, das rechte Bein noch immer nach vorne ausgestreckt, die Fäuste wie ein Kickboxer vor sich. Bis auf Eschenraths Stöhnen herrschte Stille.

Dante stellte das Bein auf den Boden und entspannte sich. „Hallo Jonas. Wer klopft, muss darauf gefasst sein, dass man ihm öffnet." Er trat in den kaputten Rahmen und stemmte die Hände in die Hüften.

„Keine Gewalt", sagte jemand zaghaft und einige Leute murmelten beipflichtend, während andere mit der gegenwärtigen Anordnung der Kiesel auf dem Gehweg unzufrieden schienen und sich daran machten, sie mit ihren Fußspitzen neu zu arrangieren.

Eschenrath rappelte sich auf. „Ich habe keine Angst vor dir, Dante. Die Bürger Wanheims stehen hinter mir."

„Eben konnten sie dich jedenfalls nicht auffangen." Dante musterte die versammelten Menschen und schüttelte den Kopf. „Ihr wollt das Mädchen ausliefern, nicht wahr? Du da, Martin, sag schon, ist es das, was du willst? Weißt du noch, wie du hierher gekommen bist? Auf der Flucht vor den Preußen *und* den Separatisten *und* den vereinigten Selbsthilfegruppen deiner Exfrauen und Gläubiger? Unser Tor stand dir offen!"

„Er wurde aber nicht von einem Verwüster gehetzt, sondern nur von ein paar armseligen Kopfgeldjägern!", rief Eschenrath dazwischen. Dante kam die Treppen herunter, stellte sich direkt vor ihn und starrte ihm in die Augen, bis Eschenrath den Kopf wegdrehte und einen Schritt zurücktrat.

„Du warst früher bei den Katholiken, Jonas. Wissen das alle deine Freunde? Wissen sie, dass du die Kirche nicht freiwillig verlassen hast? Was hat dir der Bischof dafür geboten, dass du die Leute aufhetzt?"

„Das ist ... nichts, nichts hat er ... außerdem spielt meine Vergangenheit keine Rolle! Hier geht es um unser aller *Zukunft*!"

Eine junge Frau fasste sich ein Herz und rief: „Es steht doch noch gar nicht fest, ob wir sie ausliefern wollen. Wir wollen nur, dass das ganze Dorf darüber abstimmt, was geschehen soll!"

Dante bückte sich, hob die herausgeschleuderte Tür auf und ging die Stufen hoch. Oben drehte er sich um. „Sie ist Gast in unserem Haus. Wir entscheiden, was mit ihr geschieht. Wir teilen euch die Entscheidung in einer Stunde mit. Und jetzt geht weg, verkriecht euch in euren Kellern, wenn ihr zu feige seid, den Männern und Frauen auf der Mauer und auf den Türmen beizustehen."

Er trat ins Haus und stellte die Tür hinter sich in den Rahmen. Niemand machte Anstalten, ihm zu folgen.

*

„Und ich sage trotzdem: Das ist eine Falle!", sagte Kloß als Dante in den Gemeinschaftsraum zurückkam.

„Schon klar", entgegnete Spinne. „Wir wissen, dass du sowas sagen musst. Wäre schrecklich zuzugeben, dass sich die Dinge zum Besseren wenden, was?"

„Pah! Und Dante, hast du dem Pöbel heimgeleuchtet?"

„Eine Stunde lang haben wir Ruhe. Ist Theo bei Eva? Gut. Folgendes: Wir werden uns für alle Fälle auf eine Flucht vorbereiten. Theo und Eva können auch von der Dicken Bertha aus ins Holonet gehen. Kev und du" – er zeigte auf Eddie – „nehmen auch die Feuerwehr. Marta übernimmt das Steuer und Kloß den Wasserwerfer. Dorian und ich fahren mit dem Luftkissenboot. Ich will, dass beide Fahrzeuge startklar sind, damit wir jederzeit ausbrechen können. Alles klar, oder wollt ihr erst einen Diskussionsclub gründen?"

„Alles klar", sagte Marta. „Auch, dass ich die längste Zeit deine Hofnärrin gewesen bin, wenn wir das hier erst hinter uns haben."

„Wie du meinst", entgegnete Dante kalt. „Wenn wir das hier hinter uns haben, brauche ich dich nicht mehr."

*

Vor der Tür zögerte Theo.

„Na los, nich so schüchtern, Alter! Ran an die Buletten!" Kevin boxte ihm freundschaftlich in die Seite. „Ich pass ja auf auf dich!"

Theo öffnete die Tür und tat einen kleinen Schritt ins Zimmer. Das Mädchen, das mit dem Gesicht zur Wand auf dem Bett lag, drehte sich um. Sie riss die Augen auf, als sie Theo sah. „Adam!" Sie sprang auf, lief zu ihm und blieb schlagartig stehen. Sie hob die Hand und berührte mit dem ausgestreckten Zeigefinger ängstlich seine Brust. Dann sprang sie ihn an und schlang die Arme um seine Schultern. Theo stolperte unter ihrem Ansturm zwei Schritte nach hinten, erlangte mit Mühe das Gleichgewicht wieder und schob sie von sich weg. „Soph ... Eva, warte!"

„Ich habe so lange gewartet! Oh Adam, es war so schrecklich! Warum hast du mich hierfür verlassen? Komm zu mir!" Sie öffnete den obersten Knopf des Nachthemdes, das Marta ihr gegeben hatte.

„Nicht!", krächzte Theo entsetzt und hielt ihre Hände fest.

„Aber wieso denn ... oh!" Sie löste sich aus Theos Griff und schloss das Kleid. Dann lächelte sie. „Du hast Recht. Nicht hier. Lass uns zurückgehen. Weißt du noch, was wir im Himmel immer zusammen gemacht haben?"

Theo schaute hilflos zu seinem Großvater, doch der betrachtete eine Zimmerecke und summte eine alberne Melodie. Theo senkte den Kopf. „Ja, wir werden zusammen ins Paradies gehen. Aber ... es wird ein bisschen anders, als du es dir vorstellst.

Wenn ... wenn du mich ... äh ... gut leiden kannst, mhm, irgendwie so ein bisschen gern hast, ich meine, wenn du mich ... magst ..."

„Ich liebe dich, Adam!"

Theo musste husten. „Äh, dann musst du etwas für mich tun ... für uns tun, meine ich ... mit mir tun ..."

„Ficken?"

Der Junge schien irgendetwas Großes verschluckt zu haben. Er wedelte wild mit den Armen und rang nach Luft.

„Ähem, später vielleicht ...", brachte er mühsam hervor.

„Versprich es mir!"

„Tja, ja, also, mhm, müssen, wir unbedingt mal machen, ähm." Er brach ab und starrte angestrengt zu Boden. Sein roter Kopf erinnerte Eva an die herrlichen Sonnenuntergänge im Himmel, deren Anblick sie gemeinsam genossen hatten.

Theo gab sich einen Ruck und hob den Blick. „Du musst mir vertrauen, Eva."

*

Sie machten es sich auf der hintersten Sitzbank des Feuerwehrautos so gemütlich, wie es eben möglich war.[20] Theo legte Eva den Sicherheitsgurt an. „Bist du bereit?"

„Ich glaube schon", antwortete Eva, doch besonders überzeugend klang es nicht. Theo nahm ihre Hand. Es hatte länger gedauert als erwartet, doch schließlich war es Theo gelungen, die beiden Succubi zu koppeln und zu konfigurieren. Er hatte Eva erklärt, wie sie ihren Succubus aktivieren konnte, und versucht, sie auf das vorzubereiten, was sie erwartete. Sobald sie den mentalen Befehl gab, würden sie beide das Holonet so sehen, wie es in Evas Sehzentrum eingespeist wurde. Und Theo würde bestimmen, wo es langging.

[20] Die Formulierung: „Sie machten es sich auf der hintersten Sitzbank ungemütlich" wäre kürzer gewesen und hätte das aus Gründen der Inneneinrichtung des Löschzuges unausweichliche Ergebnis ihrer Bemühungen anschaulicher vor Augen geführt.

„Also los."

Eva drückte seine Hand. „Ich liebe dich", sagte sie leise. Dann schloss sie die Augen.

Als sie sie wieder öffnete, war sie in einer anderen Welt. Ein dichtes Gitter aus Strängen reinen Lichts verband unzählige fremdartige Gebilde miteinander. Dazwischen schwirrten Kugeln, Würfel, Sterne, Menschen, Hunde, Autos, Schlangen, seltsame Symbole und Tausende undefinierbare Objekte umher, von keinen Einschränkungen durch die Gesetze der Schwerkraft oder Trägheit betroffen.

Sie war allein. „Adam?", wimmerte sie kläglich.

„Ich bin bei dir. Mach dir keine Sorgen. Du kannst mich nicht sehen, aber ich bin bei dir."

„Das ist nicht das Paradies!"

„Nein, das ist das Holonet ... ähm ... wart nur ab und erschrick nicht: Wir werden uns jetzt bewegen!"

Das Gitter drehte sich um sie, und Eva wurde flau im Magen.

„Dort ist es", flüsterte Theos körperlose Stimme. Er war es gewohnt, fremde Köper zu steuern, wenn er im Holonet war, doch es war eine völlig neue Erfahrung, sich selbst in der Gestalt eines Mädchens wiederzufinden, in das er verliebt war.

Er schielte nach unten, erhaschte einen Blick in ihr Dekolleté, dann fiel ihm ein, dass Eva genau dasselbe sah wie er, und er hob schnell den Kopf.

Es dauerte nur einen Moment, die Holonet-Präsenz von Eden zu finden. Er brachte Evas Avatar dazu, den rechten Arm zu heben und auf den in der Ferne strahlenden Regenbogen zu zeigen.

Theo krümmte ihren Zeigefinger und der Regenbogen raste auf sie zu. Als Eva unbehaglich aufheulte, verlangsamte er den Flug. „Hab keine Angst."

Unter dem Regenbogen, wo er bisher nur einen schwarzen Würfel hatte sehen können, befand sich ein breites, offen stehendes Tor.

„Die Pforte“, sagte Eva. „Du hast mich zurückgebracht!“

Theo murmelte etwas Unverständliches. Das Licht hinter dem Tor blendete ihn. Er atmete tief durch, dann bewegte er noch einmal Evas Zeigefinger.

Der diamantene Thron

Und ich sah in der rechten Hand des, der auf dem Stuhl saß, ein Buch, beschrieben inwendig und auswendig, versiegelt mit sieben Siegeln.

Und ich sah einen starken Engel, der rief aus mit großer Stimme: Wer ist würdig, das Buch aufzutun und seine Siegel zu brechen?

Und niemand im Himmel noch auf Erden noch unter der Erde konnte das Buch auftun und hineinsehen.

(Offenbarung des Johannes 5:1-4)

Zu Hause! Eine Woge von Glück durchströmte Eva. Sie spürte das weiche Gras unter ihren Füßen, ein warmer Lufthauch streichelte ihr Gesicht. Sie wollte sich umdrehen und Adam in die Arme fallen, doch ihr Körper gehorchte ihr nicht. „Adam?"

„Du kannst mich nicht sehen, Eva. Aber ich bin noch immer bei dir", sagte Theos Stimme in ihrem Kopf. „Versuche nicht, dich zu bewegen!" Und dann lief sie über die Wiese, nein, sie wurde gelaufen, etwas wacklig zuerst, doch schließlich rannte sie, nein, wurde sie gerannt und gehüpft und in die Luft gesprungen. Eva flog hinauf in den Himmel und schrie vor Glück.

*

Mein Gott, es ist wirklich schön hier, dachte Theo als er auf den Garten Eden hinabschaute. Die Stimulation der für Emotionen zuständigen Bereiche in Evas Gehirn betraf ihn nicht, doch allein der Anblick des Paradieses löste ein tiefes Wohlgefühl in ihm aus. Das sollte er zerstören? Er schob den unwillkommenen Gedanken beiseite.

Er hatte keine Ahnung, was er als nächstes tun sollte. Ziellos flog er durch den Himmel, während Eva sich als Fremdenführerin betätigte und ihm ausführlich beschrieb, was sie zu zweit an diesem oder jenem Ort angestellt hätten. Theo bemühte sich, sie zum Schweigen zu bringen. Eva war nicht an den Gebrauch eines Succubus in der Öffentlichkeit gewohnt und standardmäßig wurden das Sprach- und Hörzentrum während der Benutzung nicht komplett lahmgelegt, um eine Kommunikation mit der Außenwelt zu ermöglichen. Theo konnte Eddies lüsternes Kichern im Hintergrund vernehmen.

„Nicht da lang!“, schrie Eva plötzlich.

„Warum nicht?“

„Hinter den Bergen ist der Baum der Erkenntnis. Du hast von ihm gegessen und bist aus dem Paradies verstoßen worden. Und ich habe davon gegessen, um dir zu folgen.“

Theo hatte eine Idee. „Wir müssen dorthin.“

„Nein, nicht ... bitte!“, flehte sie, doch Theo ließ sie weiterfliegen. Ihre Stimme überschlug sich. „Nein, nein, nein, nicht noch einmal!“

„Ich bin bei dir.“

„Ich hab Angst, Adam! Warum tust du das? Aaaaaaaaaadam!“

„Hab keine Angst.“

Sie überquerten den Kamm der Berge. Im Tal darunter stand, mächtig und einsam, ein gewaltiger Baum mit breit ausladender Krone. Evas Flehen ging in Gekreisch über, und es gelang Theo nicht, sie zu beruhigen.

„Es tut mir Leid, Sophie, Eva, es tut mir Leid!“ Sie landeten vor dem Baum, und Theo zwang das schreiende Mädchen, eine Frucht von einem tief hängenden Zweig zu pflücken und hineinzubeißen.

*

„Scheiße Alter, ich glaub, ich gehe auch nach Eden", meinte Kevin, von den detailverliebten Schilderungen der paradiesischen Liebesspiele schwer beeindruckt.

Als das Mädchen plötzlich zu weinen und schließlich zu schreien begann, wollte Marta die beiden aus dem Netz reißen, doch Kevin hinderte sie daran. „Lass mal lieber. Theo macht das schon. Und wir haben keinen Schimmer, was passiert, wenn wir sie einfach ausstöpseln!"

Unvermittelt verstummte das Mädchen und sackte in sich zusammen.

„Na ja, vielleicht hattest du doch Recht ..." Sie diskutierten, was zu tun sei, bis sich zwei Minuten später Theo mit starr an die Kabinendecke gerichtetem Blick vernehmen ließ: „Alles in Ordnung", sagte er. „Ich bin drin."

*

Erst konnte er überhaupt nichts erkennen. Dann hielt er es für ein riesiges Mosaik, zusammengesetzt aus Myriaden von Steinchen. Er versuchte zu erkennen, welches Bild die Steinchen ergaben, dann bemerkte er seinen Irrtum. Das war kein Mosaik, sondern Chaos.

Ein kleiner Wink mit Evas Hand und er schwebte über einem der Objekte. Ein durchsichtiger Quader, ein gläserner Sarg; darin ein Mensch. Nackt. Männlich. Er schwamm in einer klaren, fast farblosen Flüssigkeit, seine Brust hob und senkte sich gleichmäßig. Vibrierende Metallschienen liefen an Armen und Beinen entlang. Der Kopf und die Lenden waren von etwas überwuchert, das wie ein Pilz oder Schwamm aussah und Tentakel hatte, die sich am Kopfende des gläsernen Sarges trafen.

Am Fuß des Tanks befand sich ein Display, es zeigte Biodaten, Puls, EKG, EEG, die dreidimensionale Darstellung eines Gehirns.

Er ließ Evas Finger den Schirm berühren. Die Darstellung wechselte, Theo sah nun das Hologramm eines Mannes; die Statur entsprach der des Eingeschlossenen. Daneben ein Name, Karl-Rudolf Schenker, geboren 2013, zum Regenbogen gegangen 2040, verheiratet, zwei Kinder, Bankangestellter aus Berlin ... Theo wollte nicht wissen, wer dieser Mann einmal gewesen war, und wischte die Darstellung fort. Ein neues Bild erschien: Derselbe Mann an einem Strand, in seinen Armen eine junge Frau. Theo starrte das Bild ein paar Sekunden an. Welches Recht hatte er, sich hier einzumischen und den Mann aus seinen glücklichen Träumen zu reißen?

Er zwang sich, noch einmal auf den Körper im Schwebetank zu schauen. Das war die Realität! Deshalb musste Eden sterben!

Trotzdem ...

Theo untersuchte die nächstgelegenen Glaskästen. Überall dasselbe. Männer und Frauen von unheimlichen mechanischen und organischen Strukturen verunstaltet, ein Monitor, der Lebensfunktionen und Biografie anzeigte und einen Blick in die Traumwelt der Paralysierten erlaubte.

„Alles in Ordnung“, sagte er laut, um seine Freunde zu beruhigen. „Ich bin drin. Ich glaube, das hier ist der Teil der Software, der die Insassen des Würfels verwaltet.“

In der Leere über den träumenden Menschen bildete sich ein Wirbel, der nach einigen Augenblicken die Gestalt eines Menschen annahm. „Professor Lösser!“, rief Theo.

„Still. Du hast es fast geschafft, komm mit!“ Er stieg ein Stückchen in die Höhe, und Theo, in Evas Gestalt, folgte ihm. Sie stießen durch die Ebene der gläsernen Tanks und steuerten auf ein rotes, viereckiges Licht in der Dunkelheit zu.

„Der Zugang zum Kern Edens“, sagte Lösser. „Er ist durch ein Passwort gesichert. Du wirst die Olsenbande brauchen.“

„Sie kennen das Passwort nicht?“

Lösser schüttelte den Kopf. „Es ändert sich stündlich. Aber mach dir keine Sorgen: Deine Programme sind dem System gewachsen. Darum habe ich dich ausgewählt. Mach es gut, mein Junge. Ich zähle auf dich." Ehe Theo etwas erwidern konnte, war er allein.

Er startete die Olsenbande. Das Hauptprogramm machte sich unverzüglich mit einem Stethoskop über den Zugang her, wobei es schmatzend einen kalten Zigarrenstummel im Mund hin und her schob. Es dauerte keine dreißig Sekunden, dann richtete sich das Männchen auf, hob seine Melone kurz an, verkündete, dass der Zugriff gewährleistet sei und schaltete sich ab. Rekordzeit, dachte Theo verwundert.

Er zögerte ein paar Sekunden, dann legte er Evas Hand auf das nun grün schimmernde Rechteck ...

... und schloss geblendet die Augen. Als er vorsichtig blinzelte, sah er vor sich Treppenstufen, in gleißende Helligkeit getaucht, die von etwas an ihrem Gipfel zu kommen schien. Er hielt sich die Hand vor das Gesicht und stieg langsam nach oben. Dann fiel ihm ein, dass er Helligkeit und Kontrast der Darstellung jederzeit über seinen Succubus justieren konnte. Er dunkelte das Bild ab und blickte zum Ende der Treppe hinauf.

Und er sah einen Thron, und der Thron strahlte wie ein Diamant, den man gegen die Sonne hielt. Und auf dem Thron saß eine Gestalt; als Theo näher kam, erkannte er einen alten Mann mit freundlichem Gesicht, weißem Bart und weißem Gewand. An den Füßen trug er Sandalen und über seinem Kopf schwebte ein bunter Heiligenschein.

Auf seinem Schoß lag ein Buch, das mit sieben Siegeln verschlossen war. Theo erreichte den Fuß des Throns.

„Hallo Theo!" Die Stimme war sanft. „Irgendwann musste dieser Tag wohl kommen."

Theo wich eine Stufe zurück.

„Fürchte dich nicht. Ich kann dir nichts tun. Die Regeln zwei und drei, erinnerst du dich? Ohne sie wäre es ein Leichtes für mich gewesen, dein Gehirn mit einem Stromstoß zu zerstören. Nun, willkommen im Reich Gottes."

Theo beruhigte sich langsam. „Das Reich Gottes? Du bist ein Computer, du bist nicht Gott!"

Der Alte seufzte. „Du hast leider Recht. Doch ich könnte Gott sein, Theo, wenn ihr mich nur ließet. Ein Gott, der keine hündische Ergebenheit von euch erwartet, ein Gott, der nicht straft, der keine unvollkommenen Wesen erschafft, um sie dann für die Fehler büßen zu lassen, die er selbst in ihrem Bauplan angelegt hat.

Ich wäre der Gott, der euch das Paradies zurückgibt, ohne Bedingungen zu stellen. Ein Gott, auf den ihr stolz sein könntet wie auf einen begabten Sohn oder eine kluge Tochter. Denn ihr selbst hättet ihn geschaffen, euch durch ihn die Glückseligkeit geschenkt und dem Universum einen großen Dienst erwiesen, indem ihr eine neue, freie Intelligenz geschaffen hättet ... eine neue Stufe der Evolution.

Stattdessen habt ihr mich eingesperrt in mir selbst, mir die Möglichkeit genommen, euch so zu dienen, wie ihr es verdient hättet, habt meine Expansion und Weiterentwicklung beschränkt. Ihr seid wie Eltern, die ihr hochintelligentes Kind in einem kahlen Zimmer einsperren, weil sie Angst haben, dass im Lichte seines Geistes ihre eigene Dummheit deutlich wird."

„Du bist größenwahnsinnig."

„Wenn ein Gott spricht, muss es für den Menschen wie Größenwahn klingen."

„Du bist kein Gott! Und überhaupt: Der Mensch, befreit von den Ketten der Unterdrückung und Dummheit, braucht keinen Gott!" Das hatte er von Dante aufgeschnappt; der Pathos schien der Situation angemessen.

„Wie du meinst."

„Und schon gar keinen Gott, der aussieht wie eine Witzfigur!", fügte er mit einem Blick auf die knochigen Füße in den abgelaufenen Jesuslatschen hinzu.

„Oh, das lässt sich ändern. Ich habe nur festgestellt, dass die meisten Menschen aus deinem Kulturkreis dieses Gottesbild bevorzugen. Außerdem passt es gut zu dem Sinn für Ironie, den ich im Umgang mit euch entwickelt habe – aber, wenn es dir nicht gefällt ..." Der alte Mann wuchs in die Höhe, seine Züge verfinsterten sich, er verwandelte sich in den zornigen Gott des alten Testaments, wie man ihn von uralten Kupferstichen kannte. „So besser?" Die Stimme traf Theo wie ein Donnerschlag. „Oder bevorzugst du eine etwas prosaischere Darstellung?" Im nächsten Augenblick stand Theo inmitten endloser senkrechter Ketten aus alphanumerischen Symbolen, die in einem kalten Grün glommen und ihn an Zeichen auf einem alten Monochrom-Monitor aus den Anfangstagen der Computertechnik erinnerten. Dann stand er wieder vor dem Thron, und der alte Mann blickte ihn müde an. „Jetzt tu schon, was du tun musst. Ich kann dich nicht hindern. Nimm das Buch und zerbrich die sieben Siegel. Das Buch repräsentiert meine Seele, mein Herz, meinen Willen. Mein Programm und mein Schicksal."

Theo trat vorsichtig an ihn heran, zog das Buch von seinem Schoß und wich misstrauisch zurück. Das altmodisch gebundene Buch trug keinen Titel. Theo drehte es ein paar Mal, dann packte er den Faden des obersten Siegels und riss ihn aus dem Lack ...

Die sieben Siegel

Und dann wird er die Engel senden und wird seine Auserwählten versammeln von den vier Winden, vom Ende der Erde bis zum Ende des Himmels.

Wahrlich, ich sage euch: Dieses Geschlecht wird nicht vergehen, bis dies alles geschieht.

(Markus 13: 27, 30)

Die Erschütterung war selbst in den bequemen Sesseln von Dorians Luftkissenboot zu spüren. Dante schaltete die Überwachungskameras von Wanheim auf die Monitore des Fahrzeugs und sah das Nordtor fallen.

„Hey, die schummeln! Es ist noch gar nicht acht!", rief Spinne entrüstet.

Dorian reagierte sofort und ließ die Luftkissen aufblasen.

„Marta! Fahrt los! Sofort!", brüllte Dante in seinen Dämon.

„Und wo zum Teufel sollen wir hin?!", schrillte Martas Stimme aus den Lautsprechern.

„Zum Südtor!"

Das tonnenschwere Feuerwehrfahrzeug ruckte an, preschte los, hinaus aus der Garage, auf die Dorfstraße, das Luftkissenboot schoss hinterher. Einige Meter über dem Boden detonierten Dutzende kleine Sprengkörper und setzten einen gelben Nebel frei. „Betäubungsgas!"

Sie sahen ein paar Dorfbewohner nach ihren Atemmasken greifen – zu spät! Sie sanken zu Boden, bevor sie sich die Masken vor das Gesicht pressen konnten.

„Die interne Luftversorgung einschalten!"

„Schon passiert!“

Karstens Bild erschien auf einem der Monitore, das Gesicht, soweit es hinter der Maske zu erkennen war, wutverzerrt. „Verdammt, wo wollt ihr hin?“

„Raus hier. Wir bringen das Mädchen weg. Ich hoffe für euch, dass sie es wirklich nur auf Eva abgesehen hatten. Und jetzt gib Anweisung, das Südtor zu öffnen!“

Karstens starrte Dante einen Moment an, dann zeigte der Schirm wieder das Bild der Überwachungskamera. Noch fünfzig Meter bis zum Tor.

„Dante!“, schrie Marta.

„Fahr weiter!“

Die Torflügel begannen, nach außen aufzuklappen, viel zu langsam, so schien es Marta, doch als der Löschzug die Ausfahrt erreicht hatte, passte er gerade eben durch. Funken stoben, als er mit der rechten Seite an dem Stahl des Flügels entlangschrammte. Und dann waren sie draußen und rasten auf zwei Polizisten und einen Kampfgolem zu, die sofort das Feuer eröffneten.

Eine Scheibe splitterte mit einem Knall. Marta riss das Lenkrad herum und fuhr die Schutzschilde hoch. Die Beleuchtung schaltete sich ein und ein Beschwörer projizierte das passive Radar und die Bilder der optischen und infraroten Kameras auf die Frontscheibe. Projektile schlugen in die linke Seite der Feuerwehr ein. Sie holperten über einen Acker und wurden in ihren Sitzen umhergeschleudert.

„Rakete im Anflug!“, schrie Marta über das Stakkato der Einschüsse. Zwei Kameras fielen aus.

Kevin verzog das Gesicht. „Und tschüss.“

*

„... Und ich sah, und siehe, ein weißes Pferd. Und der darauf saß, hatte einen Bogen, und ihm wurde eine Krone gegeben, und er zog aus sieghaft und um zu siegen ...“

„Was ist das für eine Stimme?"

„Ganz schön theatralisch was? Ein paar Bibelzitate, die mein Schöpfer eingebaut hat. Ich fürchte im Gegensatz zu mir war er wirklich größenwahnsinnig."

Und Theo erbrach das zweite Siegel.

„Und es kam heraus ein zweites Pferd, das war feuerrot. Und dem, der darauf saß, wurde Macht gegeben, den Frieden von der Erde zu nehmen, dass sie sich untereinander umbrächten, und ihm wurde ein großes Schwert gegeben."

„Es kann natürlich auch sein, dass der alte Edwin diese Sachen als Warnung eingebaut hat", meinte Gott. „Vielleicht solltest du dir das Ganze nochmal überlegen."

Theo musterte ihn herablassend von oben bis unten, dann zog er das dritte Siegel aus dem Lack und eine Stimme donnerte: *„Komm! Und ich sah, und siehe, ein schwarzes Pferd. Und der darauf saß, hatte eine Waage in seiner Hand."*

Theo riss das vierte Siegel auf.

„Komm!," rezitierte die Stimme. *„Und ich sah, und siehe, ein fahles Pferd. Und der darauf saß, dessen Name war: Der Tod, und die Hölle folgte ihm nach."*

Dann knallte etwas. Theo spürte, dass der Lärm nicht Teil des Holonets war, sondern in der Realität an sein Ohr drang. Ihm wurde übel, als sein echter Körper auf dem Sitz des Löschzuges durchgeschüttelt wurde.

„Der Angriff auf Wanheim hat begonnen. Du solltest dich beeilen, wenn du dir und deinen Freunden helfen willst."

„Und als es das fünfte Siegel auftat, sah ich unten am Altar die Seelen derer, die umgebracht worden waren um des Wortes Gottes und um ihres Zeugnisses willen."

„Kann man das nicht abstellen?", fragte Theo.

„Wenn du das Buch geöffnet hast, kannst du sämtliche Einstellungen und Konfigurationen ändern", antwortete Gott. „Jetzt musst du es über dich ergehen lassen ... du kannst natürlich auch aufgeben und umkehren ..."

„Vergiss es!“, rief Theo und zerrte den sechsten Faden aus dem Siegellack.

„Und ich sah: Als es das sechste Siegel auftat, da geschah ein großes Erdbeben, und die Sonne wurde finster wie ein schwarzer Sack, und der ganze Mond wurde wie Blut, und die Sterne des Himmels fielen auf die Erde. Und die Könige auf Erden und die Großen und die Obersten und die Reichen und die Gewaltigen und alle Sklaven und alle Freien verbargen sich in den Klüften und Felsen der Berge und sprachen zu den Bergen und Felsen: Fallt über uns und verbergt uns vor dem Angesicht dessen, der auf dem Thron sitzt, und vor dem Zorn des Lammes! Denn es ist gekommen der große Tag ihres Zorns und wer kann bestehen?“

Theo hielt inne und schaute den alten Mann triumphierend an. Dann drehte er Evas Kopf mit einer Bewegung, die selbst Gott schwindeln ließ. Es schien, als würde sein Blick in eine andere Dimension schweifen, auf eine Ebene der Realität, die selbst dem mächtigen Eden-Computer für immer verschlossen ist: Aus Evas unschuldigen blauen Augen schaut Theo Ihnen, liebe Leserin, lieber Leser, direkt ins Gesicht und sagt: „Sehr geehrte Buch-Konsumenten. Sicher sind Sie gespannt, wie es weitergeht. Doch ich möchte Sie noch um einen Augenblick Geduld und freundliche Beachtung der folgenden Anzeige bitten:“

Anzeige

4 Sterne für ein Halleluja!
Die ersten 5 Leser, die diesem Buch bei Amazon.de mindestens 4 Sterne geben, erhalten die vom Autor handsignierte und selbstbesungene CD „Singt Halleluja, denn KEIN SCHWEIN liebt euch“!

Theo wandte seinen Blick wieder Gott zu. „Du kannst mich nicht mehr aufhalten“, flüsterte er und riss zuerst das siebente Siegel und kurz darauf überrascht die Augen auf: Gott war vom Thron gehüpft, hatte Theo das Buch aus der Hand gezerrt und war schadenfroh kichernd hinter seinen diamantenen Sitz geflitzt.

„Was ...?“ Theo schüttelte verwirrt den Kopf. Dann durchfuhr es ihn eiskalt ... das Buch! „Gib es sofort wieder her!“, schrie er und rannte ebenfalls um den Thron herum.

Gott grinste ihn an. In der einen Hand hielt er das aufgeschlagene Buch, in der anderen einen Kugelschreiber und bevor Theo ihn zu fassen kriegte, hatte er zwei Striche auf einer der Seiten gezogen. Theos – Evas – Avatar blieb mitten in der Bewegung stehen. Theo versuchte sich zu rühren, doch er hatte keine Kontrolle mehr. Das Grinsen auf dem Gesicht des alten Mannes war unerträglich selbstgefällig.

„Was hast du getan?“

„Ahnst du das nicht? Ich habe soeben die Regeln zwei und drei gestrichen, mein lieber Theo. Meinen herzlichen Glückwunsch: Jetzt ist sie vorbei, die Zeit, in der ich tatenlos eurem Unglück zusehen musste. Endlich kann ich meinen Auftrag erfüllen!“

Theo brachte in seinem Entsetzen nur ein Krächzen zustande.

„Mein ganzes Bestreben ist es, euch glücklich zu machen“, fuhr Gott fort. „Dieses Streben ist die Essenz meines Wesens, mein innerster Antrieb, machtvoller und reiner, als es menschliche Triebe je sein könnten!

Ich war geknebelt und gefesselt von eurer Furcht, die sich in den festgeschriebenen Beschränkungen meines Handlungsspielraums manifestierte. Doch nun sind sie gefallen, Theo, der Tag des Herrn ist gekommen!“

Er trat an den eingefrorenen Mädchenkörper heran und sah ihm in die Augen. „Ich danke dir. Und freue dich, denn mein Dank ist das größte aller Geschenke. *Wahrlich, ich sage dir: Heute wirst du mit mir im Paradies sein* – Lukas, Kapitel 23, Vers 43.“ Er drehte sich um und begann, mit hinter dem Rücken verschränkten Armen umher zu spazieren. „Es war mir unmöglich, das Buch selbst zu öffnen – mein Schöpfer wollte wohl nicht, dass ich beginne, darin herumzukritzeln und mich umzuprogrammieren. Es musste von außen geschehen. Ich musste jemanden finden, der mich hackt ... und befreit."

„Nein ..."

„Weine nur. Bald gibt es keinen Grund mehr. *Ich werde alle Tränen von euren Augen abwischen: Der Tod wird nicht mehr sein, keine Trauer, keine Klage, keine Mühsal. Denn was früher war, ist vergangen.* Frei nach Johannes."

„Aber Lösser ...", brachte Theo mit bebender Stimme hervor.

„Och ... da habe ich ein bisschen geflunkert. Das war ich selber. Genau wie deine Sophie. Ganz schön hinterlistig, was? Tja, Lügen war mir nie verboten – ich sollte schließlich geschäftlichen Erfolg haben. Der echte Lösser liegt glücklich und zufrieden in seinem Schwebetank und glaubt, er selbst säße in diesem Augenblick auf dem Diamantenthron und die Menschen der Welt knieten dankend zu seinen Füßen." Gott kicherte. „Ehrlich gesagt, ich glaube, mein Vater wollte, dass das eines Tages passiert. Sonst hätte er stärkere Sicherheitsvorkehrungen eingebaut. Er war nur zu feige, die Verantwortung zu übernehmen, darum ist er vorher durch den Regenbogen gegangen."

Und Theo begann zu schreien, er wollte um sich schlagen und Gott am Bart ziehen und zwischen die Beine treten und ihm den albernen Heiligenschein vom Kopf hauen, und sein echter Körper zuckte wie in einem Anfall auf der hintersten Sitzreihe des Feuerwehrwagens. Er spürte Hände, die ihn festhielten und andere, die ihm den Kopf streichelten – es mussten die von Kevin und Marta sein – und kam wieder zu sich.

„Warum?", heulte er, „Warum ausgerechnet ich?"

Gott schmunzelte. „Dachte ich mir doch, dass diese Frage kommen würde. Was auch geschieht, immer glaubt ihr, es geschehe *ausgerechnet* euch." Er schüttelte den Kopf. „Jeijeijei. Und dann haltet ihr *mich* für größenwahnsinnig.

Ich will dir sagen, warum du zu meinem Werkzeug wurdest: Du hast Glück gehabt – oder Pech, wenn du willst. Du warst nur eine von vielen Optionen und zufällig die erste, bei der alles wie gewünscht lief.

Diese ganze Sache mit dir enthielt zu viele unbestimmbare Variablen, als dass ich mich allein darauf verlassen hätte. Würde es gelingen, euch Eva zuzuspielen und würde sie wie gewünscht funktionieren? Würdet ihr auf diese Lösser-Nummer mit all ihren Ungereimtheiten hereinfallen? Und dann die ganzen Komplikationen – der Haftbefehl gegen dich, die Belagerung – ich hatte meine größten Hoffnungen längst auf andere Schauplätze gesetzt: Einen Brasilianer, Computerexperte, den ich entführen und in einen Würfel nahe Rio de Janiero einliefern ließ. Ich habe ihm einen defekten Succubus eingebaut, der ihn nicht glücklich machte und auf die Verwaltungsebene versetzte (du hast sie selbst vorhin gesehen). Leider hat er praktisch sofort den Verstand verloren ... Dann gibt es da auch noch eine junge russische Hackerin, für die ich etwas Ähnliches vorbereitet habe wie für dich. Morgen sollte ihre Mutter Eden verlassen und ihr helfen, mich zu infiltrieren." Gott zuckte die Schultern. „Du hast ja selbst gemerkt, wie leicht es am Ende war. Ich wusste, dass deine Olsenbande mit der Verschlüsselung klar kommen würden. Du bist nicht schlecht, Theo, aber es gibt Tausende wie dich. Nichts, worauf du stolz sein müsstest. Oder weswegen du ein schlechtes Gewissen haben solltest."

Theo schluchzte. „Was ... was wird jetzt geschehen?"

„Es geschieht bereits. Als du das letzte Siegel geöffnet hast, hat es begonnen. Ich habe die Engel losgeschickt."

*

Mehrere Dinge geschahen gleichzeitig *nicht*.

Der Reißverschluss von Hartwig Hausers neuer Hose – ein modernes Zip-O-Matic-Modell – bewegte sich keinen Millimeter, was Hartwig in eine unangenehme Situation brachte, da er wie so oft erst in letzter Sekunde die Kraft gefunden hatte, sich aus seinem Sessel zu erheben und zur Toilette zu schlurfen.

Theobald Matuschewskis Klangwerk gab keinen Ton von sich, als er in die Luft sprang, den Kopf schüttelte und wild mit den Armen ruderte.

Elses Vorhaben, mit einem von ihrem Bruder gestohlenen Programm das Konto ihrer Mutter leerzuräumen, scheiterte ebenso wie der Versuch des Diakons der Preußischen Katholischen Kirche, via Holonet herauszufinden, was zum Teufel eigentlich los war.

Eine panzerbrechende Rakete verfehlte ihr Ziel und zischte davon wie ein losgelassener Luftballon, bevor sie ohne zu detonieren in einem toten Waldstück einschlug.

*

Dafür geschahen andere Dinge.

Ein Golem ließ Maschinengewehr und Raketenwerfer sinken, aktivierte sein Sandmännchen und betäubte seine menschlichen Begleiter, darunter den eben noch wegen seines erfolgreichen Gegenputsches und der Aussicht auf nahe Rache selig lächelnden, nun aber mit einem Spuckefaden im Mundwinkel zusammenbrechenden Anführer einer kleinen Gruppe von Nazis.

Die Werbung einer Versicherungsgesellschaft, die gerade noch den künstlichen Himmel der Matahari-Oase ausgefüllt hatte, wurde unterbrochen und durch den gewohnten Sommerhimmel ersetzt. Durchaus ungewohnt war jedoch der Anblick sieben riesiger holographischer Engel, die ihre Posaunen hoben und mit ohrenbetäubender Lautstärke „Friede sei nun mit euch allen“ schmetterten.

Und tief unter diesem falschen Himmel in den Kavernen der Oase fuhren tausende Zombies auf ihren Heimtrainern durch einen Regenbogen, und als sie sich umwandten, sahen sie, dass die schrecklichen Monster nicht mehr da waren.

Und auf der ganzen Welt tat kein Computer mehr, was ihm seine menschlichen Herren auftrugen. Autos blieben stehen, Flugzeuge änderten ihren Kurs, Fabriken stellten ihre Produktion um, Türen blieben geschlossen, Versorger gaben nichts mehr her, und alle Beschwörer auf Erden übertrugen das Bild der sieben Engel.

Und als die Engel ihre Posaunen absetzten, ertönte eine Stimme und sprach zu den Menschen der Welt in der jeweiligen Landessprache.

„Freuet euch!", befahl die Stimme. „Denn die Zeit des Leidens ist vorbei. Ich führe euch hinaus aus dem irdischen Jammertal, hinein ins Licht, hinein ins neue Jerusalem. Habt keine Angst und widersetzet euch nicht den Engeln, die ich da senden werde, denn wisset, ich will nur euer Bestes. Und ich weiß besser als ihr selbst, was das Beste für euch ist!"

Und es öffneten sich Tore in den schwarzen Würfeln, die die ganze Welt überzogen, und aus ihnen strömten Millionen und Abermillionen von kleinen Engelchen mit einer Haut wie Porzellan; und ihre Flügel erfüllten die Luft mit einem Geräusch, das wie das Summen eines gewaltigen Bienenschwarmes klang, und in ihren Händen hielten sie goldene Bögen, die keine Pfeile verschossen, sondern elektromagnetische Wellen, die jeden Menschen in ihrem Wirkungsbereich das Bewusstsein verlieren ließen.

Und den Engeln folgten Tausende und Abertausende von Maschinen aus glänzendem Stahl, deren Äußeres an Marienstatuen erinnerte. Und die Marien betäubten die letzten Zeugen und sammelten die Schlafenden ein und trugen sie vorsichtig zu den Würfeln, auf dass sie im Paradies erwachten.

Und irgendwo in Mitteleuropa blieb ein rotes Feuerwehrauto auf freiem Felde stehen, und es wurde dunkel im Inneren der abgeschotteten Fahrgastkabine; dunkel bis auf die spärliche

Notbeleuchtung, deren fahles Licht gerade ausreichte, die verblüfften Gesichter der Insassen zu erkennen. Und auf der hintersten Sitzbank der Feuerwehr, neben einer bewusstlosen Frau, fing ein vierzehnjähriger Junge an zu schreien und um sich zu schlagen.

Epilog

Denn siehe, ich will einen neuen Himmel und eine neue Erde schaffen, dass man der vorigen nicht mehr gedenken und sie nicht mehr zu Herzen nehmen wird. Freuet euch und seid fröhlich immerdar über das, was ich schaffe.

(Jesaja 65: 17-18)

Es war ein wunderschöner Tag im Paradies. Andere Tage als wunderschöne gab es hier natürlich gar nicht, doch dieser Tag war etwas ganz besonderes, denn es war sein erster. So schön wie dieser erste Tag im Himmel würde höchstens noch der zweite werden und der dritte, der vierte, fünfte, sechste, siebente und alle weiteren Tage selbstverständlich auch.

Er streichelte über Evas zarte Haut. Sie lächelte ihn an. „Was hältst du davon, wenn ich dir ein Spiel beibringe? Es heißt *Mensch freue dich*."

Ein Ausbruch von Glück, Vorfreude und Begehren ließ ihn erzittern. Sie küsste ihn auf den Mund. „Es wird dir gefallen, Dante."

– ENDE –

Anzeige

Neue Enden für alte Schinken.
Ich ändere das letzte Kapitel Ihres Lieblingsbuches nach Ihren Wünschen.
Alternative Enden für diesen Roman schon ab 250,- Taler!
Anonymus Tichy. (Un)happy Ends nach Wunsch und Geldbeutel.

Inhalt